土曜はカフェ・チボリで

内山 純

JN080526

児童書の出版社で働く香衣《かい》は、とあるきっかけで“カフェ・チボリ”を訪れる。そこは土曜日しか営業せず、おまけに店主は高校生という不思議な店だった！

美味しいデンマーク料理とあたたかいもてなしにすっかりくつろぎながら、馴染みの客たちが語る、身の回りで起こった謎に耳を傾ける。それらは『マッチ売りの少女』や『みにくいあひるの子』など、アンデルセン童話を連想させる出来事ばかりで——。風変わりな店主・レンが優雅な仕種でマッチを擦ると、謎はたちまち解かれていく。忙しない日常にひと時の安らぎをもたらす、安楽椅子探偵譚。

土曜はカフェ・チボリで

内山　純

創元推理文庫

MEET US AT CAFÉ TIVOLI

by

Uchiyama Jun

2016

目次

第一話　マッチ擦りの少女　九
第二話　きれいなあひるの子　七一
第三話　アンデルセンのお姫様　一四九
第四話　カイと雪の女王　二三九
あとがき　三三二

土曜はカフェ・チボリで

第一話　マッチ擦りの少女

編集部前の廊下で、私は母からの電話に四苦八苦していた。

「だからね、今は会社にいて」

『土曜なのに仕事？　香衣《かい》ったら相変わらず要領悪いのねえ。ドラマは夜十一時からだから充分間に合うわ。絶対に録画してね。ＤＶＤが壊れているのにさっき気づいちゃって、パパも静流《しずる》もいなくて、ほんと困ってるのよ。主人公二人が運命の再会を果たす大事な回だってのに』

今夜は約束があって何時に帰れるかわからないのだが、そんなことを言ったら彼氏でもできたのかと突っ込まれかねないので、母の長話を聞き続ける。

『予告だとね、若手実力派ナンバーワンの黒田《くろだ》トシキがめっちゃカッコよく彼女の腕を摑むシーンがあって、永久保存必須なのよね～』

お隣の北野《きたの》さんに頼んでみてはと言おうとしたが、それも断念する。プライドの高い母が頼めるはずはない。しかたないので、ダラダラと続く電話を終わらせる唯一の手段に出た。

「わかった録画しておく。あ、編集長が呼んでるから」

母がなにか言い返す前に急いで電話を切って部屋に戻ると、寺山吟子《てらやまぎんこ》編集長が面長の顔に気難しげな表情を浮かべて原稿を睨《にら》んでいた。

「お母さん、なんだったの。急用？」

私はあいまいに微笑《ほほえ》み、座った。

「いえ。大丈夫でした」

「ほら。ここまではいいわ」編集長は原稿の束を渡してくれた。「あと何枚？」

「二枚です。すみません」

彼女は大きくため息をつくと、ストレートの黒髪をかきあげた。

「もう少し早く丸岡《まるおか》ゆみこ先生に指摘しておいてくれれば、修正にこんなに時間を費やすこともなかったのに」返す言葉もない。「笠原《かさはら》は人がよすぎるのよ。ダメなときはダメと、婉曲《えんきょく》にさりげなく機嫌を損なわせず且《か》つ的確に伝えるの。女同士なんだから、うまくやりなさい」

そんなふうに編集長みたいにできたらどんなにいいか、といつも思う。

私の勤めるアカツメクサ出版は、児童向け図書を扱う小規模ながら老舗《しにせ》の出版社だ。童話や絵本の編集業務を担当して七年ほど経つので中堅どころではあるのだが、母の言う通り私は要領が悪く、有能とはほど遠い。今回も、有名な作家さんに修正点を指摘できずにグズグズし、切羽詰まってから改稿をお願いしたために、こうして休日出勤せざるを得なくなった。

残りの原稿を必死に読みながら心の中で嘆息《たんそく》する。母からの度重なる着信を無視できないことも情けない。たいした用事ではないとわかっているのに、あとが恐くて電話に出てしまう。

吟子編集長が最後の一枚を読み終えた。

「いいんじゃないかな。すぐ宅配便の手配をすれば、明日には先生宅に着くでしょ」編集長は携帯を確認すると、にんまり笑った。「さて、なんとか間に合いそう。第四試合だから」

いつもの人懐っこい表情に戻ったので、私はほっとして言った。

「娘さん、ソフトボール部でしたっけ。確かピッチャーだとか」

「私も高校でエースだったから血を受け継いだのかな。私はインハイ予選でベストエイト止まりだったけど、娘の高校は強いから出場も夢じゃないかもしれないな～」急にお母さんの顔で、編集長は笑った。「親の期待を押し付けちゃいけないけどね」

「優秀なお嬢さんなら期待も当然ですよ」

吟子編集長は薄手のジャケットを羽織《はお》りながら言った。

「笠原は、たまには実家に帰っているの？」

「いえ、ほとんど」

原稿を封筒に入れながら、最後に帰省したのがいつか思い出せないことに気づいた。

「そんなに遠くないんでしょ。たまには帰ってあげなさいよ。寂しがっているわよ、きっと」

編集長と違って私の母は娘には興味がないので、とは言わずに微笑んだ。

「じゃ、お先に」吟子編集長は立ち上がると、二指の敬礼をするみたいに小粋《こいき》に右手を振った。

「早くいい彼氏見つけなさいよ」

〝それセクハラです〟と言い返すのも飽きたので、休日出勤に付き合ってくれた背中に「お疲れ様でした」と声をかけ、宅配便の手配を終えると帰り支度をした。今日は私も、彼氏とではないけれど約束がある。

昼過ぎに地元の飲み友達の石川《いしかわ》さんから電話があった。友達といっても、かなり年上だ。

『実は香衣さんに相談があって。たまたま知り合った小学生のことなんだけど、先週からずっと気になっていてね。香衣さんは童話の出版社に勤めているから子供の気持ちがわかるんじゃないかと思いついたんだ。ご馳走《ちそう》するから、今夜会えないかな』

去年定年退職して悠々自適のセカンドライフを始めた石川さんは、ジャガイモみたいな顔をした快活なおじさんで、数ヶ月前、近所の居酒屋のカウンターで知り合った。一人飲みしていたら隣の夫婦連れと話がはずんだのだ。トマトみたいにつやつやと丸みを帯びた顔の小柄な奥さんのほうは控えめで愛らしく、自然体で年月を経たような雰囲気の二人のファンになった。

その石川さんの相談事なら、休日出勤で多少疲れていたってぜひ力になりたい。いつもの居酒屋では地元仲間と会う可能性があるからと、初めて聞く名前の店を指定された。

四月上旬の土曜日、夕方の電車内は休日を楽しんできたふうの人々で混雑していた。ドアにもたれて日暮れの街並みを眺めると、この路線にすっかり馴染《なじ》んだ自分に気づく。

通勤に時間がかかると言い訳して一人暮らしを始めて二年が過ぎたところだ。実家へは一時間半ほどなので最初は月に二度ほど帰省していたが、今ではすっかりご無沙汰《ぶさた》だ。

反対側のドア前にぴったり寄り添って立つ若いカップルが映画のパンフレットを片手に熱く語り合っている。幸せそうな二人を見てもうらやむ気持ちはない。すっかりお一人様が身についてしまったようだ。この冬で三十歳の大台に乗ってしまうのに週末にデートの約束もないのは、仕事が忙しいせいか、十人並みの器量のためか、要領が悪いからなのか。いつかは私も、とは思うが、その〝いつか〟はさしたる理由もなく先延ばしされていく。

駅前から真っ直ぐに延びた並木道のソメイヨシノはすでに葉桜で、時おり強風にあおられ大きく揺れていた。買い物帰りの家族連れが楽しげに歩く大通りから、私は独り横道へ折れる。

携帯の地図で所在地を確認したので間違いないはずだが、行けども行けども石垣の長い塀《へい》が続く。こんなところに飲食店があるのだろうか。不安を覚えながら進むと、ふいに塀が途切れた。アーチ形の大きな鉄扉《てっぴ》が内側に開かれ、両脇のガス灯風のランプにほんのり明かりが灯《とも》っていた。右の門柱には小ぶりな金色のプレート。

Café Tivoli
メモを見直す。〝カフェ・チボリ〟。ここでいいようだ。

鉄扉を抜け正面の豊かな水を湛《たた》えた大きな噴水を回り込むと、桜並木が蛇行していた。不思議なことにこちらの桜は満開で、暮れかかる空に桃色のアーケードを浮かび上がらせていた。

桜並木の外側は深い緑で覆われ、ちょっとした森林浴の気分だ。森とも公園ともつかない樹木の中を春の強い風に押されて歩くが、一向にカフェに辿《たど》り着かない。不安が募り、石川さんに電話をしてみようかと思ったとき、森の先に、街灯に照らされた愛らしい建物が現れた。

石畳の短い通路の先に建つ北欧の一軒家のような平屋。薄桃色の美しいレンガタイルと真っ青な屋根、鈍色の窓枠、細密な彫刻《ちょうこく》の施された半円のティンパヌムを上部に設《しつら》えたオーク材のドア。まるでヘンゼルとグレーテルが見つけたお菓子の家みたいに可憐で怪しげだ。木々の不穏なざわめき以外には音もなく、魔女が現れそうな不可思議な世界に迷い込んだ気分になる。

腰が引けたが、ここまで来たのだからと思い切ってドアを押し開けた。

「いらっしゃいませ」

黒いベストと蝶ネクタイの老紳士が慇懃《いんぎん》に挨拶《あいさつ》した。老舗バーの熟練マスターみたい。そんなバーにはとんと縁がない身ではあるが、彼の落ち着いた物腰にほっと肩の力を抜いた。

店内もメルヘンチックかと思いきや、澄んだ空気を感じさせるモダンでシンプルな内装だった。生成りの壁と伽羅《きやら》色の床で統一され、天然木の柱と梁《はり》が主張しすぎない程度にアクセントになっている。七台のテーブルと右手のカウンターはどれも濃い茶色の木材で、椅子は全部バラバラのデザインのものが置かれているが、不思議と雑然とした印象はない。

客は、一人もいなかった。

「ようこそチボリへ!」

カウンターの向こうの厨房から、眩《まぶ》しいくらいの白いシャツと黒い細身のビブエプロン《胸当て》を着たひょろ長い青年が文字通り走り出てきた。細い顎、切れ長の目、薄い唇、ややあどけなさを残すその顔に、溢《あふ》れんばかりの笑みを浮かべている。

青年は、なんだか誇らしげに宣言した。

「あなたは、一番目のお客様です」

「あ、開店時間前でしたか」しまった、入口で確認すればよかった。「待ち合わせなんですが」

「大丈夫!」肘まで袖のまくられた長い腕を伸ばし、奥の席を指した。「どうぞ、こちらへ」

カウンター脇のテーブルの、背もたれが大きくて丸いフォルムの椅子に腰を下ろす。思わずため息が洩《も》れた。なんて座り心地がいいんだろう。まるで優しく包み込まれるようだ。

にこにこしながら私を見つめる青年に、マスターらしき老紳士が声をかけた。

「レンさん、おしぼりを」

「あ、そうか」青年はカウンター内に駆け込むとすぐに戻ってきて、湯気の立つおしぼりを仰仰しく眼前に捧げ持った。「どうぞ」

それを受け取ると、彼は唐突に右手を突き出した。

握手を求められたと気づくまで数秒かかり、恐る恐る手を握る。細い身体のわりに大きくてきれいな彼の手は、程よく乾いていてあたたかかった。

「はじめまして、オノザワレンです。よろしく！」

「か、笠原香衣です」

思わず名乗ってしまった。カフェのボーイに自己紹介されたのは初めてかもしれない。

「カイさん。それはステキだ。来てくれてありがとうございます」

青年は握った手をしきりに上下させた。目を輝かせ口を半開きにして笑っている。無防備に開いた口からマーチの響きと共におもちゃの兵隊でも飛び出してきそうな勢いだ。

「レンさん、お客様と握手をする必要はないのでは？」

マスターが後ろから控えめにささやいた。青年はまばたきをする。

「必要ないですか？」

「ないでしょう」

オノザワレン君は納得したようにうなずき、そして言った。

「お飲み物はいかがですか?」とたんに、うっとりと目を閉じる。「ついに言ったぞ」

カフェに辿り着くまでよりも強い不安を覚えた。とにかく、石川さんを待とう。

「ビールをください」

「ツボルグにしますか、カールスバーグにしますか?」

「……それは、ビールでしたっけ?」

「はい!」彼は元気よくカウンター内に走り込むと、緑色の小瓶《こびん》を二つ持って戻ってきた。

「どっちもデンマークのビールです」

「生ビールはないのかしら」

レンは細い目を見開いた。

「ありません。ないとマズいですか?」彼は目を伏せた。「そうか、生ビールか」

ものすごく深刻そうな顔をしたので、私は慌てて言った。

「じゃあ、カールなんとかっていうビールでいいです」

あっという間に輝くような笑顔に戻る。

「かしこまりました!」

テーブルに緑色の小瓶と、強く握ったら割れてしまいそうな薄口の美しいグラスが置かれた。

ひどく喉が渇いていたので急いで注ぎ、一気に飲む。淡い色合いのビールはさっぱりしていて、喉越しが爽快《そうかい》だった。

マスターと従業員のレンの視線を痛いほど感じる。私一人なのでしかたないが、一挙手一投足を仔細《しさい》に観察されている。まさか、『注文の多い料理店』ではないわよね。石川さんが早く来ますように、とドアに念を送りながら、入口の脇にある絵画に見惚《みと》れるふりをした。

英字新聞ほどのサイズの油絵は、濃淡のブルーでシンプルに統一されていた。正面を向く王女様は真っ白なドレスに水色のケープを纏《まと》い、頭上に小さな冠をいただき、淡い笑みを浮かべている。素朴《そぼく》な絵に引き換え、金色の額縁は豪奢《ごうしゃ》で立派だ。左下に英語が刻まれているようで、よく見ようと身体を乗り出した瞬間、絵の横に立つマスターと目が合ってしまった。

「ええと、立派な、額縁ですね」

いや、絵を褒《ほ》めるべきだった。私は時折ピントのずれたことを口走ってしまう。

「ありがとうございます」マスターは控えめに微笑んだ。「アワコレクションの額縁です」

絵画にまったく疎い私は聞いた。

「アワコレクションって、なんですか」

「元華族、粟《あわ》家所蔵の美術工芸品です」マスターは額縁にそっと触れた。「主に、明治大正期に粟尚三《しょうぞう》という人物が海外の逸品を集めたものを指します。大正期の欧州作品は粟に聞け、というほど西洋美術に造詣《ぞうけい》の深い御仁だったそうです。また昭和期のコレクター、粟崇士《たかし》氏も非常な目利きであったと言われております。かの人物は所有物への執着が激しく、美術品になんらかの形で自分の名前を記したいと考えたので、例えばこの額縁には名前が刻まれています」

目を凝らして見ると、額縁の左下に〝ＡＷＡ〟の文字が読めた。

「もっとも、壺《つぼ》などに名前を刻んでしまっては価値が下がりますから、名前を刻まれたものは限られております。一九九〇年代にバブルが崩壊して所蔵品は国内外に流出し、アワコレクションは散逸してしまったのですが」

つまりこの額縁はお高いのかしら、絵のほうも当然高価な作品なのだろうな、と俗物的な見地から眺めていると、ゆらりとドアが開いた。

「いらっしゃいませ、マダム」

入ってきたのは石川さんではなく、グレーのワンピースを身に纏った細身の女性だった。

「やっと着いたようですわね」

「お越しいただき光栄です」マスターが深々と頭を下げる。「どうぞこちらへ」

姿勢の良い初老の婦人はほっと息を吐くと、両手を律儀に前に揃《そろ》え、二つ隣の席に座った。

「ようこそチボリへ」レンは、今度は用意周到に掲げたおしぼりを婦人の目の前に突き出し、ぱっと顔を輝かせた。「昼間シゲさんが道路に転がしてしまったネーブルを拾ってくれたのはあなたですね。ありがとうございます」

婦人は顎をつんと上げ、微かにうなずいた。高貴な鶴《つる》を連想させる。

「オノザワレンです、よろしく！」勢いよく右手を差し出しかけ、ゆっくり下げた。握手は断念したようだ。「あなたは二番目のお客様です」

「そのようですわね」ちらと私を見る。「早すぎましたか。開店時間は何時だったのでしょう」

「もうオープンしているので大丈夫です。お飲み物はいかがですか？」

「紅茶をくださいな。それと」マスターを指す。「昼間あちらの方がおっしゃっていた、お薦めのデニッシュとやらを」

「紅茶は、ヒュッゲとクイーンズブレンドのどちらにしますか」

婦人は眉間《みけん》に皺《しわ》を寄せた。

「なんですか、それは?」

レンは輝かしい表情で澱《よど》みなく答えた。

「ヒュッゲはダージリンとセイロンをブレンドしたもの、クイーンズブレンドはセイロン紅茶をベースにアールグレイの香り付けをしてガンパウダーという緑茶を加えたもので、マルグレーテ女王にも好まれているものです」

「よくわかりませんが、では、初めにおっしゃったほうでお願いします。ええと……」

「ヒュッゲ」なぜか少し得意げだ。「デンマーク語で〝くつろぎ、おもてなし、居心地のよい雰囲気〟といった意味を持ちます。この店のコンセプトでもあります」

婦人はとたんに、大いに不服そうな表情を見せた。

「大変失礼ですが、ちょっとよろしいかしら。あのね、なんでも横文字で表現するのは如何なものでしょう。日本語は大変語彙が豊富で表現力豊かな言語です。この場合、この店の基本理念、とおっしゃったほうがしっくりくるかと存じます」

「へえ、いいね」青年はひどく感心したようにうなずいた。「これからそう言うことにします」

「大変結構。それと」婦人はそれが肝要とばかりに力強く言った。「デニッシュはどんなものがあるのですか?」

「スネイル、ショコラッドボレ、スコーベアタータ、スペンダワー……」

「レンさん、実物をお見せしてはいかがでしょう」

マスターが後ろから銀のトレーを持ってやってきたので、レンは手を叩いた。

「さすがシゲさん。その通りですね」

奥の柱に『食品衛生責任者　加藤茂吉《かとうしげきち》』というプレートが貼ってある。なるほど、マスターはシゲさんか。レンという青年は入りたての従業員かしら。張り切っているのはわかるが、マスターやお客さんへの口調が少々雑に感じられる。

レンはトレーを受け取ると、婦人の前に置いた。

「まあ」口元にやった彼女の指先が震える。「どれも、大変結構そうですわね」

ビールを頼んでいなければ私も一つ欲しいと思うくらい、美味しそうなデニッシュが並んでいた。真ん中にアイシングが程よく盛られているシナモンロール、何層も重なった生地《きじ》の端からチョコレートが覗《のぞ》いているデニッシュ、オレンジとベリーのジャムがふんだんに載ったタルト、定番のクロワッサンはつやつや輝き、小さなハート形のパイには新雪のような粉砂糖がかかっている。生地の芳《こう》ばしい香りとジャムやアイシングの甘い匂いが織り交ざって立ちのぼり、ヘンゼルとグレーテルもきっとこんな匂いの誘惑に負けたに違いないと納得させられた。

「では、これとこれとこれ」頰を紅潮させて三つ選ぶと、私を見て幸福そうに笑った。「全部、美味しそうですわ」

私は遠慮がちに笑みを返した。鶴みたいに細いのに三つも食べられるのだろうか。

婦人は内緒話をするように身体をこちらに傾けて、カウンター内の二人を見やった。

「昼間、道端であの年配の男性のちょっとした事故をお助けしたところ、デンマーク料理を供する店をやっているのでお礼にぜひ来てくださいと言われたのですよ」

「そうだったんですね」

「デンマークと言えば」婦人は目を輝かせた。「むろんデニッシュですわよね」

「……そう、でしょうか」

「わたくし、甘い物はわりと好きなほうですので呼ばれて来てみたのですが、ずいぶんとわかりにくい場所で、辿り着くのに難儀いたしました」

「ですよね」そこだけは激しく同意する。「私も初めて来たんですが苦労しました」

「おまたせいたしました〜」

青年は無駄のない優美な動作で、青い花模様のポットとカップをテーブルに並べた。

婦人は再び私に向かって微笑む。

「紅茶は酸化防止、疲労回復効果があるのです。夫は緑茶派でしたがわたくしは紅茶派です」

夜は専《もっぱ》らアルコール派なので答えに詰まっていると、レンが続けた。

「紅茶にはそのほかにもいろんな効能があります。ダイエット効果、口臭予防、他の茶葉とブレンドすることでアロマ効果も期待できる。使用後の茶葉は布袋《ぬのぶくろ》に入れて部屋の隅に置いておくと消臭に使えます」意外と博識なボーイはにこやかに言った。「二分蒸らしてくださいね」

しかし婦人はポットの脇に置かれたデニッシュの皿に目が釘付けで、彼の言葉が聞こえなかったようだ。あっという間に紅茶をカップに注いだ。

「あっ」

レンがものすごく悲しそうな顔をしたが、マスターが背後から肩を叩いた。

「お客様のお好きな飲み方で召し上がっていただければよいのですよ」

「わかりました。シゲさん」

二分蒸らされなかった紅茶を名残惜しげに見つめながら、レンは下がっていった。

「今日はずいぶんと強東風《つよごち》で、難儀いたしましたね」

婦人はカップに砂糖を入れながら言った。

「ツヨゴチ?」

「春に吹く強い東風のことですわ。ご存じありません?」言いながら、手はせっせと砂糖をカップに運んでいた。二匙《さじ》、三匙、四匙……「春の季語です。『強東風に群れ飛ぶ荒鵜室戸崎《あらうむろとざき》』という松本《まつもと》たかしの俳句にも出てきますね。他に春の風としては夕東風《ゆうごち》、梅東風《うめごち》、桜東風《さくらごち》、鰆《さわら》東風《ごち》などがありまして、この鰆東風は瀬戸《せと》松山《まつやま》の漁師が東風を察知して鰆の漁期を知ったことから名づけられたと言われていますが……」

なんと七匙。話し込んでいて入れすぎたのかしら。しかし彼女はくるくると薄い紅茶をかき回して一口飲み、満足そうに微笑んだ。ダイエット効果は期待できなそうだ。

「あら失礼。わたくし、如月文江《きさらぎふみえ》と申します」

私は、本日二度目の自己紹介をした。

「児童向け図書の出版社で編集の仕事をしています。一応、独身です」

一応、と断るまでもなく独身だが、なんとなく枕詞《まくらことば》に使ってしまう。

「編集のお仕事とは大変結構です。女性も長く続けられる仕事を持つことは大事ですよ」

「如月さんもお仕事をされているのですか」

「大学で」彼女はつんと顔を上方に向ける。「言語学を教えておりました」

「では、大学教授ですか。それはすごいですね」

少し顔の角度が下がる。

「いえ、准《じゅん》教授止まりで、五年前に退職いたしました」余計な一言だったかも。元准教授は再びつんと天井を見やった。「あなたもね、せっかくなら編集長くらい目指したほうがよろしくてよ。どんな世界でも最後は頂点に到達しないと、老後に苦労いたしますわ」

「頂点、ですか」ほんのり苦笑いする。「なかなか想像しにくいです」

私は〝一番〟や〝長のつく役職〟とは縁遠い。成績は中の中、かけっこはいつも四番くらい、書道大会は全員もらえる佳作。図書委員の副委員長がこれまでの最上位の肩書きだ。これといった取り柄もないので、目立たず出すぎず平凡な人生を送れればなにより、と思っている。

如月先生は激甘の紅茶とたっぷりクリームの載ったデニッシュに猛然《もうぜん》と挑んでいた。恩返しに機《はた》を織る鶴よりは野心に燃える魔法使いに見える。やっぱりここは魔女の住むお菓子の家かしらと想像を逞《たくま》しくしていると、ドアが開いた。すかさずマスターが出迎える。

石川さんだ。戸惑った表情で店内を見回し、私を認めると駆け寄った。

「ごめんごめん。ちょっと迷っちゃって。待った？」

「いえ」私は、魔女の住処《すみか》で勇者と再会したかのように微笑む。「さっき来たところです」

「いらっしゃいませ！」

元気のよい従業員のレンが、熱いおしぼりを高々と捧げ持ちながら飛び出してきた。

「あ、レン君だっけ。さっきはどうも」石川さんは、ほっとしたように私に笑顔を向けた。

「昼間、この青年の自転車とぶつかりそうになってね。それで、お店をやっているからぜひ来てほしいってサービス券をもらったので」

広げた小さな紙には『Café Tivoli Premium coupon』と手書きでしたためられていた。

これがサービス券とはずいぶん手抜きな感じだが、客を確保したのだから効力は抜群だ。

「アキちゃんがアドバイスしてくれたのでクーポンを作ったんだけど、さっそくお客様が来てくださってよかったです、シゲさん」

「さようでしたね」

「でも一枚しか作らなかったんだ」

「では、次回はもう少し多めに作成するとしましょう」

レンとマスターのシゲさんは真剣に話し合っている。どうやらあまり儲かっていないようだ。場所がわかりにくすぎるせいだろう。〝アキちゃん〟はアドバイザーか何かだろうか、途中の道端に案内地図を設置するよう助言してあげたらいい気がする。

私の向かいに座った石川さんに、レンは元気よく宣言した。

「あなたは、三番目のお客様です」

「はあ」石川さんは私と如月先生をちらりと見た。「生ビールください。キリンはあるかな?」

レンは眉をひそめて悲しそうに言った。

「すみません。生ビールは置いていないんですが、マズいですか?」

「いやぜんぜんマズくないよ」慌ててふくよかな手を振る。「じゃ、香衣さんと同じものを」

「かしこまりました!」

ほっとしたように破顔し、軽くスキップしながら去っていく青年。

「なんだか不思議な店だね」石川さんはぐるりと首を巡らせた。「外観は若い女の子向けのかわいいカフェを想像させたけど、室内は落ち着いた色合いで品のいい雰囲気だ」

私はうなずいた。壁に飾られている数点の絵はしっくり内装に馴染み、巨大なガラス花瓶はその大きさと豪奢さにもかかわらず、活けられた淡いピンクの花をきちんと際立たせている。カウンターの端には掌《てのひら》サイズのレゴ人形が愛らしいアクセントとして並ぶ。カエルやネズミ、ツバメ、女の子。作製者は意外とマスターだったりして。

「おまたせいたしました〜」

ちっとも待たされていない石川さんは、青年が鮮やかな手つきでデンマークビールとグラスと小ぶりの皿をテーブルに置くのを、感嘆の面持ちで見つめた。

「ニシンのマリネです」レンの細い指が小皿を示す。「美味しいのでぜひどうぞ」

石川さんが握っていたサービス券を差し出すと、レンは不思議そうに笑った。

「これは?」

「サービス品をもらったら、出すものだろう?」

「そういうものか。ありがとうございます」

挙措《きょそ》はエレガントで申し分ないのに受け応えはやや間が抜けている。一生懸命で憎めない感じだ。高校生のアルバイトだろうか。年季の入ったマスターが彼を鍛えてくれるに違いない。

私の前にも小ぶりの皿が置かれた。スモークサーモンのサラダだ。

「私はサービス券を持っていませんけど」

レンは、口をラグビーボール形にぽかりと開け頰をまあるく膨らませて笑った。お店屋さんごっこに興《きょう》じる幼児みたいだ。

「そっちもクーポンに含めておきます」

少し得した気分で、一口食した。

なんだこれは。

美味しい! 鮮やかな緑色の香味野菜は有機栽培だろうか、しっかりした辛みが甘いサーモンと絶妙にマッチしている。微《かす》かなバジルの風味もアクセントとして効いている。

石川さんもニシンを食べて目を見開いた。

「旨いね」

石川さんが昼間レンと遭遇したことを神様に感謝した。私たちはサービス品をペロリとたいらげビールをお代わりした。如月先生も、世にも幸せそうな表情でデニッシュをパクパクと……いやサクッサクッと小気味よい音をたてて食べ尽くしていた。

「紅茶のお代わりはいかがですか？」バイト君は気前よく勧める。「サービスですよ」

「恐れ入ります。ではデニッシュをもう一つ。生地の歯ごたえが大変、大変結構です」

四つめとは。痩《や》せの大食いなのだろう。水を飲んでも太る気がするので羨《うらや》ましい限りだ。レンは三人きりの客に笑顔を振りまき、忙しそうに厨房とテーブルを行き来していた。

石川さんが少し不安げな顔で打ち明ける。

「あのくらいの年齢ならばいいんだけど、ボクは子供が苦手でね」そういえば相談事は小学生のことだと言っていたっけ。「決して嫌いではないんだが、どう対応したらいいかわからないんだよ。うちは子供ができなかったし、近くの親戚にも小さい子がいなかったから」

「なんとなくわかります。私も、年の離れた弟ができたときにはちょっと戸惑いました」

「何歳離れているの？」

「十歳です。仲よく遊ぶというより、こちらが面倒を見る感じでした」

弟の静流は、地味な私に似ず人を惹《ひ》きつける天性の愛らしさを備えている。静流が生まれたとたんに家族も周囲の者も皆、彼に夢中になった。小四だった私は、幼子とはこんなにもかわいいものかと衝撃を受け、お姉さんという立場に甘んずることに抵抗はなかった。でも、自分が小さいころこんなふうにチヤホヤされたことはなかった、という事実にも気づいていた。

「実はね」石川さんは深刻な口ぶりで言った。「知り合いの小学生の女の子が、あるものをマッチを擦って燃やしちゃったんじゃないかって気になっているんだよ」

「あるもの？」

石川さんは一度口を引き結んでから述べた。

「お金。それも、他人のをこっそり」

「……見たんですか？」

「いや、はっきりとは」

「本人に確認は」

「それができたら苦労はしないよ。家内ならうまく聞いてくれると思うんだが、母親の介護で大変そうだから相談もできなくてね」

私の脳裏にふと光景が浮かんだ。

「……『マッチ売りの少女』」

「え？」石川さんは怪訝《けげん》そうな表情を浮かべる。「なんだい。香衣さん」

「いえ」またピントのずれたことを口走ってしまった。「とりあえず詳しく話してください」

視線を感じ、横を見る。あきらかに話を聞いていた様子の如月先生が、たった今気づいたかのように言った。

「確かに、子供というのは突拍子もない言動に走るものですよ」

戸惑う石川さんに、私が紹介役を務める。

「こちら、如月先生。大学で言語学を教えていらしたんだそうです」

「では大学教授。すごいですねえ」

「正しくは准教授でした」

つんと顔を上げたので石川さんは一瞬だけ固まったが、気を取り直してすぐに続けた。

「よかったら一緒に話を聞いていただけますか？　いろいろな意見を聞きたいんです」

「娘を育て上げましたし、子供の心理は理解していると存じます」お子さんがいらっしゃるのなら心強い。私一人では少々荷が重いところだった。「及ばずながら力になりましょう」

力強くうなずいた先生が、無表情ながらちょっぴり嬉しそうに見えたのは気のせいかな。

「ありがとうございます。ええと、どこから話したらいいかな」

石川さんは、グラスのビールをぐっと飲み干した。

＊

一ヶ月ほど前に、五年生くらいの男の子と女の子と知り合ったんだ。二人ともボクと同じマンションに住んでいて、近くの小学校に通っている子でね。

ボクの部屋は二階で大きなルーフバルコニーがあるんだが、そこから洗濯物が下の自転車置き場に落ちてしまい、それをその子たちが見つけてわざわざ持ってきてくれたんだ。

子供が訪ねてくることは皆無なので、最初は焦ったよ。男の子は小柄で色黒で、ジャイアンツのキャップを被っていた。ショートあたりをすばしっこく守っていそうな、目のくりくりしたかわいい子だ。女の子は彼より背が高くて、しっかり者という雰囲気だった。二人とも照れ臭そうにタオルをボクに渡すと、何やらくすくす笑いながら目配せし合うんだ。なんかさ、ああいうの、ドキドキしちゃうね。

　ボクは去年まで水質調査会社の総務部で働いていた。新卒や中途採用の面接官を長年務めたおかげで、相手の性格や品格を即座に見極める自信はある。だけど子供相手となると勝手が違う。意外な反応が返ってきたりして緊張しちゃうんだ。仲よくしたいが取っかかりが摑めず、変にオドオドしてしまう。すると子供のほうも警戒する。悪循環だな。

　あのときも、ボクは引き攣《つ》った笑みを浮かべていたと思う。そうしたら、女の子がこんなことを言うんだ。

「おじさんのおうちの洗剤、うちと同じです」

　ものすごく困った。家内が買った洗剤を使っているだけなので、なんと答えたらいいのか。

「せっけんのにおいです」

　それが格別にいいことみたいに微笑むものだから、ボクも緊張が解けた。冷蔵庫にあった頂きもののゼリーを渡そうとすると、二人とも遠慮するんだ。いいことをしたお礼なんだからもらっていいんだよと言うと、はにかみながら受け取ってくれた。そしてかわいく手を振って帰っていった。我ながら、なかなか上手にコミュニケーションが取れたと嬉しくなったよ。

　その後はマンションの廊下で会ったりすると挨拶する程度の仲になった。

　で、先週の土曜日のことだが、その子たちとボランティア先で偶然会ったんだ。

如月先生にご説明しておきますと、ボクは今、いわば独り身生活をしているんです。家内は、九州で一人暮らしをしている母親の具合が悪くてちょくちょく面倒を見に帰っているのでね。去年退職したあとは料理も覚えたし家事には困らないんだが、ちょっと大変だったのが、家内が長らく続けていたボランティア活動を引き継ぐことでした。

うちのマンションの理事長は松山《まつやま》さんというんだが、その奥さんが地域ボランティアや教会の活動、社会教育委員などを一手に引き受けている人でね。「ご主人でもいいのよ。ぜひ手伝ってくださいな」と強引に誘われてしまった。地域活動に参加するのは初めてだが、やってみると楽しくてね。ボクも暇《ひま》なものだから、活動に顔を出す機会がどんどん増えていった。

駅前メインストリートの中頃を入ったところに、聖ペトロ教会っていうカトリックの教会があるでしょう。あの敷地に、信者の人たちの集会に使われている聖カタリナ会館という古い木造の平屋がある。地震が来たら崩れそうなほどボロいが、趣《おもむき》があると言えないこともない建物だ。そこがボランティアの主な活動場所なんです。

ちょうどイースターの時期で、ボクたちボランティアは午後一時に集まり、室内飾りを作っていた。ボクはキリストさんには縁がないんだが、イースターは十字架に磔《はりつけ》にされて亡くなったイエス・キリストの復活を祝うお祭りで、クリスマスよりも大事なものだそうです。

そして毎週土曜の午後には信者の子供たちが集まる〝土曜学校〟があるんだが、そのとき、例の洗濯物の二人が慣れた様子で聖カタリナ会館に入ってきた。土曜学校のメンバーだったんだ。二人は、入口近くの応接コーナーにいたボクに気づかず、奥へ進んでいった。わざわざ声をかけに行くのは気恥ずかしかったので、あとですれ違ったら話しかけよう、なんて思った。

会館は、入口すぐが広いスペースで、ボクたちが作業をしている応接コーナーはその右側にある。左側には購買部があるがその日は閉まっていた。奥に進むと部屋が三つ、そのうちのひとつが土曜学校の教室だ。ほかの二部屋は、鍵がかかっていた。

一時半頃、大森《おおもり》神父がボクたちに挨拶したのち教室に入っていった。ご高齢で歩き方がよろよろしているが、いつも優しく微笑んでいる人だ。

少しして、ボクは室内の人いきれから逃れようと、会館を出て外気を吸うことにした。

建物の入口脇に置かれたベンチに座って春とは名ばかりのどんよりした曇《くも》り空を眺めていると、地味なスーツを着た四十歳前後の女性がやってきた。顔立ちは悪くないが外見に構う暇がないという雰囲気で、化粧《けしょう》はしておらず、髪も無造作に後ろに束ねられていた。彼女は入口で立ち止まってふうっと大きくため息をついたのち、ボクに気づいて恥ずかしそうに一礼した。

そのときもう一人、男の人がやってきた。女性よりは少し年上かな、洒落たブルーのジャケットを着たきびきびした中年男性だ。

「梶田《かじた》さん、お忘れ物ですよ。息子さんのマフラー」

女性は慌てた表情を浮かべ、深々と頭を下げた。

「あ、主任。どうもすみません」

「事務所の入口の棚に置いてありましたよ」

「いやだ、実は今朝もうっかり厚いマフラーを出して、玄関で気づいて慌てて薄手のに替えたりして……そそっかしいんですね」照れたように微笑む。「よくここがわかりましたね」

主任と呼ばれた男性は、優しげな表情で梶田さんにうなずいた。

「教会の土曜学校にいる息子さんに届けるんだっておっしゃっていたでしょう。喉が弱いから、常に首に何かを巻くようにさせていると聞いたこともあったので、早いほうがいいかと」

「それでわざわざ……ありがとうございました」

「息子さんが風邪を引いて梶田さんに休まれると、私も困るのでね。あ、勝手な言い分だったかな。なにしろうちは超零細《れいさい》の設計事務所で、社長の人使いが荒いせいか事務員がいつかなくて。梶田さんのようないい人に入ってもらえて、私も大いに助かっています」

「私こそ雇っていただいて感謝しているので、頑張ります」

「今日は急に休日出勤してもらって申し訳なかった。これからパートに行くんですよね」

「はい、土日はスーパーのレジ打ちです」

余計なお世話と知りつつ彼女の左手を見た。指輪はなかった。シングルマザーなのかな、勤務先の上司は彼女のことが気になっているみたいだ、などと邪推してしまった。

その上司からはやけに強いコロンのにおいがした。アラミスとかフェラガモとか、そんな感じの名前の、印象に残るにおいだ。あまりにキツくにおうので早く行ってくれと思っていたらようやく帰る様子になり、彼は名残惜しげに振り向いて女性に手を振った。

そのとき、外から走ってきた少女が彼とぶつかったんだ。

洗濯物の女の子だった。商店街にある文具店の袋を持っていた。おつかいを頼まれて出ていたのだろう。勢いよく男性にぶつかった彼女は、尻もちをついた。

「お、危ないな。やあ、シズカちゃんだっけ。大丈夫?」

彼は、少女の両腕を摑んで立ち上がらせ、肘のあたりをさっと払った。

女の子は顔を赤らめると、「大丈夫です」と答えた。女性が近づいて言った。

「主任。シズカちゃんをご存じでしたか」

「ええ。先日駅前のスーパーで梶田さんと偶然お会いしたときに、一緒にいましたよ」

「カツアキの同級生なんです。大丈夫だった? シズカちゃん」

少女はぺこりと頭を下げ、ボクには気づかず視線を落としたまま会館内へ走り去った。

「あの子、優しそうなお母さんと楽しげに話していましたね。印象に残っています」

主任の言葉に、梶田さんはつぶやくように言った。

「ええ。ただ……」はっと目を開き、頭を下げた。「本当にありがとうございました。では」

彼女はマフラーを握りしめて会館に入っていき、男性は去っていった。

ボクが少し後で会館に戻ると、梶田さんがマンション理事長夫人の松山さんと話していた。

「石川さん。こちら四〇三号室の梶田さん。息子さんが土曜学校に来ているのよ」

同じマンションの住人だったようだ。彼女は手伝いに誘われたらしく、少し困った顔をしていた。しかし役員をしている松山さんには頭が上がらないのか、「ちょっとなら時間がありますから、荷物を置いてきます」と奥へ行き、すぐに戻ってきた。

同じマンションのよしみでボクの隣に座った梶田さんは、黙々と折り紙を切っていた。

「お子さんは何年生ですか」

ボクが話しかけると、彼女は小さく微笑んで答えた。

「五年生です」

「育ちざかりですね」

「だんだん言うことをきかなくなって困ります。石川さんはボランティア活動に積極的に参加されていて、すごいですね」

妻が実家で介護をしているので、代わりに参加しているのだと説明した。

「家内もこれを機に、できるうちに親孝行しておきたいと言うものでね」

「奥様もお母様もお幸せですね。うちの子は七歳で父親を亡くしてしまったので」彼女は淡々と話す。「くも膜下出血で、あっという間でした」

切なくなって、クリスチャンでもないのに祈ったよ。神様、自分の身なりには構わず平日も土日も働きづめの彼女と、その息子さんをどうか見守ってください、ってね。

「すみません！」低学年の女の子二人が声をかけてきた。「立ってもらっても、いいですか」

この日、土曜学校の子供たちはゲームをしていた。会館のあちこちに隠されたイースターエッグを見つけると、その数だけお菓子がもらえるんだそうだ。

イースターエッグは卵の殻《から》にカラフルな色を塗ったもので、イースターのお祭りには欠かせないものらしい。今は本物の卵はあんまり使わなくて、発泡スチロールやプラスチックを使うそうだ。子供たちは会館のそこここを探索して、見つけると大喜びしていた。

ボクが立つと、女の子たちが椅子のクッションをめくった。果たしてそこに卵があった。

「見つけた！　ありがとう、おじさん！」

立ったついでに奥の部屋のほうに行ってみた。サボっていたわけじゃないよ。長年事務仕事をしていたからコツコツ作業は慣れたものだが、年を取ると同じ姿勢でいるのが辛くてね。

土曜学校の教室に入ると、そこでも子供たち数人が棚を探ったりクッションをめくったりしてはしゃいでいた。みんなの邪魔をしないように室内を見まわり、奥の、荷物置き場にしている小部屋の入口付近まで移動した。ドアは上部がガラスで、そこの部分は内側にカーテンがかけられており、中の電気は消えている様子だった。

で、そのとき見ちゃったんだよ。シズカちゃんが中にいるのを。

なぜわかったかというと、一瞬、ガラスがほんのり明るくなったように感じたので、カーテンの端の隙間から中をちらっと覗いたからなんだ。

部屋の中央に、彼女の顔がぼうっと浮かんで見えた。

荷物室は老朽化で電気がつかないのかな、それで懐中電灯でも使ってるのか、なんて思ったとたん、明かりが消えた。気になって見つめ続けると、再び灯った。手前に棚があって彼女の肩から上しか見えなかったが、光源は彼女の手元あたりだ。明かりはユラユラ揺れていた。

あの揺らぎ方はマッチの焔《ほのお》かなにかだろうか、と顔をガラスに押し付けて覗き込んでいたら、後ろから声をかけられた。

「おじさん」妖精《ようせい》みたいに細い女の子がじっと見上げてくる。「その部屋に、卵はないのよ」

「そうか」盗み見を咎められたような後ろめたさを覚えたよ。「じゃ、別の部屋を探すかな」

しかし妖精が行ってしまったとたん、ボクはまたカーテンの隙間を覗き込んだ。

その瞬間、シズカちゃんの顔が明々と見えた。そのあとすぐに暗くなったが、明かりが消える瞬間の彼女の表情に鬼気迫るものがあったように感じ、いいようのない不安を覚えたんだ。

教室を出て廊下で待つともなくぶらついていると、すぐにシズカちゃんも出てきた。沈んだ雰囲気に声をかけられず、彼女を見送ってしばらく廊下あたりでグズグズしていた。

「おじさん、こんにちは」振り返ると、洗濯物の男の子がいた。くったくのない笑顔を見せている。「ほら、五個も見つけちゃった」

「へえ、すごいじゃないか」

「うん。あのね」少年は首をちょっとかしげるとボクに近づいた。思わず屈んで彼の顔を間近に見た。「おじさんからもらったゼリー、とってもおいしかったです。ありがとう」

素直な子供の言葉に感激して、自然に笑みがこぼれたよ。

「ずっと前にお父さんが内緒で買ってくれたのと同じだった。中に果物がまるまる入っていて大きいのは高いから、お母さんはダメって言うんだ」

「そうかい。また用意しておくから、いつでもおいで」

うまく話せた、と幸せな気分で少年と別れて応接コーナーへ戻ると、松山さんと梶田さんが向かい合って深刻そうに話していた。

「ほんとに、ないの？」

大森神父が「どうかなさいましたか」と声をかけると、松山さんが困惑顔で言った。

「梶田さんのバッグからお金が消えちゃったんですって」

梶田さんもひどく不安げだ。

「マンションの方たちから集金した町会費を入れておいた銀行の封筒が見当たらないんです」

「いくら入っていたのでしょうか」

「四万五千円」

老神父の顔色が曇った。

「確かに鞄《かばん》に入っていたのですか？」

「松山さんに今日の夕方お届けするつもりで、昨夜入れたんです。間違いありません。今、思い出してお渡ししようとバッグを見たら、なくなっていて」

「出がけに集金かなにかで鞄から出したとか、職場でそこから支払ったとか、ありませんか」

「いいえ。うちを出る直前にも封筒が入っているのを見ました。職場では、鞄はデスクの引き出しに入れて鍵をかけるので、一切鞄に触れませんでしたし」

「鍵は確かにかけましたか？」

「ええ。昼過ぎに仕事が終わったので引き出しの鍵を開けて鞄を出して、ここに来たんです。教会では、松山さんに小部屋に荷物を置いておけばいいと言われて」

「荷物置き場だってことは子供たちも知っていて、入らないはずなんだけど」松山さんが、遠巻きにこちらを見ている子供たちに視線を送った。「まさか……」

「そんな」梶田さんは動揺を見せた。「私の勘違いかもしれないので、もう少し探してみます」

「一緒に探すわ。さっきバッグを開けた拍子に室内に落ちた可能性もあるわよ」

松山さんと梶田さんが荷物室に向かったので、思わずボクもあとを追った。

荷物室の電気のスイッチがドア脇の左側にあり、電気はちゃんとついて六畳ほどの空間が明るく照らされた。窓のない小部屋で、ドア以外の三面は書棚だ。手前に児童向け書籍用の背の低い書棚、その奥の中央に、鞄や紙袋などが雑然と置かれた長テーブルがある。

ボクはお金を探すふりをしながら別のものを探した。ドア脇のキャビネットの引き出しに、それはあった。懐中電灯、ロウソク、チャッカマンと共に、マッチが一箱。中は半分くらい使われていた。ロウソクは教会でよく使うと見えてストックが箱にたくさん入っていて、使いかけは三本だ。チャッカマンはちゃんと火がついたし、念のため懐中電灯も試してみたら灯った。

さらに室内を探ってみると、隅の洗面台の端に煤《すす》のような黒い汚れがあり、ついたばかりのマッチの燃えカスに見えた。必死にお金を探している二人には、このことは告げなかった。

「鞄はこのテーブルの上に置きました」

梶田さんが指差したところには、古びた茶色い鞄と、カツアキ君のグレーのマフラーが置いてあった。さっき見たときにシズカちゃんが立っていたあたりのような気がした。

テーブルの下などくまなく探したが、お金は出てこなかった。廊下も応接コーナーもトイレも探したが、ない。鍵のかかった二つの部屋は調べなかったが、誰も入れないのだからお金が紛れ込むはずもないだろう。

松山さんは廊下に立つと、大きく手を広げながら言った。

「疑うわけじゃないけど、カツアキ君が学校で必要だからと持ってった、ってことはない?」

「あの子にはお金の話なんてしていませんし、朝、息子が登校したあとにお金がバッグにあるのを見ています」

不穏な空気が漂った。

「子供たちに聞いてみたほうがいいかしら。イースターエッグを探すのに必死だから、うっかり鞄を開けて中を見て、なんてこともあるかもしれないし」

松山さんの提案に、梶田さんは申し訳なさそうに首を振った。

「この小部屋には卵は置いていないと言ってあったのでしょう? 子供たちがわざわざ入るはずありませんよ。鞄に入れたと思ったのは勘違いで、うちに置き忘れたのかもしれません」

「そうね。たぶんそうよ」

二人は不安げに見つめあっている。四万五千円は決して小さな金額ではない。もし梶田さんが失くしてしまって、それを弁償せねばならないとしたら家計に響くに違いない。

ボクは、自分が見たことを話すべきかこのまま黙っているか悩みながら、二人を見守った。

そのとき、洗濯物の男の子とシズカちゃんが近づいてきた。

「ママ。どうしたの? お金がないの?」

この子がカツアキ君だったと初めて知った。梶田さんの話は洩れ聞こえていたようで、あっという間に子供たちに広まっていたんだ。少年は強張《こわば》った表情で母親を見上げていた。シズカちゃんは、彼を支えるように寄り添っている。

「大丈夫。ママの勘違いかもしれないしね」

カツアキ君は顔を歪めた。

「誰かが盗ったの?」

子供ってのは、思ったことをすぐ口にするもんだね。ボクは心が痛んだよ。

老神父が職責を果たすべく、ひざまずいてカツアキ君の肩に手を当てた。

「それは、神様がご存じのことですから、私たちが穿鑿《せんさく》することではありません」

「センサク? 誰が盗ったか、探すってこと?」

「もうこの話はやめましょうね」

少年は口を引き結んでうなずいた。自分の友達がお母さんの鞄からお金を盗ったかもしれないと考えたなんて、そんなの小学生には辛すぎるだろう。ボクも哀しくなったよ。

思いきって彼に近づき、少し膝を落として顔を覗き込んだ。

「またゼリーを買っておくから、必ずおいでよ」

カツアキ君は目を潤ませて小さく答えた。

「ありがとう」

「さて」老神父は優しく微笑んだ。「イースターエッグをお菓子と交換しましょう」

おせっかいを承知で、ボクは梶田さんに「お手伝いできることがあったら連絡ください」と携帯番号を書いた紙を渡したよ。彼女は恐縮していた。

「息子がお世話になったようで、すみません」

「いや、こちらこそ助かったんです」

「このあとパートに行くので、これで失礼しますが」彼女は決然とした様子で松山さんに言った。「お金は責任を持って処理しますので、もう少しお待ちください」

そしてカツアキ君の前にしゃがみこみ、「喉弱いんだから、いつも持っていないとダメよ」と、マフラーを首に巻いてあげたんだ。じいんときちゃったよ。

「じゃあ、戸締りしっかりしてね」

「うん。いってらっしゃい」

その間、シズカちゃんはじいっとカツアキ君を見つめていた。

梶田さんが去り、子供たちが教室に戻ると、松山さんはため息をついて言った。

「カツアキ君、気にしていたみたいね。かわいそうに」

ボクは力を込めて言った。

「早くお金が出てくるといいんですが」

「梶田さんの勘違いだと思うわよ。彼女、いつも忙しそうだし」

「あの」それとなく探りを入れることにした。「カツアキ君はシズカちゃんという子と仲がいいみたいですね」

「しっかりした女の子よ。シズカちゃんのお母さんもカツアキ君をかわいがってくれているわ」そして、急に声を潜めた。「実はね、シズカちゃんと今のお母さんは血が繋がっていないの。シズカちゃんの本当のお母さんは、何年も前に離婚して出ていったのよね」

「そう……なんですか」

「本当のお母さんは派手な感じの人だったわ。メイクが濃くて髪型も華やかにしていて。ご近所の評判はあんまりよくなかったわね」

「今のお母さんはどんな人なんですか」

「とっても優しい人」松山さんは嬉しそうに言った。「再婚して一年半くらいになるかしら。家庭的って言葉がぴったりで、笑顔が穏やかなの。シズカちゃんもなついているわ。でも、本当のお母さんともたまに会っているそうよ。そんなことがあるから、同じ年頃の子よりしっかりしちゃうのかもしれないわね」

シズカちゃんがマッチを擦ったときの表情を思い出した。あのとき彼女は何を考えていたのだろう。梶田さんと主任が仲よくしていたことか。カツアキ君が亡きお父さんを想う気持ちか。子供にとって親の再婚は、どういうものなのだろう。

ずっとそのことが頭から離れなかった。梶田さんの電話番号を聞けばよかったと後悔したがもう遅い。わざわざ訪ねていって聞くのも変だし、どうしたものかずっと悩んでいたんだ。

そうしたら今日、聖カタリナ会館で会った松山さんが、こんなふうに言ったんだ。

「梶田さんが今週の火曜日に町会費を届けにきたのよ。その日、退社時にふとバッグを見たら、お金が奥底にあるのに気づいたんですって。いつも入れてある社用封筒が焦げ茶で、バッグの底と似ていて、その下にあったから先週は気がつかなかったんだろうって」

おかしいと思った。あのとき荷物室で、梶田さんはさんざん鞄の中を探っていた。それで見つけられなかったのに、火曜日になって出てくるなんてあるだろうか。

梶田さんが自腹を切ったのではと心配になった。松山さんも、変だと思ったが梶田さんが平謝りしたので、それ以上聞かなかったそうだ。

お金は梶田さんの言う通り鞄の底にあったのか。それともそうではなかったのか……

＊

「シズカちゃんはお金を燃やしましたね」

如月先生が開口一番、ぴしりと言った。

「そ、そんな」石川さんはその言葉に打たれたかのように顔を歪めた。「誰にも言えずに一週間、浮かび上がる疑惑を打ち消しては彼女を信じようとしてきたのに、あっさり断定とは」

「大いに考えられますわ」先生は自信ありげにうなずく。「シズカちゃんとカツアキ君は竹馬《ちくば》の友ですね。小さいうちは女の子のほうが精神的にも成長が早いので、シズカちゃんがお姉さんのように、父親のいないカツアキ君の面倒を見てあげていた」少し間を置き、眉間に皺を寄せて再び話す。「彼女は、聖カタリナ会館の入口でカツアキ君のお母さんと会社の男性が懇意にしているのを目撃した。その主任は、以前スーパーで会ったときもお母さんと親しげだったのでしょう。子供は敏感です。カツアキ君が亡きお父さんとの思い出を大切にしていることを承知していたシズカちゃんは、お母さんがほかの男性と仲よくするのが許せなかった。それで、少々痛い目にあわせてやろうと目論《もくろ》み、荷物室に入ってこっそり鞄から町会費の封筒を抜いて、マッチで燃やした」石川さんは絶望的な表情を浮かべる。「思惑通りお母さんは大いに動揺した。しかし、それを見たカツアキ君も悲しんだ。よかれと思って行ったことが、結果として彼を苦しめてしまったため、シズカちゃんは複雑な顔をしていた。ほら、説明がつきます」

「ああ、やっぱりそうなのか！」

先生の澱みない話しぶりにすっかり説得され、がっくりと肩を落とす。

「あのう」私は恐る恐る声をかけた。「まだそうと決まったわけではないような」すがるように、石川さんがこちらを見た。「私もその少女がそんなことをしたと信じたくないです。だから、別の可能性もいろいろ考えてみませんか」

石川さんが深刻げにうなずいたとき、突然、私と石川さんの間にレンが顔を出した。

「お代わりいかがですか～」

石川さんが我に返ったように緊張を解き、うなずく。

「ああ、頼むよ」

「かしこまりました～」

苦悩に無縁そうなレンの爽やかな声には鎮静効果があるようだ。場が、一気に和む。

「いくつか質問をしてもいいですか？」

私の言葉に石川さんは「なんでも聞いてくれ」と力強く拳を握った。

「まず、その荷物室は土曜学校の教室からしか入れないんですね」

「ああ。もともと大部屋だった教室を改装して、端っこに六畳くらいの小部屋を作ったそうだ。荷物室とボクたちが勝手に呼んでいるが、図書室兼物置きみたいな空間だ。窓もない」

「教室には何人かが出入りしていたんですよね」

「ああ。いつもなら教室に神父様がずっといらっしゃるそうだが、イースターのゲームで誰もが動き回っていたから、荷物室に行くチャンスは誰にでもあったんだ」

「防犯カメラは」

「ないと言っていた」

「侵入者は？」如月先生が聞いた。「伺ったところでは、誰でも自由に入ることが可能な会館のようです。気づかぬうちに白波がこっそり入った可能性もあるのでは？」

「シラナミ？」

私は思わず聞いた。

「ああ、失礼。泥棒のことですわ。昔、中国の黄巾《こうきん》の賊《ぞく》張角の残党が〝白波谷《はくはこく》〟に籠《こも》って略奪をくりかえしたことから、その白波をシラナミと訓読し、盗賊を示す言葉となったのです。盗賊を主人公とする歌舞伎狂言のことを『白浪物《しらなみもの》』と言いますのよ。例えば『白浪五人男』のようにね。さらに古川柳《こせんりゆう》には『しらなみしらなみと袴垂《はかまだれ》追はれ』とありますが、袴垂とは平安時代の有名な大泥棒でしてね……」

言語学の元准教授が発する単語の意味を二度と問いただすまい、と心に誓《ちか》う。

如月先生がほどよくしゃべり疲れたあたりで、私は口をはさんだ。

「シラナミ、いや泥棒が入った可能性はありますか？」

「ボクは応援コーナーと廊下と教室にいたわけだが、知らない大人は通らなかった。土曜学校の子供はみんなイースターに因《ちな》んだ卵形の大きなバッジをつけていたから、バッジのない子供は目立つはずだし……泥棒が侵入した可能性はないんじゃないかな」

「もし泥棒だったら、ほかのバッグからもいろいろ盗むはずですよね。ほかの方のお金などは大丈夫だったんですか」

「松山さんの声掛けで全員が荷物を確認したが、ほかになくなったものはなかった」

「不審人物の侵入説は却下ですわね」如月先生は顔を上げた。「どなたか先に帰った方は？」

「それもいない」

「それでは他の大人の仕業《しわざ》というわけでもなさそうです」

「となると、やっぱり荷物室にいたシズカちゃんが一番怪しいことになっちゃうのかな」再び絶望したように肩を落とした。「わざわざ洗濯物を届けてくれるような優しい子が、町会費を燃やすなんていじわるを思いつくものだろうか」

「あのう」私は遠慮がちに言った。「シズカちゃんは、梶田さんが町会費を持っていることを知ることができたのでしょうか。彼女が聞こえるところで町会費の話をしたとか、他の誰かが梶田さんから聞いて、シズカちゃんの前で話したとか」

「いや」石川さんはビールをゆっくり飲んだ。「ボクが知る限り、梶田さんは松山さんとボクとしか話していない。もし最初に松山さんに話したなら、その場で会費を渡しただろうしね」

「では、もし町会費の話が出たとしても石川さんが席を外したあとですよね。石川さんが教室に入ったときにシズカちゃんはすでに荷物室にいた。シズカちゃんは、梶田さんの鞄の中に町会費が入っていることをあらかじめ知り得なかったはずです」

二人が私を凝視した。何か変なことを言っただろうか。

「あのう」

「いや、続けてくれ」

「同様に、別の人がお金を盗ったのだとしても、町会費のことを知っていたわけではなさそうですよね」

「鞄を開けたらたまたまお金があったのかもしれませんわ」

如月先生の言葉に、石川さんがまた難しそうな顔をした。

「そうするとやはり、シズカちゃんが犯人なのか……」

「どうでしょう」私は提案した。「疑問を二つに分けて、それぞれ推論してみるというのは」

「どういうことかな」

「なぜお金がないのか。シズカちゃんは荷物室で何をしていたのか。この二点を別の謎として考えるんです。片方でも解明できれば石川さんも少し気が楽になるのではないですか?」

「なるほど」石川さんは感心したようにうなずいてくれた。「それはよさそうだ」

「おまたせいたしました」

絶妙のタイミングでマスターが料理を並べる。私たちはすぐさま目と鼻と心を奪われた。

「なんとも旨そうだな」石川さんは目を輝かせた。「これは牛、それとも豚ですか」

「牛ひき肉でございます」

石川さんが頼んだのは、彩りのよい野菜を煮込んだクリームシチューの上に小ぶりのハンバーグが載っている料理だった。シチューをソースのようにして食べると説明され、さっそくハンバーグを切ってシチューに浸した。

「デンマークという国のことはあまり知らないけれど、酪農《らくのう》が盛んだと聞いたことがあるな」

「確かに、酪農・畜産が盛んですね。豚肉の輸出額は世界トップスリー圏内におります」

石川さんはうなずきながら頰張った。

「うん。いける」

私の小エビとチーズのオープンサンドも絶品だった。上に載った具が盛りだくさんすぎてパンが見えない。ナイフとフォークを使って具とパンを切り分けながら少しずついただいた。プリプリしたエビと濃厚なトロミを持つチーズ、そして中央部分が少ししんなりしたライ麦の香りのパンが見事に調和していて、咀嚼《そしやく》するうちに笑みがこぼれてきた。こんな美味しい料理を出してくれるお菓子の家なら、魔女が住んでいようと後悔はない。

如月先生はデニッシュを四個食べたはずだが、痩せの大食いの本領発揮でスモークサーモンのオープンサンドをモリモリ食べていた。

石川さんはシチューのニンジンを丁寧に切りながら言った。

「あとは、自然エネルギー利用も盛んだよね」

「さようでございます。世界で最初に風力発電を行ったのがデンマークなのです」

「わたくしのデンマークのイメージは福祉の発達した国であるということでしょうか。あとは」如月先生が当然だというように顎を引いた。「デニッシュ。それからアンデルセンも」

石川さんがふと気づいたように言った。

「そういえばさっき、香衣さんが『マッチ売りの少女』って言ったけど、あれはアンデルセンの童話だよね」

「はい」私は大きくうなずいた。「石川さんの今の話を聞いて、ますますシズカちゃんが『マッチ売りの少女』のようだなって思いました」

「児童向けの出版社に勤めているから、アンデルセンを連想するのはうなずけるな」

「チボリという店名から連想して、デンマークの作家の童話を思いついたのは確かです」

だが私には、とりわけアンデルセンに興味を持っているわけがあった。

石川さんがマスターとレンを見やった。

「〝チボリ〟ってなんだい？」

マスターが微笑んで答えた。

「コペンハーゲンにある公園の名前で、世界最古のテーマパークです。あのウォルト・ディズニーも、自分の公園を造る際にチボリ公園を参考にしたそうでございます」

「自分の公園って、ディズニーランドのことだよね。そりゃすごい」

「十九世紀に、当時の国王クリスチャン八世の臣下であったゲオー・カーステンセンという人物が、娯楽施設のなかった町に大人も子供も階級の別に関係なく楽しめる場所を、と考案した先進的な公園なのです。アンデルセンも、思索にふけるためによく公園を散歩していたとか」

デンマークの公園の名前であることは知っていたが、そんなに古い施設だったとは知らなかった。私の三本めのビールをテーブルに置いたレンが、なぜか自慢げに言った。

「チボリ公園はコペンハーゲン中央駅の目の前にあるんですよ」

「コペンハーゲン中央駅って、日本でいうと東京駅かな」

「うん。首都の駅だから」

「その駅前に公園があるって、すごいね。日本では考えられないな」

「デンマーク人は人との交流をとても大切にしているからじゃないかな。チボリはね、広大な庭園と、子供向けの様々な乗り物、娯楽施設、野外劇場、レストランなどが上手く混在していて、観光地というだけでなく市民の憩《いこ》いの場でもあるんです」

くったくのない笑顔に、石川さんもつられて笑った。

「へえ。行ってみたくなるなあ」

如月先生が私のほうを見た。

「シズカちゃんが『マッチ売りの少女』のようだとは、特別な意味があるのでしょうか」

「貧しいマッチ売りの少女は、寒い街頭で売り物のマッチを擦りますよね。それは、暖を取るためだった」

「じゃあ、シズカちゃんも暖を取るためにマッチを擦ったというのかい？」

「そうではなくて、火をつける以外の目的があったのではないか、と思ったんです」

「例えばどんな？」

「ロウソクは普通、明かりとして使いますよね」

「ああ、その通りだ」石川さんが救われたように目を輝かせた。「荷物室の電気をつけると目立つから、マッチを擦ってロウソクに火を灯して、何かを見たのかもしれん」

「そうでしょうか」如月先生は怪訝そうに言った。「確か引き出しにはチャッカマンや懐中電灯もあったのですよね。ロウソクに火をつけるためならチャッカマンが、明かりとりのためなら懐中電灯のほうが、使いやすいはずです」

「ああ」石川さんは即座に表情を曇らせる。まるで七変化だ。「そうだな」

「香衣さんは、お金についてはどうお考えになりますの？」

「梶田さんが何かの折に封筒の中身を使い、あとで補塡《ほてん》しておけばよいと考えていたところで、偶然に理事長夫人の松山さんに会ってしまったのではないでしょうか」

「梶田さんがうっかり使っちゃっていたという説だね」

「たまたま手元に現金がなかっただけで、使い込むつもりはなかったんです。松山さんから『町会費を持ってきた？』と聞かれて『はい』と答えてから、ふいに思い出した。バツが悪くてつい、封筒が見当たらないと嘘を言ってしまったんです」

石川さんも先生も大きくうなずいた。

「ありえますわ。仕事をしながら子供を育てるのは本当に大変ですもの。わたくしも娘が小さいときは、毎日が戦争のようでした」

「彼女はとっても忙しそうだったから、うっかり忘れてもおかしくないわけだ」

「ご納得できましたか?」

如月先生の言葉に、石川さんは自分を納得させるように顎を引く。

「これはあり得る、という意見は出たわけだな」

短い沈黙ののち、横から声がかかった。

「大変差し出がましいようですが、一言、よろしいでしょうか」

顔を上げると、マスターが立っていた。

「なんでしょうか」

「失礼ながら、お客様のお話は逐一《ちくいち》聞こえてしまいました」

「ああ」石川さんはちょっとバツの悪そうな顔をした。「誰にも言わないでくださいね」

「もちろんでございます」ひどく真剣な眼差しだ。「決して洩らしません」

「そ、それはどうも」

「ですが、実は少々思い当たることがございまして、もしこんな爺の意見でも少しは参考になればと思い、お声をかけさせていただいたのですが」

「意見?」石川さんはぱっと明るい表情を見せた。「なんでも言ってください。シズカちゃんがお金を燃やした以外の意見なら、いくらでも聞きます」

マスターはこほんと咳をすると、少し表情をゆるめて話し出した。

「聖カタリナ会館ではイースターのゲームがなされていたそうですね」

「そうです、そうです」

なにやら新しい切り口の意見が出てきそうだ。私たち三人はマスターを見つめた。

「デンマークでは、イースターのお祭りのことをポースケと申します」

「いろいろとお詳しいですな」

「恐縮です。そのポースケの期間に〝ゲッケブレウ〟という習慣があるのですよ」

「はあ?」石川さんはあんぐり口を開けた。「そりゃ、なんですか」

マスターは背筋をぴんと伸ばし、得々と続けた。

「イースターの期間に、友人や家族に手紙を送るのです。手紙には差出人の名前を書かずに、マツユキソウなどを添えたりいたします。受け取った人は差出人を推測します。もし外れたら、受取人は差出人にお菓子をあげたり食事をご馳走したりしなければならないのです」マスターは秘密めかした表情で続ける。「その手紙に差出人の名前の文字数だけ小さな穴を開けて、ヒントにするのです」

「珍しい習慣ですね。それが?」

「さて、それでございます。〝ゲッケブレウ〟こそがマッチを擦った原因だったのですよ!」

マスターは確信を持った表情で顎を引いたが、石川さんも如月先生もぽかんとしたきりだ。

「あのう」私は思い切って尋ねた。「どういう意味でしょうか」

「わかりませんか?」マスターは意外そうに答えた。「シズカちゃんは、カツアキ君宛にゲットケブレウの手紙を用意してきたのですよ。それをカツアキ君のお母さんの鞄にこっそり入れようとして、名前の文字数の穴を開けるのを忘れていたことに気づいたのです。それで、マッチを一度擦って消し、その頭の部分を手紙に押し付けて、穴を開けたのですよ! 火は何回か灯ったようなのですよね。シズカちゃんの名字はわからないが、穴を五から八個程度は開けなければいけなかったら、マッチを何回かつける必要があったでしょう。だから、シズカちゃんが燃やしたのはお金ではなくて、手紙の穴だったのです!」

「ううむ」石川さんは頭を抱えた。「なさそうでありそうで、ありそうでなさそうだ」

「石川さん」私はマスターをそっと仰ぎ見ながら言った。「教会のイースターのお祭りで、手紙のやり取りをしているという話は聞きませんでしたか?」

「そういうおもしろい企画なら松山さんがいち早く取り上げそうなものだが、まったく聞いたことがないよ」

「シズカちゃんだけはデンマークの習慣を聞いたことがあったのでございましょう」

得意げなマスターに、如月先生は懐疑《かいぎ》的な視線を向けた。

「小学校五年生の少女が、そんな特殊な習慣を知っていますかしらねえ」

「可能性はゼロではないと存じますが」

「ほぼゼロですわね」先生はひどくきっぱりと言った。「誰も知らないのならば手紙をあげても無意味です。それに、お母さんは鞄の中を何度も探していたそうですから、見慣れぬ手紙が入っていれば、これは何かと取り出したことでしょう」

石川さんもうなずいた。

「そばで見ていたが、手紙はなかったな」

「では、その説は完全に却下です」

マスターはショックを受けたようによろめいた。

「さ、さようですか。お役に立てず申し訳ございません。間違いないと思ったのですが……」

彼のデンマークへの愛はよくわかったが、謎を解く鍵ではなかったようだ。打ちのめされたように肩を落としているので、かわいそうになって聞いてみた。

「では、お金のほうはどんな可能性があるかしら。イースターのときにお金を隠すという習慣がデンマークにあるとか」

「さような習慣はございません」マスターは立ち直って、思案げに言った。「私が思いますに、会社の主任が怪しいのではないかと存じます」

「主任が盗ったと？」石川さんが驚いた。「会社では、鞄は引き出しに入れてあったんだよ」

「あくまでも推測でございますが……まず、梶田さんが朝お金を確認した際には確かに町会費はございました。カツアキ君は関係ありません。彼はマフラーを忘れて学校に行っただけです。お母さんはマフラーを持って設計事務所に行き、荷物は引き出しに入れて鍵をかけました。しかし、事務所の主任であればスペアの鍵を持っていてもおかしくありません。隙《すき》を見て梶田さんの鞄から町会費の封筒を抜いたのです。その際にマフラーを鞄から出してうっかり別の場所にでも置いたのでしょう。梶田さんが帰ったあとでマフラーが残っていたことに気づき、彼女が疑問をもちやしないかと心配になり、マフラーを口実に様子を見に来たのです」

「そんな」石川さんは動揺したように声を震わせた。「でも、真面目そうな男性だったよ」

「わたくしのゼミ室で」如月先生が視線を落として言った。「学生の財布から数千円が消える事象が起こりました。こっそり見張っていたら犯人がわかりました。大学の清掃員の老人でした。とてもいい方でしたが、どうも、ああいうことは癖《くせ》になって止められないようですね」

「じゃあ、やはり主任が……」

「その設計事務所では」私も賛同した。「事務員がいつかないって言っていましたね。ひょっとしたら、主任はこれまで何度も同じことをしていたのかもしれません。不審に思った事務員がすぐに辞めてしまうから、誰も長続きしなかったのかも」

「あり得ます」先生は少々興奮気味にうなずいた。「もしかすると主任は梶田さんをいいカモだと思っているのかもしれませんわ。スーパーで会ったのも偶然ではなかったのかも。彼女が狙われているとしたら、また被害が出るかもしれませんね」

突然、きらきら星の曲が室内に流れる。石川さんが慌てて携帯を取り出し立ち上がろうとした。

「どうぞ、ここでお出になってくださいませ。外はまだ寒うございます」

石川さんは恐縮してマスターに頭を下げると電話に出た。

「あっ、梶田さんですか」全員が緊張して聞き耳を立てた。「はあ、先日はどうも……いや、今は松山さんと一緒ではなくて……では、留守電にメッセージを残してはどうかな……大丈夫ですよ、お話しください……え？　そんなこと、ボクはしていませんよ」

一同は神妙な面持ちで石川さんを見ていた。

「……いや、本当にボクは知らないんですよ。でもまあ、よかったですね」

電話を切ると、石川さんはひどく困惑した顔で私たちを見た。

「お金、あったんだって」

如月先生が首をかしげた。

「鞄の底にあったのですわよね」

「そうじゃなくて、今日、家で見つけたんだって」

「え？」私は目を見開いた。「でも、町会費はもう松山さんに渡したんですよね」

「だから、火曜日と今日と、お金が二回出てきちゃったんだよ」

また奇妙な沈黙が生まれた。

「石川さん」如月先生が上目遣いで言った。「実は石川さんが彼女の鞄にお金を忍ばせたのではないですか？　シズカちゃんがお金を燃やしたに違いないと思い、母子家庭に同情して」

石川さんは慌てて首を振った。

「松山さんならともかく、親しくもないボクがそんなことしたら変だろう」

マスターが勢い込んで聞いた。

「お金は家のどこにあったのでしょうか」

「玄関の靴箱と壁の間になにかはさまっているのに今しがた気づいて、引っ張り出してみたらそれが町会費の封筒だったそうだ。あの日、出がけにマフラーを分厚いものから薄手のものに替えたとき、封筒の隅が毛糸に引っかかって、壁の隙間にずり落ちたんじゃないかって」

「鞄の底から出てきたお金は」如月先生は顎を引いた。「やはり梶田さんが工面したのですね」

「そうではないそうだ」

「違う?」私は困惑顔で聞いた。「鞄の底にもお金があったってことですか?」

「火曜日の仕事帰りに鞄の中から裸で出てきたそうだ。銀行の封筒に入れたはずなのにおかしいと思ったが、町会費分の四万五千円きっかりあったので、何かの拍子にお金だけ鞄の底に落ちて封筒はどこかにいってしまったのだろうと考え、慌てて松山さんに届けたらしい。梶田さんがボクに電話してきたのも、鞄にお金を入れたのがボクではないかと思ったからららしい」

「本当に石川さんじゃないんですか?」私もじっと見つめた。「先週の土曜日、みんながあちこち調べている間に、こっそり鞄の奥底にお金を入れてあげたのでは?」

「そんな器用なことはできないよ」

「じゃあ誰が……」

「はいっ!」

皆が顔を上げると、これまで黙っていたバイト青年が嬉しそうに手をあげていた。

「レン君も、なにか思いついたのかい?」

彼はふいにテーブル上に両腕を突き出した。思わず全員が身体を引く。

その左手には赤いマッチ箱。

長くてきれいな指が滑るように動いて一本取り出し、しゅっと擦った。

火が煌《きら》めき、彼の顔がほんのり明るく浮かび上がる。レンは焔を見つめながらささやいた。

「イアガペマクロフィミ、フュシテベティアガペ、オゥジリ、イアガペオゥペルペレヴェテ、オゥフィシウテ」

テーブル上のロウソクに焔を移すと優美に手首を返してマッチの火を消し、にっこり笑った。

「皆さん、ヒュッゲの時間です」

私たちの視線は、魅入られたように彼の長い指先に集まっていた。

……今のはなんだろう。

石川さんが困惑顔で聞いた。

「ヒュッゲって、なんだい？」

「デンマーク語で〝くつろぎ、居心地のよい雰囲気〟といった意味です。冬の長いデンマークでは室内でくつろぐことを大切にしている。そのくつろぎに、この演出は欠かせないんです」

如月先生のテーブル上のロウソクにも火が灯り、店内の照明が少し暗くなった。全員が揺らめく焔を見つめる。レンが静かに言った。

「お金を入れたの、主任じゃないかな」

「……主任？」石川さんが首をかしげた。「梶田さんの会社の主任が、なんで」

「月曜日に、梶田さんは会社で必死に封筒を探していた。主任は梶田さんのことをいつも気にかけているようだから、彼女から事情を聞き出した」レンは淡々と続けた。「彼はこっそり四万五千円を用意し、翌日、梶田さんの鞄の奥にお金を入れた」

「いつの間に、どうやって？」

「梶田さんがデスクを離れた隙にこっそりと。主任は引き出しの合鍵を持っていてもおかしくないんだよね」

沈黙の中に、彼の言葉が浸透していった。

石川さんは額に汗を浮かべて言った。

「だけど、なんで」

レンは急にあどけない笑顔を浮かべた。

「愛、じゃない？」

全員が、なんとはなしにロウソクの焔を見つめた。如月先生が力強く言った。

「大いにあり得ますわね。いいえ、それ以外に火曜日の仕事帰りに突然お金が出現した合理的説明は見当たりません」

「あの主任が」石川さんも力強くうなずいた。「梶田さんのことを心配して……」

主任は悩んだかもしれない。お金をそのまま渡しても梶田さんは受け取らないだろう、真面目な人だから。貸すと言ったら彼女は必ず返してくる。それも彼女の負担になる。そこで、こっそりお金をバッグに入れることにした。人目を盗んでデスクの引き出しを開け、鞄の底にお金を押し込む。どこの銀行の封筒かわからなかったので、やむなくむき出しのまま……

心がほんのりあたたかくなった。主任を疑ったりして申し訳なかったな。

「じゃ、じゃあ」石川さんは赤い顔で言った。「シズカちゃんがマッチを擦っていたのは？」

レンが替えのおしぼりを石川さんに差し出しながら言った。

「南町小学校？」

「え？」

「シズカちゃんたちは地元の南町小学校ですか」

「ああ、確かそうだと思う」

「五年生になったところだよね」

「そうだ」

「確か、小四の理科で習うんだ」レンが私のほうを向いた。「『マッチ売りの少女』がマッチを擦ったのは、何かに火をつけるためではなくて、別の目的があったんですよね」

「ええ、そうね」

「シズカちゃんも別の目的でマッチを擦ったんだ」

レンの目がいたずらっ子のようにキラキラ輝く。如月先生は怪訝そうに聞いた。

「それは、いったいなんですの？」

彼は再びマッチを取り出すと、惚れ惚れするほど滑らかな動作でしゅっと擦った。

「消臭だよ」

「……消臭？」

「トイレで、使用後にマッチを二本くらい擦るとクサイにおいがきれいに消えちゃうんだ。マッチの頭薬に含まれる硫黄《いおう》が燃焼することで、二酸化硫黄が発生する。その二酸化硫黄が、トイレのにおいの主成分である硫化水素と反応して、水と硫黄に変えるから」

私たち三人は、チリチリと燃えるマッチの焔を呆《ほう》けたように見つめていた。

「小学校四年の理科でマッチの使い方を習ったんだ。化学反応式の説明はなかったかもしれない。でも、トイレでの消臭効果のことを習って、うちに帰ってトイレでマッチを擦りまくったのをよく覚えている」

石川さんは開いていた口を閉じると、言った。

「そ、それは、つまりどういう」

レンはカウボーイみたいに片手で器用にマッチをはじき、火を消した。

「シズカちゃんは会館の入口で主任とぶつかった。石川さんも気づいていたけれど、主任からはコロンのにおいがしていた。そのにおいは恐らくカツアキ君のマフラーにも移っていたんだよ。シズカちゃんは、カツアキ君にそのにおいに気づいてほしくなかった」彼は黒くなった頭薬を見つめた。「会館にマッチがあることを知っていた彼女はこっそり荷物室に入り、マフラーの上でマッチを擦った。理科で、マッチには消臭効果があると習ったばかりだったから」

「シズカちゃんは」私は声を上ずらせた。「マフラーについた主任のにおいを消すためにマッチを擦っていたのね！」

石川さんは再び口を大きく開けると、ゆっくり閉じた。

「なるほど。そういえばマフラーは、鞄のすぐ上に載っていたようだった」

レンはテーブル上のポットを開けて、中の茶葉の香りを嗅いだ。紅茶の効能はなんだっけ。口臭予防や消臭効果……

「シズカちゃんはにおいに敏感なんじゃないかな。石川さんのタオルがせっけんのにおいだって言ってたんだよね」

「〝せっけんのにおい〟のする洗剤というのがあるわ」私はうなずいた。「家でも同じ洗剤を使っていたのかしら」

「それもあるけど、彼女にとってせっけんのにおいは、もう少し大事なものなんじゃないかな。本当のお母さんは香水やお化粧のにおいの強い人だったけど、新しいお母さんは家庭的で地味な人だそうだから……」

如月先生が顔をぐいっと上げた。

「〝せっけんのにおい〟は新しいお母さんのにおい、ということでしょうか」

レンは全員を見回した。

「シズカちゃんは、主任のにおいがマフラーについたらカツアキ君が悲しむと思ったんだ」

テーブル上に灯るロウソクの焔が、本当のお母さんと新しいお母さんの間で揺れるシズカちゃんの心のように思えた。石川さんは小さな目を見開くと、ため息をついた。

「だからあんなに真剣な顔をしていたのか」

「ただね」レンは残念そうに目を伏せた。「シズカちゃんは失敗したと思う。マッチは、排泄《はいせつ》時に発生する硫化水素と反応して初めて消臭効果を発揮する。コロンのにおいは消えない」

「そりゃあ、なんとも」石川さんは再びため息。「切ないね」

全員がロウソクの揺らめきを見つめていた。

「確かにそれは残念ではございましたが」マスターが控えめに言った。「石川様の疑問が解けたことは、ようございました」

「シズカちゃんはお金を燃やさなかった」私はうなずいた。「お金も、盗られてはいなかった」

「それどころか、お金は倍になってしまいました」

如月先生がつんと天を見上げたので、全員が思わず微笑んだ。私はほっと息を吐いて言った。

「謎はすべて、あたたかい動機から生まれたものでしたね」

「香衣さんも如月先生も、ご協力ありがとうございます」そして石川さんはレンに握手を求めた。「君のおかげですっきりできたよ」

青年は感激した様子で手を握り返す。その仕草が幼くて、石川さんの思い描く子供の範疇《はんちゅう》に充分入っている、と苦笑してしまった。子供は子供の気持ちがわかる、ってことかしら。

「ところで」石川さんは頭を掻いた。「こっそりお金を入れたのは主任じゃないかと、梶田さんに話すべきかな」

「いいえ」如月先生は急に魔女のようにニヤリと笑った。「必要ないでしょう。梶田さんは今頃主任に電話をかけて確認しているに違いありません」

「そうかな」

「男女の機微とはそういうものです。放っておきましょう」

先生が断言すると間違いないような気がするから不思議だ。

「男女の機微か……シズカちゃんはひょっとしてカツアキ君のことが好きなのかな」

「そこまではわかりません」

先生が断言を放棄すると、マスターが微笑んで言った。

「さようですね。恋愛対象というよりも庇護《ひご》、親愛でございましょう。姉が弟を想うような姉と弟。

私は幼い弟をかわいいと思ったけれど、庇護していたとは言えない。静流は私なんかいなくても充分にやっていける子供だったし、今もそうなのだ。愛らしい弟は皆から愛された。表情豊かにはきはき話す静流に、両親は夢中になった。感情表現が苦手だった私はいつも注目されず、弟の天真爛漫《てんしんらんまん》さに羨ましさを感じていた。弟を中心に回っていく家庭の中で、私は常に疎外感を持っていた。ここに、私はいてもいいのかな……

「あら」ふいに如月先生が腕時計を見た。「もうこんな時間ですか。そろそろ失礼せねば」

私と石川さんも腰を上げることにした。ドラマ録画の使命を帯びていたことを思い出して焦るが、番組開始までには充分帰りつけるのでほっとした。

「よかったら、余ったデニッシュを持っていってください」

レンがカウンターに入っていったので、如月先生は顔を赤くしながらもすまして言った。

「よろしいのでしょうか。申し訳ないですわね」

「せっかく焼いたから、早めに食べてもらわないとね」

いいなあ、と思っていたら、レンは袋を三つ用意していた。やった。

「いいお店ですね」私はマスターに声をかけた。「定休日はいつですか？」

「日曜日から金曜日まででございます」

「ええと、日曜と金曜？」

「いいえ」マスターは穏やかな笑みを浮かべる。「日曜日から金曜日までが、定休日でございます」

「はあ？」

「つ、つまり」石川さんが本日最大の困惑顔で聞いた。「営業しているのは土曜日だけ？」

「さようでございます」

如月先生が眉をひそめた。

「こんなに素敵なお店なのに、週一回しか開けないとはもったいないですわね。マスターのご都合なのですか？」

「とんでもないことでございます」急にふるふると両手を振った。「私はマスターなどではございません」

「はい？」

「どうぞ、シゲとでもお呼びくださいませ。土曜日しか営業いたしませんのは、勝手ながら店主の事情によるものでございます」

「まあ、店主が別にいらっしゃるのですね」

「ボクも週一回の営業はもったいないと思うな。店主さんに、もう少し営業日を増やすように言ってくれないかな」

「さようでございますな」

マスター、いやシゲさんは思案げに振り向き、鼻歌交じりで袋詰めしている青年を見た。

「レンさん。お客様が営業日をもう少々増やしてほしいとおっしゃっていますが」

レンは長く整った指で、袋の端をテープで閉じながら明るく言った。

「ごめんなさい。平日は学校に行かなきゃいけないから、ダメなんです」

私も石川さんも如月先生も、あんぐり口を開けた。

「まさか」石川さんは動揺のあまりか、右手の人差し指を思いっきり突き出してレンを指した。

「店主って、レン君なの？」

レンはデニッシュ入りの袋三つを意気揚々と持ち上げて言った。

「カフェ・チボリのオーナーは僕だよ」

「なんで？」

思わず発した私の質問に、レンは答えた。

「カフェでアガペーを追求できるかなって思いついたんだ」

「は？」

「それで、うちの敷地の端っこに庭と建物を造ったんだ」

「うちの敷地?」

「平日は高校があるからね。日曜日は神様が安息日に定めた日だから商売をしてはいけないでしょ。だから営業は土曜日だけ」

私たち三人は黙りこくった。

「……ということは」私は混乱する頭を両手で掻き毟《むし》った。「さっき通ってきた公園みたいに広い敷地はレン君のうちの私有地で、レン君は高校生で、そしてこの店はレン君のものなの？」

「そうだよ」カフェ・チボリのオーナーは、三人の眼前に紙袋を突き出した。「はい、これ、お土産。僕が一生懸命焼いたから、間違いなく美味しいよ」

恐らく私以外の二人も、なぜ、どうして、と疑問符を頭の中に浮かべながら袋を受け取った。

「どうも」石川さんは不安そうに聞いた。「それでお勘定は」

レンはにっこり笑って言った。

「今日はタダです。サービスするって言ったでしょ」

「ドリンクサービスとか、一品サービスとかではなくて？」

「うん」

「それじゃ商売にならないでしょ。なんか、悪いよ」

石川さんが申し訳なさそうに言うと、レンは力強く言った。

「いいんだ。だって三人は、カフェ・チボリの最初のお客様だから」

第二話　きれいなあひるの子

その午後は、月並みな言い方をするとバケツをひっくり返したような大雨だった。そして、母の長電話も負けないほどたっぷり大容量で続いていた。

『だからね、静流《しずる》が所属する演劇サークルでは指導が不充分だと思うのよ。そりゃ確かに、W大学に入ったのだから大企業への就職も可能よ。でも、才能を無駄にしたらもったいないわ。静流には華があるんだから、劇団のオーディションを受けるとか演技指導の優れた事務所に入るとか積極的にすればいいのに、静流ったら、楽しくやっているからいいなんて言って、ぜんぜんママの言うこと聞かないのよ。一度香衣《かい》からも言ってくれない？』

私の助言が静流に影響を及ぼすはずがないと母もわかっているのに、時々こういうことを言ってくる。だから適当に返事をしておく。

「静流はけっこう頑固だから」

『ママの言う通りにやっておけば間違いないってことは、あの子が社会に出たらわかるはずだわ。香衣だってそうでしょ。あなたは地味で目立たないから、せめて学生のうちにいろいろ資格を取っておきなさいって言ったのに、のんびりしてたものだから、結局今の小さな出版社にしか入れなかったわけだし。あら決して今の会社が悪いとは言わないわよ。でも、もっと大きな出版社にだって頑張れば入れたかもしれないって、ママは思ったのよね』

小さな出版社で特に不満もないのだが、長くなるので「まあね」と相槌《あいづち》を打つのみ。

『この間、ある劇団の団長がサークルの春の公演を見て、静流に興味を持ったと連絡してきたんですって』

「へえ」ここは母を喜ばすために弟を褒《ほ》めておこう。「静流ってすごいのね」

『早い子は十代で売れていくんでしょうけれど、今売れてる黒田《くろだ》トシキって俳優は、大学の演劇サークルで急に演技のおもしろさに目覚めて、わずか三年で映画の主役に抜擢《ばってき》されたのよ』

お気に入りの黒田トシキのように、息子もメジャーで売れてほしいのね。

『ママは歌手になりたかったんだけど、ママのお母さんが堅い人で認めてくれなくて、結局あきらめたのよ』はいはい、何百回聞いたことか。『高校時代は学園のアイドルだったんだから。静流はその血を継いでいるから、華なら黒田トシキよりずっとあるわよ。あの子は昔からいつも注目されていたわよねえ』

小さい頃、静流と一緒に歩いていると誰もが目を輝かせた。「まあかわいい男の子」「天使みたいね」年の離れた姉は付き人のように目立たない。ようやく私に気づいた大人は「あら、お姉さんなの?」と意外そうな声を出す。語尾の疑問符に込められた『似てない』『地味』『かわいくない』をひしひしと感じ、せめて愛想でも振りまけばいいものを、それもできずに下を向いていていた。

『ちょっと聞いてるの?……あ、静流が帰ってきた。うわあ、びしょ濡れじゃないの。お風呂場行って！　もう……ところで、香衣は元気でやってるの？』

「元気よ」高校のころに切り替えた呼称で呼んでみる。「お母さん」

『じゃ、ママは安心だわ。ああ、静流、濡れた服そこに置かないで～』

　静流が呼び続ける〝ママ〟の呼称を変わらず使う母の電話は、唐突に切れた。

　物静かで真面目な父、おしゃべりで明るい母、役者になれそうなほどイケメンで天真爛漫《てんしんらんまん》な性格の弟。一見申し分のない家族だが、私は一人暮らしを始めて本当によかったと思っている。うちにいる間ずっと無理をしていた。いつも『ここは自分の居場所なのか』という漠然《ばくぜん》とした違和感があった。平凡な娘の動向に興味のなさそうな父、冴《さ》えない娘にダメ出しする母、常に劣等感を感じさせる弟。その中でなんでもないふりをする自分が空々しくて嫌いだった。

　一人なら、そんな違和感を持つ必要もない。たまに寂しいこともあるが、それはほんの一瞬だ。それに、今の私には、こんな大雨にもかかわらず行かねばならない場所がある。

レインコートと長靴と大ぶりの傘で完全防備し、外に出た。七月にしては涼しく感じられる土曜日の午後のことだ。

　風はなかったが、これでもかというくらい大量の雨が落ちてきていた。歩き始めたとたん長靴の中に水が入り、通りを渡ったときには髪が濡れて顔に貼りつき、裏通りに入った頃にはジーンズの脛《すね》あたりが水を含んで重くなった。

　門柱に黄金色のプレートが見えてくる。店まであと少し。いや、道のりは長い。

入口すぐの大きな噴水は、滝のように降り落ちる雨に対抗するかのごとく豊かに水を湛《たた》えて噴き上げていた。この水道代はいくらかかるのかしらと庶民的な心配をしつつ、緑溢《あふ》れる蛇行した並木道を急いだ。色とりどりの季節の花々が道端にさりげなく咲いている。雨に打たれた植物たちは、天の恵みを享受《きょうじゅ》するかのように逞《たくま》しく大地に根付いていた。

ようやくカフェ・チボリの玄関前に到着したときには、どこが完全防備だったのかと呆《あき》れるほどびしょ濡れだった。ドア脇に胸の高さほどもある巨大な花瓶が置かれ、傘が数本差してある。本物の有田焼《ありたやき》だろうか。すごいお値段かもしれない。うっかりぶつけないよう恐る恐るビニール傘を差し入れ、ドアの前でレインコートを脱いでぎゅっと絞った。

「いらっしゃいませ」窓越しに私を認めたシゲさんがドアを開けてくれた。「悪天候の中を、ようこそお越しくださいました」

あたたかい笑みに迎えられ、避難所にようよう辿《たど》り着いた遭難者みたいな安堵《あんど》を覚える。

「ようこそチボリへ！」カフェ・チボリのオーナーであるレンが、巨大なタオルを捧げ持って飛び出してきた。「うわ〜、香衣さん、びしょ濡れ。大丈夫ですか？　これ使ってください」

純白のバスタオルを頭に載せ、思わず頬ずりする。なんて滑らかな肌触りだ。端っこのネームタグには赤い地に白丸と青い三本ライン。良いものならデンマーク製にこだわらず使う主義のようだ。しかし、ふわふわすぎる。欲しい、かも。

「よく来たね、こんな天気なのに。あ、来ちゃダメって言っているんじゃなくて、ほんとにありがとうって意味です」

私は苦笑した。雨天の強行外出は、土曜しか営業しないと決めたあなたのせいなのよ。

ちゃぽちゃぽ音をさせている長靴とぐしょ濡れの靴下を脱ぎ、シゲさんが出してくれた刺繡《ししゅう》の施された紫色のスリッパを履いた。ふかふか。履き心地が極上すぎる。バスタオルはかさばるがスリッパだけならこっそり持ち出せるかも、などとよからぬ目論見《もくろみ》が頭をよぎる。

「やあ、さすがに今日は来られないかと心配したよ」

ジャガイモ顔の石川《いしかわ》さんが中央テーブルに座っていた。隣には、前髪に紫のメッシュを入れたショートヘアの中年女性。戸外の土砂降りとは別世界の静謐《せいひつ》な店内で、巨大なタオルを肩にかけふかふかスリッパを履いて、二人はすっかりくつろいだ様子だ。まるで高級サウナの休憩所みたい。私は軽く会釈しながら奥の席に座った。

「石川さんも、こんな雨なのでさすがにお休みかと思いましたが」

「今日は、彼女にチボリを紹介する約束をしていたものでね」

メッシュの女性を指し示す。私が自己紹介すると、彼女は深々と頭を下げた。

「松山《まつやま》です。石川さんと同じマンションに住んでいます」ああ、この人がマッチ事件の話に出てきた理事長夫人か。石川さんよりは少し年下のようだ。「こんな雨で、あいにくでしたねえ」

松山さんは上半身を大きく動かし、手を広げて店内を嬉しそうに見渡した。

「石川さんがね、とっても美味しいデンマーク料理のお店を紹介してくれるというので来てみたのよ。確かにお店はステキだし味もばっちりなんだけど、辿り着くのが一苦労だったわ」

「すみませんね」石川さんがちょっと恨めしげにカウンター内を見やった。「なにしろここ、土曜日しかやっていないから」

「でも、来てよかったわ。はるみさんも好きそうな落ち着いたお店よねえ」

「それが」石川さんは奥さんの名前を聞いたとたん、悲しそうな顔をした。「家内はまだ来たことがないんだよ」

「九州の親御さんの介護が、忙しいの？」

「平日は義弟の奥さんが代わりに来てくれるから、月二回くらいうちに戻れるんだけど、土日は難しいんだ」

「来られないなんてもったいないわ。お店はどうしても土曜日にしか開けられないのかしら」

松山さん、初来店の勢いでぜひ店主に強く言ってください、と心の中で声援を送る。

ふいにドアが開いて、如月《きさらぎ》先生が駆け込んできた。

「ああ、ひどく難儀いたしました！」

元大学准教授は足まで隠れる巨大なレインコートを纏《まと》い、息を切らしていた。

「ようこそチボリへ！　如月先生、すごい雨合羽《あまがっぱ》ですね」

レンがバスタオルを捧げ持って待つ間、先生はびしょぬれのコートを脱いだ。

「まったく、とんだ地雨で困ったものです」

ジアメってなんだろう。この言語学者には決して安易に質問すまい、と誓《ちか》っているので、あとでこっそり調べることにする。

「どうぞ、スリッパを」

先生も長靴を脱ぎ、シゲさんが差し出したベージュのスリッパを履いた。急に表情が変わる。

持ち帰りの交渉を算段していたりするのかしら。しかし、珍しく横文字の単語を発した。

「これは、アルバートスリッパですか?」

レンが答えた。

「これはグリオプスのルームシューズです。羊毛でできているから、アルバートスリッパとは呼ばないかな。あっちはベルベットが使われることが多いんです」

「あの」気になるスリッパの話題なので、私はさっそく誓いを放棄して割り込んだ。「なんですか、アルバートスリッパって」

先生は履き心地を楽しむように二、三歩ふわふわ歩き、私の横に座った。

「刺繍が施されたお洒落な室内履きのことだと承知していたのですが」

「十九世紀に」レンが補足する。「イギリスのヴィクトリア女王の旦那さんのアルバートって人がベルベットとキルティング素材の室内履きを気に入ってよく使っていたんです。それで、甲に刺繍がしてあるベルベット製の洒落た室内履きを〝アルバートスリッパ〟って呼ぶんだ」

「よくご存じですわね、レンさん」

「先生も詳しいですね」私は言った。「ひょっとして、靴を集めるのが趣味とか」

「いえ」先生はフラミンゴみたいにつんと気どって言った。「たまたまです。亡くなった夫が西洋文化史を教えておりましてね」

旦那さんも先生だったのか。それに、なんとなく予想していたが、やはり亡くなられていた。娘さんは独立しているらしいから、先生は一人暮らしだろう。言語については際限なく語るのに、自分のことはほとんど話さない人だ。私も突っ込んで聞くタイプではないので、毎週顔を合わせるわりに先生のプライベートは知らない。

「そのスリッパはデンマーク製だよ。履き心地がいいので我が家でまとめて購入したら、家紋を刺繍してくれたんだけど」

思わず自分の足の甲を凝視した。家紋入りのスリッパなんて見たことがない。いったい何足くらい購入したのかしら。

「大雨のせいで少々冷えてしまいました。大急ぎでヒュッゲをくださいな」

「かしこまりました～」

手がかじかんでしまったのか、先生はしきりに両手を擦り合わせていた。七月なのに戸外は雨のせいで気温が低い。でも、ここはあたたかい。無理して来てよかった。先生もすました顔に安堵の表情を浮かべ、独り言のように言い放った。

「本来ならこんな日は家でのんびり読書を楽しみたいところですが、なにしろチボリは、土曜日しか、開いておりませんものねえ」

わざとらしい大きめの声が聞こえていない様子の店主は、幸せそうにお湯を沸《わ》かしている。

ここ、カフェ・チボリは土曜日しか営業していないという奇妙な店だ。

四月のある土曜日にこの店を訪れた私と石川さんと如月先生は、実はカフェ・チボリ開店日の最初の客だった。もっと言えば、私が初のお客様だったのだ。なんであれトップに立ったことのない私は自分が客一号であるという事実に戸惑ったが、〝一番目〟という特別感は、恥ずかしくもちょっぴり心地よかった。

以来、私は磁力に吸い寄せられるように土曜日になるとチボリへ足を向けていた。あまりに少ない営業日のためか、初日に全部タダにしてもらった負い目か、それとも高校生がオーナーであるという珍しさのせいだろうか。今や私の大脳には、〝土曜はカフェ・チボリで過ごさねばならない〟という信念めいたものが刻み込まれていた。

『男は見せびらかしたがり、女は独り占めしたがる』という格言は私が即席に作ったものだが、的を射ていると思う。私と如月先生はカフェ・チボリの存在を誰にも教えていない一方で、石川さんは次から次へと客を連れてきている。店にとっては石川さんのほうがいいお客さんなのだろうが、私はどうしても友人にチボリを紹介する気になれなかった。

「すみません、まだ聞いていませんでしたね。香衣さんは、お飲み物はいかがですか?」

レンはこのセリフが好きらしい。言うたびにうっとりした様子で目を閉じる。

「まだ早い時間だから、カールスバーグじゃなくて紅茶にしようかな。クイーンズブレンドを。それとデニッシュをください」

常連客ぶって、他店ではめったに飲めない紅茶の名前を口にした。実はどんな茶葉がブレンドされているのか覚えていない。

カフェ・チボリで供される紅茶はすべて北欧最古の紅茶専門店であるA.C.パークスというブランドのものだ。十八世紀コペンハーゲンの貿易港クリスチャンハウンに、インドやセイロン、中国などの交易船が多くやってきた。A.C.パークスの創始者が商船のクルーから茶葉を仕入れて販売すると、その薫《かお》り高い味わいが上流階級に広まり、デンマーク王室御用達《ごようたし》となった。そして二十世紀には多くの人々に愛飲されるようになる。ヒュッゲという〝くつろぎの時間、空間〟を大切にする国民にとって、薫り高い紅茶はその演出に欠かせないそうだ。

私が頼んだクイーンズブレンドは、現デンマーク女王であるマルグレーテ二世のお気に入りだ。そんな紅茶を飲むだけで高貴な気分に浸れる。

店で提供される料理は、驚くべきことに高校二年生のレンがすべて作っていた。それが半端なく美味しい。ニシンのマリネもスモークサーモンが入ったサラダもハンバーグに衣をつけて焼いたクラビネッタという肉料理も、しっかり味がついているのにくどくなくて、すいすい食べられてしまう逸品だ。野菜も魚介も肉類も厳選されているようだ。さっぱりしたソースやドレッシングはちょっぴり和風テイストに仕上がっており、レンが本物のデンマーク料理をアレンジしているらしい。欧風レストランにさほど縁のない私も抵抗なく舌鼓《したつづみ》を打つことができる。

おまけに彼が早朝に焼くというデニッシュは、ついつい二つ以上食べたくなる絶品である。どれも生地《きじ》がサクサクというか、ふわふわというか、如月先生によれば「熟練の織物師が幾重にも糸を紡《つむ》いで織《お》った布のように滑らか且《か》つ繊細《せんさい》な出来映え」だそうだ。中身のクリームやジャムもレンが丁寧に作っているそうで、程よい甘さが気に入っている。それは「あたかも宮中の奥深い厨房で秘密裏に作られた禁断のジャムのように芳醇《ほうじゅん》且つ精妙な味」らしいが、真意を聞くと長いので、先生のご意見は謹《つつし》んで拝聴するに留めている。

レンの接客は幼稚園児のお店屋さんごっこのノリなのに、そのお店は広大な庭園と瀟洒《しょうしゃ》な建物からなり、出てくる料理は星三つあげてもよさそうな美味しさときている。このギャップが、ついついチボリに足を向けてしまう所以《ゆえん》かもしれない。

ティーポットとカップ、それに大きめのシュガーポットが私と先生の元にやってきた。縁に金彩が施され、側面に花模様が描かれた豪奢《ごうしゃ》な雰囲気の陶磁器だ。レンはそれらを流れるようにテーブルに並べた。彼の手は大きくて、均整のとれた美しい指をしている。そのためか、ついついその所作に見惚《みほ》れてしまう。

シゲさんが捧げ持つ銀のトレーから、私は二つ、先生は三つ、デニッシュを選んだ。一方の石川さんたちは既にアルコールに突入しているようだった。

今日は、ほかにも客がいた。四月にオープンして一ヶ月の間は、律義に通う私たち三人以外の客を見たことがなかったが、まったく宣伝していない様子のこの店をどこで知るのか、五月以降はぽつりぽつりと客が増えてきていた。

やや細身の黒髪の男性が、入口の脇にある窓際の席に座って本を読んでいた。こちらに背を向けていたがシャツもパンツも真っ黒で、足元は例のスリッパだ。ふわふわタオルは横に置かれているところを見ると、かなり前にやってきたのかもしれない。職業柄、人が読んでいる本が気になるので目を凝らして見ると、分厚い洋書のようだ。

そしてカウンターには、珍しく若い女の子が座っていた。

彼女は細い身体を反らせて、若者らしい明るい奇声を発した。

「うそ〜っ、それって冷たいんじゃない？」

私服だが高校生で間違いないだろう。短いスカートから長くて綺麗《きれい》な脚を惜しげもなく晒《さら》している。白雪姫みたいな透き通った肌、ラプンツェルのようにぱっちりとした瞳、かぐや姫のごとく艶《つや》やかな黒髪。顔に「あたしは美人です」と書いてあるタイプの女の子だ。

カウンター内に立つレンは、にこにこしながら答えた。

「そうなのかな」

「こんな立派なカフェを開いたのに、どうして学校の友達に知らせないの?」

「う〜ん。みんな、あんまり興味なさそうだから」

「あたしの高校の友達に声かけようか。けっこう金持ち多いからこういうとこ好きそうだよ」

「和田ヶ丘《わだがおか》高だっけ」

「そこしか入れなかったから」彼女は屈託のない表情で肩をすくめた。美人だが気取りはない。

「レンは高校もアイエイなんでしょ。すごいよね〜」

私は思わず高校生たちに視線をやった。今、なんと?

「レンは帰国子女で、小学校四年のときに南町小に転校してきたんだよね。六年まで三年間一緒のクラスだったのに、そのあとはずいぶん差ができちゃったなあ」

「差? なんの?」

あっけらかんと笑うレンを凝視していると、如月先生が私の肘をつついた。

「今、アイエイと言っておりましたよね」いつものすまし顔に、微《かす》かな興奮が見られた。「レンさんは、あのアイエイの生徒なのでしょうか」

聞き耳を立てていたのは石川さんのテーブルも同じだったようで、二人は高校生たちをチラチラ見ながら、動揺した様子で話し込んでいる。私は先生にささやき返した。

「愛瑛学園《あいえい》って、めちゃくちゃ難しいと言われている有名進学校ですよね」

元大学准教授は重々しくうなずいた。

「愛瑛は中高一貫ですが、超難関中学受験を突破して無事に入学した愛瑛中学生が全員エスカレーター式に高校に上がれるわけではないのです。三年間の成績と進級テストの結果如何では容赦《ようしゃ》なく叩き出されるというスパルタ教育。日本で一番難しいとされているT大への進学率は全国トップレベルです。わたくしがいたK大にも何人か愛瑛出身の学生がおりましたが、彼らは自分を、T大に入れなかった落ちこぼれだと思っていたフシがあります」

K大だって全国の高校生の憧れの的だ。私なんぞ受験する気にさえなれなかった高偏差値の大学なのに、そこに入って落ちこぼれだと思うなんてレベルが違いすぎる。

「レンさんが平日にお店を開けないのは、やはり猛勉強しているということでしょうか」

お気楽そうなレンが机に向かってガリガリ……というのはイメージしにくいが、あるいはそうかもしれない。

「こんなお店やってて、おうちの人はなにか言わないの?」女子高生の若い声は、店内によく響く。「確かレンの親戚で勉強にうるさい人いたよね」

「鷲雄《わしお》伯父《おじ》さん」レンは下唇を突き出した。「店には大反対だよ」

「ものすごいコワい顔した堅物《かたぶつ》そうな人よね。ほら、区長に頼まれたとかで、小学校の卒業式でなんかしゃべってたよ」

区長の依頼で祝辞を述べるとは、レンの伯父さんは地元の名士なんだろうか。

「お父さんはなんて？　二年前からアメリカで仕事してるんでしょ」

「あ～」レンはなぜか苦笑した。「父さんは手放しで大賛成」

厳しい伯父と甘い父を持つレン。なんとなく、とても納得できるような気がした。

「それとほら、もう一人、めっちゃ陽気な伯父さんがいたじゃない」

「二番目の風雅《ふうが》伯父さんのことだね」

「そうそう。運動会にお父さんが仕事で来られなくて、その伯父さんがレンと〝父と子の借り物競走〟に出たことがあったよね～」

「あのときは参ったな。お題のカードを伯父さんが見たとたん、なぜかクラス中のお母さんに声をかけて、ぞろぞろ四十人くらいで走った」

当然、ビリ。お題が『クラスの美人ママ』だったため、どのお母さんも外せないと風雅伯父さんが考えたからだそうだ。盗み聞きしている私と先生は密かに苦笑した。

レンは残念そうに肩をすくめた。

「鷲雄伯父さんとそりが合わなくて、今はヨーロッパにいるんだ。ていうか、あんなコチコチ頭と仲よくできる人なんていないだろうけど」

「大変そうだね」女子高生は気の毒そうな顔をした。「ひょっとして、今は鷲雄伯父さんがレンの面倒を見ているの？」

苦虫を嚙み潰したような顔でレンが答える。

「実質の保護者。早く成人になりたいなあ。伯父さんは僕のやることなすこと、全部反対するんだ。この店を始めるときもさんざん文句言われて、最後には条件を出された」

「条件?」

「一年の時より成績が下がったら、即刻閉店しなきゃいけないんだ」

それは困る。せっかく見つけた快適な場所がなくなってほしくない。レンの家族構成にも興味があるが、今は店の存続のほうが心配だ。成績は大丈夫なのか。

「で、どうなの?」

「去年の平均がロクニで、一学期はハチハチだった」

如月先生が小さくうなずいた。

「去年が六十二点で一学期が八十八点。及第ですわね」

女子高生が頓狂《とんきょう》な声をあげた。

「……ハチハチ? うっそ。愛瑛って評定平均十点満点だよね。てことは……」

「九・八八だった」

キュウテンハチハチ?

ほぼ満点ではないか!

女子高生は宇宙人でも見るような訝《いぶか》しげな視線を向けた。

「……それって学年トップ?」

「さあ、知らないな」

彼がぽかりと口を開いて笑うと、頬のすぐ下に小さなえくぼが生まれた。

私は、チボリのある場所を地図で詳細にチェックしたことがある。〝小ノ澤《おのざわ》邸〟と表示される敷地は、スポーツ施設や美術館を有する広大な市民公園と同じくらい広かった。私たちが鉄扉《てつび》を抜けて噴水を回り込んで並木道を歩いて店に辿り着くまでの、いわばチボリの庭は、小ノ澤邸のごくごく一部、ほんの端っこだった。石川さんと如月先生と私は、カフェ・チボリは金持ち息子が道楽で始めた店だという結論に達した。コペンハーゲンにある〝チボリ公園〟を真似て、カフェを造るついでに噴水や並木道や花壇を造成してしまったに違いない。

その道楽息子が頭もよかったとは驚きだが、そんな店に出会えてラッキー……いや幸運でしたねと私と如月先生はこっそりうなずきあい、引き続き高校生の会話に聞き耳を立てる。

「本当は、本物のチボリみたいにジェットコースターやホラーハウスも造りたかったんだけど、伯父さんに却下されたんだ。管理が大変だって。ぜったいにあったほうが楽しいよね！」

「そりゃ、あったら嬉しかったけど、週一回しか開かないカフェのためにそこまではねえ」

「野外劇場だけはどうしても外せないって頑張ったんだけどダメだった。悔しいよね！」

「いや、ぜんぜん大丈夫な気がする」

本当に頭がいいのだろうか。それとも凡人には理解できない思考回路なのか。

「でも、駅でばったり会えてよかったわよ～。声かけられてびっくりした」

「僕も驚いた。卒業以来だから、四年ぶりだね」

「うん。でもぜんぜん変わってないからすぐにわかった」

「ユラは美人になったね」

「あら」ユラと呼ばれた彼女はにんまり笑った。「レンもお世辞が言えるようになったんだ」

「ユラは昔からかわいかったから男子に人気だったよ。でも、もっと綺麗になったね」

にこにこ言い放つレンの言葉に、ユラは戸惑い顔をカップで隠した。

「ありがとう。それなりに自覚はあるけど、面と向かって言われるとすごく照れるわ。ところで、このお店の経営は大丈夫？　お客さん少ないんじゃないの？」

「うん、それで困っているんだよ」金銭的には困らないだろうが、儲からないと伯父さんに認めてもらえなそうで困る。「今日はお客さんがいるほうかな。もっと少ないときもある」

シゲさんが、女子高生のカップに注意深くコーヒーを注ぎながら言った。

「それでも、幸いなことに閑古鳥《かんこどり》が鳴いたことはございませんが」

それはそうだ。客一号二号三号は、毎週末律義に通っているんだから。

「ふ〜ん、そうなの……てか、カンコドリってなんの鳥ですか？」

「カッコウのことでございます」

「どんな鳥？　その鳥がなんで、お店が空いているときに出てくるの？」

「よろしいでしょうか」如月先生が女子高生に話しかけた。言語知識の詰まった脳が刺激されてしまったらしい。「差し出がましいようですが解説させていただきますと、古語に、喚子鳥という季語があるのです。万葉集などに出てくる鳥で、人を呼ぶような声で鳴く鳥のことを示し、これは主にカッコウのことを指したようです。その声が物悲しく聞こえたことから喚子鳥が転じて、閑古鳥と呼ばれるようになったのです。芭蕉《ばしょう》も『嵯峨《さが》日記』で歌っております。『憂き我を　さびしがらせよ　かんこどり』。季節は夏。つまり閑古鳥は、物悲しい、人寂しいということの代名詞なのです」

「ふうん、そうなんだ」女子高生は思いのほか素直に先生の言葉を受け入れた。「あれ、でも、鳩時計ってカッコウが鳴いていたりしません？　ほら、カッコウ、カッコウ、って鳥が飛び出してくるでしょ。あれも物悲しいのかな。それともあれは鳩なのかな」

「さあ、時計のことはよく存じません。香衣さんは？」

「……ポッポー」

私の不用意な一言に、女子高生が固まるのがわかった。童話の編集をしているせいか、言葉がふと絵本の一ページのように思い浮かぶことがある。それをすぐ口にする癖《くせ》はマズいとわかっているのだが、つい出てしまうのだ。

「す、すみません。鳩時計はポッポーと鳴いているのでは？」

そのとき、窓際のほうから声がした。

「失礼ですが」本を読んでいた男性がこちらを向いている。「お話がつい聞こえてしまったものので、ちょっとよろしいでしょうか」

その顔を正面から見たとたん、心臓がどくんと音を立てた。

「どうぞ、どうぞ、お話しくださいな」

なぜか如月先生も動揺していた。ユラも瞳を大きく見開いた。

「なに、なんですか？　聞きた〜い」

黒いシャツ、黒のパンツの痩身の男性は、三十代後半から四十代前半だろうか。短髪で、鼻梁が高く、薄い唇にほんのり笑みを浮かべていた。一重だがくっきりした瞳はただこちらを見ているだけであろうが、じっと見つめられているみたいに感じられ、落ち着かなくなる。

「鳩時計は、西洋ではカッコークロックと言います」彼はゆったりと話した。「日本に時計が輸入されたとき、先ほどの俳句ではありませんがカッコウのイメージが〝暗くて物悲しい〟ことから、カッコウではなくて鳩にしよう、という意図が働いたと聞いたことがあります」

「ってことは」ユラがうなずく。「西洋人はカッコウが寂しい鳥だと思ってないのね〜」

「あの、すみません。私も皆さんにちょっと」

店の中央テーブルにいる松山さんがみんなを見回しながら声をかけた。如月先生が応じる。

「なんでしょうか」

「鳩時計って、夜の間中ずっと鳴いているのが普通かしら」

「さあ」如月先生は首をかしげた。「うちには置いていないのでわかりませんが」

「うちにもないけど」ユラがスリッパの足をブラブラさせた。「あれって三十分とか一時間ごとに鳴くのよね。夜の間ずっと鳴いていたら、うるさい気がしますね」

レンが、ぼそりと答えた。

「夜、鳴かないようにすることはできるはずだよ」

松山さんは神妙な面持ちで聞いた。

「それは大変な作業なのかしら」

「ううん。すごく簡単だと思います。錘式《おもり》か電池式かによって操作方法は違うけど」

「錘式？　よくわからないけど、夜鳴かないようにする手段はあるってことね」

石川さんが不思議そうに言った。

「なぜ鳩時計のことをそんなに聞くんだい？」

「実は、先週ちょっと不思議なことがあって」

「気になるな。何かトラブルでも？」

「トラブルかどうかもわからないのよ。知り合いが蓼科《たてしな》の別荘に一泊招待してくれたのだけど、一日目はご機嫌だったのに二日目になったらすごくそっけなくなってしまって。何か悪いことをしたのかと、ずっと気になっていたの」

今や全員が松山さんを見ていた。

「外は大雨で」石川さんが窓のほうを見て言った。「みんなしばらく足止め状態だ。詳しく話してみてはどうかな。ボクも以前、ここで話をしてスッキリしたことがあるんだよ。ある少女がマッチを擦って何かを燃やしたと思ったんだけど、結局彼女は『マッチ売りの少女』みたいに別の目的でマッチを擦ったことがわかったって話なんだけどね」

省略しすぎて意味不明な説明だったせいか、誰も突っ込まなかった。そして我が道を行くタイプの如月先生が、顔をぐいと上げた。

「何かお困りでしたらわたくしもご相談に乗ります。大学で言語学を教えておりましたので、いろいろと知識はございます」

「まあ。大学教授ですか」

松山さんが感激したように両手を合わせたので、石川さんが慌てて小声で添えた。

「正しくは、准教授なんだ」

「あたしも聞きたい。なんかおもしろそう！　あたし、レンの小学校時代の友達で八木沼由良《やぎぬまゆら》っていいます。高二で〜す」

窓際の男性も好奇心にかられたのか、コーヒーカップを持って中央テーブルのほうにやってきた。色素の薄い瞳がゆらゆらと揺らめくように輝き、ずっと見つめていたくなる。

……いや、年上はタイプではない。付き合うなら話の合う同年代がいい。それに一目惚れなんて信じていない。男と女はお互いによく知り合ってから恋愛に移行するものだ……

「私は、笠原《かさはら》香衣といいます。児童向けの出版社、アカツメクサ出版で編集の仕事をしています。今は一人暮らしで、毎週ここに来ているんです」

おや、なぜ積極的に名乗っているのだろう。いや、自己紹介はきちんとせねば。

「子供向けの本を作っていらっしゃるんですね。いいな」ふわりと笑うその目尻にチャーミングな皺《しわ》ができた。「土方《ひじかた》と申します。この街に住む知人を訪ねたのですが、雰囲気のいい店があるから帰りに寄ってみてはと勧められ、それで来てみました。本当にいいお店ですね」

「ありがとうございます、土方さん。コーヒーお代わりどうぞ！」

レンが大いに張り切って、棒状の紫の取っ手がついた円筒形のコーヒーポットを持ち上げた。急須《きゅうす》の大型版みたいな形で、側面にはティーカップと同様の花模様《もよう》が品よく描かれている。

優しげにうなずく土方さんはカップをすいっと片手で差し出す。なにげない所作にも華があって、ついつい視線がいってしまうのは私だけではないようだ。先生も松山さんもチラチラと盗み見ている。何をしている人だろう。サービス業？　外資系エリート？　指輪はしていない。独身かな。いやいや、決して年上はタイプではないのだけれど。

彼は美味しそうにコーヒーを一口飲むと、言った。

「こちらはチボリという名前だけれど、デンマークのチボリ公園から取った名前なんですね。てっきり、イタリアのチボリが由来かと思いましたが」

レンはうなずいた。

「そもそもチボリ公園の名前が、ローマ郊外の地名・チボリに因《ちな》んでつけられたものだからね。ローマのチボリは古代から保養地として知られていて、世界遺産のヴィラ・デステとヴィラ・アドリアーナっていう建物が有名なんだ。イタリアのチボリを知っているなんて、土方さんも物知りですね」

土方さんは柔らかく微笑《ほほえ》んだ。

「ローマには何回か行ったことがあるのでね」そして松山さんのほうを見た。「では松山さん。どうぞ、日本の別荘地についての話をなさってみてください」

松山さんは大きくうなずいた。

「では、この間の一泊旅行のことを皆さんにお話ししますね」

＊

私ね、三年ほど前から陶芸をやっているのよ。祖父の趣味が骨董蒐集《こっとうしゅうしゅう》だったのと、祖母と母が茶道の師範だったのが影響したのかしら。近所にある、有名な陶芸家の柿谷《かきたに》先生が開いている陶芸教室に週一回通っているの。不器用なのでたいした作品が作れるわけではないわ。母にステキな茶碗《ちゃわん》をプレゼントしてあげるのが目標なんだけど、今のところ素朴《そぼく》な茶碗が精一杯ね。それでもけっこう楽しいの。

話は先週の教室のことです。窯《かま》から作品を取り出す日で、華やいだ雰囲気だったわ。私は、大ぶりのコーヒーカップを作っていました。お茶碗みたいな白いカップで、取っ手の上に小さな鳥をあしらったの。くちばしをちょっと上に向けて尻尾をぴんと立てて、さえずっているような雰囲気を出すのに苦労したわ。我ながら、なかなかいい出来だったのよ。

生徒さんは十五人くらいいたかしら。作品をテーブルの上に置いて、ミニ鑑賞会みたいにお互いの作品を批評し合っていました。素人《しろうと》の集まりなのでたいてい「あらステキ」「奥様のも素晴らしいわ」と、どんぐりの背比べを褒《ほ》め合う、という感じだけど、一緒に始めた友人の広《ひろ》瀬《せ》さんもカップをとても褒めてくれて、いい気分でした。

そろそろ鑑賞会もお開きということで、私は実家の押し入れから持ち出してきた木箱にしまうために、布袋《ぬのぶくろ》にカップを入れようとしていました。そのときにね……

「あら。ちょっと、ちょっとよろしいかしら」

教室の入口から大きな声が聞こえたの。隣で作品を包んでいた広瀬さんもびっくりして、思わず声のほうを見やったわ。上条《かみじょう》さんが立っていたの。

上条喜美《よしみ》さんは生徒さんじゃなくて、美術商というのかしら、高価な美術品を扱うお仕事をしている方。先生の作品を仕入れているのね。私たち生徒とは、たまに会えば一言ふたこと交わす程度よ。とっても目立つ方なのでみんなが彼女を知っていました。明るい茶髪をゴージャスにカールさせて、いつもシャネルスーツを着て、イヤリングも指輪もキンキラキン。はっきり言って美人というわけではないし派手すぎて厭味《いやみ》な感じがないわけでもないのだけれど、礼儀正しく挨拶《あいさつ》してくれる人です。年は四十代半ばから後半くらいだと思うわ。

その女性がさっと私の隣にきて、私のカップを指差しました。

「これ、ステキねえ」

驚いたわ。上条さんが生徒の作品を褒めたことなど一度もなかったから。彼女が教室に顔を出す目的はもっぱら高名な先生のご機嫌伺いのためだと、みんな噂《うわさ》していました。ちょっと口の悪い広瀬さんは、「あの人、生徒のことはほとんど無視よね。あたしたちみたいな一般庶民に高い買い物はできないと思っているから。元華族の出身だとかで、プライドが高いのよ。丁寧な口ぶりなんだけど尊大さがにじみ出ちゃうって感じ?」なんて言っていたくらいよ。

その上条さんが、私のカップを嘗《な》めるように見ているんです。

「ちょっと手に取ってみてもよろしいかしら」

恐いくらいの愛想笑いを浮かべたので、思わずどうぞと言ってしまったわ。

「いいですわあ、これ」彼女は箱の上に布袋をつまみあげて敷《し》くように載せ、その上にカップを置きました。「こうするとよく見えますわ……この鳥さんがとってもかわいらしい」

右から左から、箱をくるりと回して後ろ側も、じっくりとカップを眺めるの。

褒められて嬉しい反面、戸惑いもありました。素人の作品をこんなに褒める美術商の人なんているかしらって。私が急いで作品を片付けようとすると、彼女が言いました。

「お時間はおあり？　少しお話したいのですけれど、どうかしらお茶でも。私、美術商をしております上条と申しますけどね。ええと、ごめんなさい、どちらさまでしたっけ」

ほんの少し、その気になったのは確かよ。私の作品が目利きに認められ、この年にして陶芸家デビュー、なんて妄想《もうそう》が頭を駆け巡りました。でも、すぐに考え直したわ。カップはややいびつだし、取っ手の上の鳥はアンバランスだし、それが味を出しているというわけでもなく、下手の横好き程度の作品であることは自分が一番よくわかっていたもの。

「帰って夕飯の支度をしないといけないんですが」作品を布袋に入れ、緩衝材《かんしょう》を敷き詰めた箱に押し込み、持ってきたバッグにしまいながら聞きました。「どのようなご用件でしょう」

「実は」彼女は、胸のあたりにジャラジャラしているゴールドチェーンをいじりながら微笑みました。「私ね、今のカップの鳥さんにそっくりの鳥が飛び出す鳩時計を蓼科の別荘に飾っているんです。十八世紀にドイツで作られた年代物で、大事にしているんですけどね」

「あら、蓼科に別荘。すごいですねえ」

好奇心旺盛な広瀬さんは、私の隣に張りついて相槌を打ちました。

「古いんですけど、広さだけはありますのよ。それでね、松山さんのカップを見ているうちに、あの別荘の鳩時計とカップを並べて飾ったらステキじゃないかしら、と思ったわけです」

ちょっぴり期待しちゃったの。私の作品が初めて売れるのかしら、と。

ところが、上条さんはこんな提案をしてきました。

「今週末にその別荘にお客様を数人ご招待して小さなパーティを開くのですけれど、その余興《よきょう》にもぴったりだと思うんです。それでね、ご相談なんですが、数日間そのカップをお借りすることはできないかしら。今日そのままお借りできたら、週明けに必ずお返ししますから。それにもちろん、お礼も考えますわ」

がっかりしたわ。買ってくれるのではなく、借りたいだけなんて。素人の作品なんて所詮《しょせん》そんな扱いなのね。だから、ありがたいけれど気に入った作品だし、夫にも見せたいのでこのまま持って帰るつもりだ、と答えたわ。

「もったいないわ、松山さん」広瀬さんがなぜか口をはさんできました。「自分の作品が別荘に飾られて、たくさんのお客さんに見てもらえるなんてステキじゃない。あたしだったら貸しちゃうなあ。というか、あたしも別荘に招待してもらって、鳥さんを見比べてみたいわあ」

広瀬さんたら図々しいことを、と赤面したのだけど、上条さんと広瀬さんはなぜか意気投合した様子で、お互いに愛想笑いを浮かべ合っていました。

「あら、それはいいアイデアですわねえ、ホホホ」

「いっそ松山さん、別荘にカップごと招待されちゃいなさいよお、ホッホッホッ」

話が大きくなってきて戸惑ったのだけれど、上条さんはこう言いました。

「なるほど、それもそうですわね。カップだけなんて失礼いたしました。松山さんがカップを持っていらっしゃればいいのよ。今週末にご予定はおあり？」

話が大げさになりそうで必死に断ろうとしたんですけど、広瀬さんが盛り上げるんです。あげくに、上条さんがこんなふうに言いだしました。

「松山さん、本当に筋がおよろしいですわ」その言葉にはぐらりときたわ。「今日のところはご家族にカップをお見せになるためにお持ち帰りになってください。今の包み方がとてもきちんとしているように思えましたから、またその通りに包んで箱に入れて大事にしまっておいてくださいませんこと。土曜日に車でお迎えに伺いますから」

「すてきだわ松山さん。行ってらっしゃいよ。うらやましいわあ」

「あら、お友達のあなたもご一緒にいかが？」

「うわあ、ほんとですかあ？　なんか、悪いですねえ、催促《さいそく》したみたいで」

「いえいえ、大勢で鑑賞したほうが楽しいですわ」

強引な上条さんとノリのよい広瀬さんのせいで、週末の別荘行きが決まってしまいました。

楽しみにしていなかった、とは言わないわ。正直なところ、ドキドキしていました。だって、蓼科の別荘よ。高価な美術品を購入するセレブたちとパーティよ。おまけに私の作品を飾ってもらえるなんて、夢のようだわ。広瀬さんが強引に話を進めてくれてよかった、なんて思いました。実は、夫は私の作品なんて見向きもしないの。だからカップは陶芸教室で箱に入れたままの状態で、大切に保管しておきました。

当日、自宅の前で広瀬さんと待っていると、上条さんが運転する車が迎えに来ました。ベンツです。私も広瀬さんも有頂天でした。

道中は主に広瀬さんがしゃべり続けていたけれど、上条さんが上手に私にも話を振ってくれたの。だから、陶芸を始めたのは骨董好きの祖父の影響だと思うとか、その祖父は馴染《なじ》みの骨董商から高いものを買って祖母に得意げにプレゼントするのだけど、そのたびに堅実でしっかり者の祖母から怒られていた、なんてエピソードまで楽しく話してしまったわ。

あっという間に蓼科に着いたのだけれど、敷地の広さに驚きました。千坪くらいあるんですって。林の中にぽつんと建物が建っていました。このあたりの別荘はほとんどこんな感じだと上条さんが言っていたけれど、別荘に縁のない私は仰天するばかりよ。

外観はシンプルな平屋建てでしたが、中はゴージャスでびっくり。玄関を入ると立派なシャンデリアが私たちを迎えてくれ、どうやっても足音なんて立てられなそうな重厚な絨毯《じゅうたん》が廊下に敷き詰められていたわ。リビングは、小さい子供なら運動会ができるであろうほど広々としていました。ソファの脇には私が納まりそうな巨大な壺《つぼ》が飾ってあったり、向こう側の壁際にはアンティーク調の巨大なチェストが置かれていたり、すべてが豪華で圧倒されてしまいました。正面の大きなガラス窓の前に立つと、カラマツ林が広がる美しい庭が見渡せました。

寝室は十部屋もあるそうで、バブルの頃は大企業の役員専用の宿泊施設だったらしいわ。

「あら、先月来たときのままだわ。ごめんなさいね、散らかっていて。隣の部屋もこんなだったかしら。ちょっと見てくるわね」

とても散らかっているように見えない和モダンな内装のリビングから、上条さんは左手のドアを開けて別の部屋へ入っていきました。広瀬さんはさっそくソファに座り込み、「ふかふかよ。松山さんも座ってごらんなさいよ、ほら」なんてはしゃいでいたわ。

玄関のほうから人の声が聞こえ、数人が談笑しながら入ってきました。

「どうも、上条と申します。あなたが松山さんですか」

六十がらみのベージュのジャケットを着た男性が挨拶してくれました。喜美さんのご主人です。夫婦で美術商をしていると聞いており、私は緊張して挨拶しました。口数の少ない穏やかそうな紳士でした。

他の六人は上条夫妻のお得意様だそうで、皆、煌《きら》びやかなオーラを放っており、私と広瀬さんは緊張して小さくなりました。特に目立っていたのが、七十歳前後の気難しそうなご老人。

「一之宮《いちのみや》といいます。大学病院で消化器内科の医者をやっております」

痩《や》せて眼光が鋭く、尊大な雰囲気の方です。首に高価そうなスカーフを巻いていて、それがとても似合うお洒落な人ではありました。

喜美さんが戻ってきて私たちを紹介してくれたわ。一之宮先生は感心げに言いました。

「柿谷先生の作品は私も数点所有していますが、整った美しいフォルムを自然の淡い色合いと組み合わせているところが好きでね。お弟子さんですか、頑張ってください」

恐そうな顔のお医者様が意外にも優しい言葉をかけてくれたので、カルチャー教室のノリで通っているだけだとは言えずに、頑張って品よく微笑みました。

そこへ、また一人入ってきたの。三十代半ばから後半くらいの引き締まった体型の男性です。喜美さんが紹介してくれました。

「こちら、田中圭介《たなかけいすけ》さん。古いお付き合いで、彼が十代の頃から知っているのだけれど、今は美術関係の評論家としてあちこちの美術雑誌に記事を載せている売れっ子なのよ」

田中さんは爽やかに微笑みました。あとで広瀬さんが、ちょっとジョニー・デップに似ているわね、と言ったくらい、なかなか格好いい人よ。

「喜美さんには昔からお世話になっていて、ライターの仕事を始めてからはこの別荘にも時々寄らせてもらっているんです。静かなので、集中して執筆するには最適の場所ですよ」

上条夫人は微笑むと、いよいよという感じで言いました。

「さあ松山さん、こちらの部屋へ。カップを持ってどうぞ」

胸が高鳴ったわ。上条夫人に続いて私と広瀬さん、田中さんの四人が隣室に入りました。リビングに続く隣の部屋は、バロック様式の壮麗《そうれい》で古風な応接間です。いかにも昔の華族の家にありそうなどっしりした布張りのソファセットが部屋の中央を占めていたわ。

私は視線を彷徨《さまよ》わせました。正面にアンティーク調のキャビネットが威風堂々《いふうどうどう》と設《しつら》えられており、そちら側の壁の端に、お目当てのものがあったの。鳩時計よ。年代物と聞いていたけれど、ピカピカに磨き上げられていてきれいでした。

「さあ、このキャビネットの上にカップを飾りましょうよ」

そこにあったマントルクロックというのかしら、重そうなマーブル模様の時計を脇によけて、グリーンの敷物を敷いたわ。私が鞄《かばん》から箱を出すと、喜美さんが受け取って蓋《ふた》を開けました。そして重々しい様子で白い手袋をはめ、大事そうにカップを取り出して飾ってくれました。

「ほら、ステキでしょう」

喜美さんが言うと、広瀬さんも大げさな身振りで言ったわ。

「ほんと、ステキよ、松山さん」

すごく恥ずかしかったわ。だって、その部屋にあるものはどれも年代物の高価なもののようなのに、一つだけ、素人が作ったカップがちんまり置かれたんだもの。

「うん、素晴らしい」

田中さんも感心したように言ってくれましたが、鳩時計の肝心の鳩は……鳩だかカッコウだかわからないけど、時刻を告げるときにならないと出てこないでしょ。居心地の悪い雰囲気だったのだけれど、ちょうど三時になり、待望の鳥が飛び出してきました。

「ほら、ナイスタイミングですわ」

なるほど、白くてかわいらしい鳥が三回、カッコウだかポッポーだか鳴きながら出てきました。確かに、私のカップの鳥と似ている気がして、ほっとしたものよ。

「皆様のお部屋にご案内します。その後は夕食までカードゲームでもいかがかしら」

気疲れしていたので部屋でくつろぎたいと思ったのだけど、広瀬さんは大張り切り。荷物を部屋に置いたらすぐにリビングに戻ろう、と部屋でお化粧《けしょう》直しに余念がないの。イケメンの田中さんがお気に召したみたいだったわ。

夕食の支度がととのうまで、紅茶と美味しいロールケーキをいただきながら歓談して過ごしました。田中さんは急ぎの仕事があると、リビング隣室の応接間にパソコンと資料が入っているらしい紙袋を持って籠《こも》ってしまったので、広瀬さんはがっかりしていました。

私は徐々にリラックスしていきました。家ならワイドショーのあとドラマの再放送を見てダラダラ過ごしている午後を、こんなふうに優雅に過ごすこともできるのだと感激したわ。

別荘にはテレビがないんです。喜美さんに聞いてみたところ、「主人が、ここでは都会の喧《けん》騒《そう》は忘れたいというので電話もパソコンもないの。携帯電話も電源を切ってしまうわ」だそうで、さすがセレブは違う、と感心したわ。いつも情報を得ていないと落ち着かないのは現代病ね。

上品な談笑の声、グラスやカップが立てる小さな音、それからたまに聞こえる木々のざわめきや鳥のさえずり……お隣の別荘とはずいぶん距離が離れているそうだし、ここは私たちだけの空間、という心地良い満足感を得ました。

一之宮先生が上条夫人に代わって私と広瀬さんを案内して室内の美術品についていろいろと説明してくれたわ。大病院の先生だそうだけれど、これがまあ、よくしゃべる方でした。

先生はリビングの窓際に飾られている絵を指して、言いました。

「たとえば、この切り絵。これはヨーロッパのさる小説家の手によるものと言われています。明治の蒐集家、粟尚三《あわしょうぞう》がフランスで買い付けたものです。非常な目利きで、彼のお墨付《すみつ》きがある美術品は間違いなく逸品であると言われたそうです。一時は彼のコレクションと銘打った偽物が出回るほどだったとか。彼の孫もまた審美眼に優れた人物でねえ、私も何度かお目にかかったことがあるのだが、少し浮世離れしている人でしたな……日本における明治大正期の美術工芸品蒐集にはあらゆる分野の事業家が関わっておりましてね、その数寄者《すきもの》ぶりたるや現代の事業家たちももう少し見倣《なら》ってほしいと思うほど、熱心な好事家《こうずか》が多くいましたね。ロダン彫刻《ちょうこく》蒐集でひと役買ったのが松方幸次郎《まつかたこうじろう》ですな。彼はおもしろい経歴の持ち主でね、ドイツの潜水艦Uボートの設計図を密かに入手するのを手伝ったとか……松方氏はイギリス画壇の巨匠、ブラングィンと、それから先ほど話した粟氏と共に、麻布の地に日本初の本格的な美術館を造ろうと計画したのだが、残念ながら会社が経営不振に陥《おちい》ってね……」

私たちはひたすら首を縦に振るしかなかったわ。一之宮先生のお話はあちこちに飛ぶの。私はちょっと頭がぼうっとしてきて、かなり適当にうなずいていたわ。

下手の横好きで陶芸を始めたけれど、芸術って難しいわよね。先生が説明してくれた切り絵も、ものすごくきれいな額縁に納められているから立派な芸術作品に見えたけど、小学生が作ったと言われたら納得しちゃったと思う。画家名を知らなければ、素人にはただのいたずら描きにしか見えないのよ。だから、粟さんとかいう有名な目利きの人が『これは本物だ』と太鼓判を押してくれたら、その美術品は確かなものだと安心できるわけよね。

「明治大正期には昔の大名たちが没落して、日本の美術工芸品が海外に流出してしまった。しかし、その流出を食い止め、なおかつ欧米の美術品蒐集に力を入れたのが、粟尚三であったり、細川護立《ほそかわもりたつ》であったりしたわけです」

「ああ。その名前なら聞いたことがあります」広瀬さんが急に得意そうに言ったの。「細川元総理のご親戚ですよね。おじいさんにあたるのかしら」

その相槌で先生の勢いが止まらなくなり、明治大正期のコレクターたちがいかに日本の芸術文化に貢献したかを、上条夫人がお食事に呼んでくださるまで延々と聞く羽目《はめ》になったわ。

夕食はとても美味しくて、大変盛り上がりました。東京から有名なフレンチレストランのシェフが出張してきて腕をふるってくれたの。私、お酒はあまり強くないのだけどワインを少しいただいて、すっかりいい気分になりました。

一之宮先生は極上のワインでさらに饒舌《じょうぜつ》になり、リビングに移って食後のブランデーを召し上がる頃にはかなり出来上がっていらっしゃる様子でした。

「喜美さんはね、世が世なら私なんぞは口もきけないほど高貴な一族の出身なんですよ。だから優れた美術工芸品をよくご存じだ」

「いやですわ、先生。もう昔の話です。元華族なんて昭和になったらただの役立たずでしたのよ。父が美術品好きでいろいろと集めていたせいか、私も美大に進んだのですけれど」

「まあ」広瀬さんもお酒が効いていたのか、セレブ口調が妙に板についた感じで言いました。「審美眼が優れていらっしゃるのはお血筋なんでしょうねえ」

「この人は、左右対称の美学に燃えているんだよ」

一之宮先生はブランデーグラスを揺らしながら言いました。

「あら先生、そんなこともございませんわよ。いいと思うものはどんな形のものでも扱いますわ。ただ、父もそうでしたので、シンメトリーの美しさは好きですわ」

どうして私のカップを飾る気になったのかしら、と不思議だったわ。鳩時計は、文字盤はもちろん違うけれど、形は確かにきれいな左右対称です。その鳩と私のカップの鳩が対称的ってことかしらと、アルコールでぼんやりした頭で考えていました。

「確かに、シンメトリーはひとつの美の形ですね。僕にも縁があると思いますし」

「そうですね」広瀬さんが田中さんの顔をうっとり眺めながら言ったわ。「左右対称の美ってあると思います」

本人は黙って微笑んでいたけれど、私もそう思ったわ。意識してなのか、彼の髪型はきっちり左右対称です。人の顔を縦半分に割って線対称で反転するとまったく違う顔ができるっていうけど、彼の場合あんまり違わないんじゃないかしらと思わせるほど、端整な顔立ちなの。

「圭介君はね、磁器の絵付けが上手なのよ」

上条夫人の言葉に、田中さんは照れたように笑いました。

「僕は苦学生だったんですよ。母子家庭で貧しい家でしたので大学進学もあきらめようかと思ったんですが、たまたま喜美さん……上条夫人のお父上と出会い、美術の道を進むことを決意したんです。手先の器用だった僕は、高校のときに美術教師に勧められて県のコンクールに絵を出品したところ、金賞を取りましてね」

「その頃から才能がおありだったのね」広瀬さんはうっとりと言いました。「素晴らしいわ」

「運がよかったのです」彼は控えめに微笑みました。「なにしろその表彰式で、コンクールの名誉審査員だった上条夫人のお父上、崇士《たかし》氏と出会うことができたのですから」

上条さんのお父上は芸術家の養成に力を入れており、田中さんもその恩恵に与《あずか》って奨学金を得て大学へ進学したそうです。大学では染色から学び始め、アジアの美術品をいろいろと調べているうちに陶磁器の絵付けの魅力に目覚めて、陶芸の道に進んだんですって。

「卒業後はしばらく工房で修業したあと、一人気ままに様々な国の美術品を見て回りました。おかげで美術品を見る目が養われたようです。陶芸の仕事はものにならなかったんですが、美術関係の記事を書かせてもらっているうちに評論家として認められ始めました。今は上条夫妻にいろいろとご支援いただいて、なんとか生き残っているという次第です」

「圭介君は謙遜《けんそん》を言っているわ」喜美さんが上機嫌で説明してくれました。「彼の文章は業界では評判なのよ。それに染色や絵付けの知識が豊富ですの。陶芸の作品もなかなかよいものを作っていました。それこそシンメトリーな模様を得意としていたわよね。それに彼の曾《ひい》おじいさんは油絵を描いていたこともあるそうなのよ。その血筋を受け継いだのね」

「いえいえ」田中さんは手を振りながら言いました。「母はまったく芸術音痴《おんち》でしたから、美術を学びたいと言いだした時には、才能なんてないからやめろと反対されましたよ」

「隠れた才能がおありでしたのよ」飲み過ぎた広瀬さんのセレブ口調は、ろれつが怪しくなってきていたわ。「田中さんは、今はどんな記事を書いていらっしゃるの？」

「中世の染色について書いています」

「ちょっと拝見できないのかしら」

「すみません。まだ公表はできないのですがね、ほら」田中さんはプリントアウトされた原稿らしきものを数枚、ヒラヒラとさせました。「ここは静かで落ち着くので」

「うちがイチ押ししている古美術についてもいい記事を書いてね、なあんてね」

「困ったな、喜美さん。かなり捗《はかど》りました。こんなに美味しい食事をご馳走《ちそう》されたら嫌とは言えなくなりますよ」

皆が笑い、和やかな時が過ぎて隣室で鳩時計が十一回鳴きました。

「おや、もうこんな時間か。私は失礼するよ」

田中さんが話し始めた頃からずっと居眠りをなさっていた一之宮先生が、席を立ちました。広瀬さんはまだ田中さんと話をしたい様子でしたが、田中さんは仕事をするために隣室に戻ったので、私たちも部屋にさがりました。

ジャグジーのお風呂をいただいて部屋に戻ってみると、広瀬さんはもう高いびきよ。私もすぐにお布団に入ったのだけど、興奮してなかなか眠れなかったわ。

ウトウトし始めたとき、ふいに鳩時計が一回、鳴りました。一時だわ早く寝ないと、と思ったら、逆に目が冴えてしまったの。喉が渇いていて、リビングに行ってみたらサイドボードに水差しやコップがそのまま置いてあったので、水を一杯いただきました。

ふかふかのソファに座ってライトアップされた庭を眺めました。外の灯りはかなり明るかったので、部屋の電気はつけなくても大丈夫だったわ。白樺《しらかば》や樅《もみ》の木がすらりと立ち上がっていて幻想的でした。すっかりくつろいでいると、隣室の応接室から微かな音が聞こえました。

田中さんがまだお仕事をしているようだから声でもかけてみようか、と思いついたの。ほんの少し、広瀬さんを出し抜いてやろう、なんて気持ちもあったのかもしれないわね。

ドアの前に立つと話し声が聞こえてきました。盗み聞きするつもりもなかったのだけど、なんとなく入るのがためらわれて……小さな声で切れ切れに、こんな言葉が聞こえてきました。

「……オワタリ……シフク……」

「……ズル……アッセン……」

「……難しい……」

「……いやでも……ダメだ」

喜美さんと田中さんの声だったわ。ひそひそと深刻そうに話しているように感じたので、私は声をかけずにそのまま部屋に戻りました。

その後もなかなか眠れず、鳩時計が二回、三回と時刻を知らせる音を聞きながらウトウトし、夜明けになる頃ようやく眠りに落ちたようだったわ。

目が覚めたら、八時過ぎ。慌てて起きると、広瀬さんはもう着替えてばっちりお化粧していました。早く目が覚めたから庭を散歩してきたそうで、庭から応接室の中もよく見えたのだけど、田中さんはいなくてパソコンなども片付けられていたからお仕事はもう終わったのね、なんて嬉しそうに話していたわ、私も着替えて、二人でリビングに行きました。

少しして遅めの朝食が始まったとき、一之宮先生が不機嫌そうに言いました。

「昨夜は鳩時計の音がうるさくて眠れなかったよ。一時間ごとに急にポッポーと聞こえてくるので参った。先月もここへ来させてもらったけれど、確か時計の音はしなかったね」

喜美さんはすまなそうに言ったわ。

「ごめんなさい。壊れてしまったのかしら」

「四時の時報を聞いたときに、勝手に応接室に入って止めさせてもらいましたよ」

睡眠不足でイラついているのか一之宮先生が吐き捨てるようにそう言ったので、私のカップを置いたせいじゃないかなんて、気まずい気分になってしまったわ。

朝食後、応接室に行きました。鳩時計が壊れてしまったのなら私のカップに似た鳥はもう出てこないわけでしょ。カップを置いておく意味もないし、もう引き取ろうと思ったのよ。

そうしたら、カップはすでに箱に納まっていました。せめて最後に飾られているのを眺めようと思っていたのに、がっかりしたわ。それでも喜美さんに声をかけました。

「カップをしまってくださったんですね。すみません」

「ええ。どうもありがとうございました」

気のせいかもしれないのだけれど、そのときの喜美さんの態度がやけに冷たく感じられ、私はすっかり恐縮してしまいました。

そうそう、田中さんがもういなくなっていて、広瀬さんは残念そうだったわ。なんでも、朝早く仕事の連絡が入って急いで東京に戻らなければならなくなったとか。

「もっとおしゃべりしたかったわ。なんていう雑誌に記事が載るのか聞いておけばよかった」

帰りの車の中でもしきりと田中さんの話をしていました。運転手の喜美さんはお疲れなのか、行きのときのようにおしゃべりではありませんでした。というか、ぼんやりしているようだったわ。私たちが突然参加したのでお疲れになったのかしら、なんて考えてしまいました。

夕方、家の前で車から降りると私はできるだけ誠意を込めてお礼を言いました。でも、喜美さんのほうは、「あ、どうも」とそっけなく言っただけでした。

なんとなく尻つぼみの週末旅行は、そうして終わったの。

＊

「どう思います？」松山さんは、全員を見回しながら言った。「あんなに熱心にカップを借りたわりに、翌朝にはもう箱にしまっていたなんて。上条さんの別れ際の態度もそっけなくて……何か悪いことでもしてしまったのかと悩んだわ」

誰も口火を切らないので、私は思い切って言った。

「上条さんは松山さんの陶芸の腕を見込んで、仲よくなっておこうと思ったのでは？」

松山さんは少し照れたように笑った。

「ありがとう、ええと香衣さんでしたっけ。でも、後日、携帯にお礼の電話をしてもいつも留守電だし、折り返しの電話もないのよ。私が将来有望だと思ったってことはなさそうだわ」

「やはり」石川さんは腕を組んだ。「単にカップと鳩時計を並べて見比べたかっただけなんじゃないかな。時計は壊れちゃったみたいだけど」

「そういえば、その鳩時計だけどね」松山さんはみんなを見回して言った。「実は、翌朝一人で見たときに試しに鎖の部分を引っ張ってみたの。そしたら普通にチクタク動き出したので、そっと針を回して五時に合わせてみたら、扉が両側にぱっと開いて鳥が飛び出してきたわ。慌ててすぐに止めたけれど、どこが壊れているのかわからなかったわ」

土方さんがはっと顔を上げて言った。

「扉が両側に開いた？　鳩が飛び出す扉は両側についていたんですか？」

「ええ、そうです」松山さんはやや動揺した様子で答えた。「それが、何か」

「時計はドイツで作られた十八世紀の年代物でしたよね」

「上条さんはそう話していたけど」

「おかしいな」土方さんは首を捻《ひね》った。「十八世紀ドイツの年代物といえば、黒い森《シユヴァルツヴァルト》と呼ばれる地域の伝統的な時計のことだと思うんですが、そこで作られたものは片開きの扉です」

「片開き？　決まっているの？」

「ええ。両開きの扉がついていたのならば、もっとあとの時代に作られたものでしょうね」

「土方さんって、物知りだね〜」ユラが感心したように言った。「どうしてそんなにいろんなこと知ってるんですか？」

「たくさんの人とお話しする機会が多いので、雑学だけはあるのですよ」控えめに微笑む。

「その時計が年代物だというのは、たぶん嘘ですね」

「なぜそんな嘘をついたのかしら」松山さんは首をかしげる。「私のカップを借りた目的はなんだったんでしょう。年代物でもなく、すぐに壊れてしまうような時計と並べて置くため？それも、一回見ただけで飽きてしまったようだし」

「確かに」土方さんは眉間《みけん》に小さく皺を寄せた。「上条さんの態度は翌日になると冷たくなったようですし、少し違和感があるな」

少し沈黙ができたので、私は言ってみた。

「謎はよっつ、でしょうか。まず、上条さんはなぜ松山さんのカップを借りたがったのか。ふたつめは、なぜ鳩時計が年代物であると嘘をついたのか。みっつめ、田中さんと上条さんの夜中の言動は何を意味していたのか。最後に、上条さんがその後松山さんに冷たい態度を取っているのはなぜか」

「なるほど」土方さんが私をじっと見つめた。「わかりやすいです、香衣さん」

「ありがとうございます」調子にのった私は、思いつくまま言ってみた。「ふと思ったんですけど、田中さんはちょっと『みにくいあひるの子』と境遇が似ているような気がします」

「あひる？」

皆がきょとんとした顔で私を見た。しまった、また変なことを口走ってしまった。

「香衣さんはアンデルセンが好きなんだよ」石川さんのフォローはいつもあたたかい。「『みにくいあひるの子』は、兄弟の中で一番大きくてみにくいあひるの子が、いじめられ、いろいろ旅をして、やがて時を経て自分が美しい白鳥だったことを知る、って話だね」

ユラが足をブラブラさせながら言った。

「小っちゃい頃に絵本で読んだな。アンデルセン童話の中では有名ですよね」

「この話には」私は説明する。「作者自身の若い頃の不遇が描かれているのです」

アンデルセンは貧しい靴屋の子として生まれ、まともな教育を受けることなく都会へ行き、紆余曲折《うよきょくせつ》あって文章を書く仕事に就いた。稚拙《ちせつ》で無教養な文だと非難された時期もあるが、不屈の精神と溢れんばかりの想像力の持ち主であった彼はやがて世界に名を馳《は》せる作家となる。

「彼は有名になってからも、自分が貧しい家の生まれであったことにコンプレックスを持っていました。なので『みにくいあひるの子』には、彼自身が投影されていると言われています。白鳥の卵から孵《かえ》っていれば』と書かれているのが、まさにそれですよね」

土方さんが感心した様子でうなずいてくれた。

「みにくいあひるはアンデルセン自身か。〝持って生まれた才能は、環境に左右されずに開花する〟と言っている。それが〝境遇が似ている〟ということですか」

「つまり」松山さんは戸惑い顔で言った。「田中さんはアンデルセンと同じように、不遇だったけれど才能があったから開花した、ってこと？」

「もうひとつ、田中さんには上条さんという支援者がいましたが、アンデルセンにはヨナス・コリンという貴族の支援者がいて、その人のおかげで学校に通い勉強することができたんです。

余談ですが、そこでもアンデルセンはコンプレックスを感じていました」

アンデルセンはコリンを〝第二の父〟と呼ぶほど敬愛し、長い間深い親交を持つが、彼の出自がその貴族一家との間に溝を作っていた。ヨナス・コリンの息子エドヴァーとアンデルセンは年が近く、兄弟か親友のような付き合いをしていたが、エドヴァーは最後まで〝あなた〟より親しい呼び方の〝君〟という言葉を、アンデルセンに対して使わなかった。何度もそう呼んでほしいと懇願《こんがん》されたにもかかわらず。

「でも親しかったんでしょ」ユラが首をかしげた。「呼び方くらい、気にしなくてもよさそうなものなのにね」

「当時の王侯貴族の考えることは私にもわからないけれど、階級意識は歴然とあったのではないかしら。そういう時代だったのだと推測するしかないわね」

私の言葉に、土方さんが首を振った。

「デンマークはキリスト教の国であり、神の御前《みまえ》では人間は平等のはずですが、なかなかそうはいかないのでしょうね」

ユラがうなずきながら言った。

「デンマークもカトリックの国なのね」

「元はカトリックですが、十六世紀にドイツのルターの影響を受けたクリスチャン三世が、デンマーク国教会に改宗しました」

「それはカトリックじゃないんだ」

「プロテスタントのひとつです」

「ふうん。この近所に教会があるけど、あれはカトリックなのかな」

「聖ペトロ教会はカトリックですね。キリスト教はとても大まかに言うとカトリックとプロテスタントに分けられ、旧教、新教という呼び方をします。既存のカトリックのやり方を変えたいと考えた改革者たちが、結果として新しい宗派を作ったわけです」

「世界史は苦手だけど、宗教改革とか習ったな」ユラは首を傾けながら言った。「同じように神様を信じていても、作法とかが違うって感じ？」

「そうだな」石川さんがうなずいた。「仏教にもいろいろな宗派があるのと似たようなものかもしれない。何をどのように信じるかは人間次第、というわけか」

「そういえば」私は言った。「アンデルセンも深い信仰を持っていましたが、新しい靴に心を奪われて教会の大事なミサをおろそかにしたことがあるんです。それを後悔した彼は、のちに『赤い靴』という名作を生むことになるのですが」

「神の愛は寛容《かんよう》で情け深いものですね」土方さんはあたたかく微笑んだ。「悔悟《かいご》と懺悔《ざんげ》の気持ちがアンデルセンに名作を書かせたわけですから」

彼の笑みに一瞬見惚れたのち、続けた。

「彼の心の支えは神様と、支援者のヨナス・コリンでした。コリン家がなければ、世界的に有名な童話作家アンデルセンは生まれなかったかもしれません。芸術を志すものには、支援者は必要なのだと思います」

「そうか」松山さんが大きくうなずく。「田中さんにとっての上条家もしかり、ね」

「だから、田中さんと上条さんの夜中の会話は、仕事上の打ち合わせとか、しっかり励むようにとか、そういう類のものだったのではないでしょうか」

「第三の謎の答えはそれかもしれないわね……ほかに何か思いついたことはありませんか」

松山さんの言葉に勇気づけられ、私は続けた。なんといっても、ここチボリでは客一号なのだから、少々大胆になってもいいような気がしていた。

「不思議に思ったんですが、田中さんはなぜ応接室で仕事をしていたのでしょうか」

「それは」松山さんが戸惑いながら言った。「リビングには人がいたから、では？」

「パソコンを使うだけなら、与えられた部屋でもよかったのではないでしょうか。彼は誰かと同室でしたか？　寝室はとても狭かったとか？」

「田中さんは一人で部屋を使っていたわ。広瀬さんがちゃっかり覗《のぞ》いたのだけど、私たちの部屋と同じ造りで、サイドテーブルもあって快適そうだったと言っていました」

「では、自室に籠ったほうが静かで作業しやすかったのではないでしょうか。それを、わざわざ鳩時計のある応接室で仕事をしている。彼はそこで作業をしなければならない訳があった。仕事の打ち合わせは、実は鳩時計に関することだったのではないでしょうか」

「こういうの、どうかな」急に石川さんが身体を前に乗り出した。「上条さんは年代物の鳩時計を手に入れてお客さんに売るつもりだった、とか」

「時計を？」

「今回の一泊旅行は実は時計の販売がメインだったと仮定するんだよ。上条さんは陶芸教室で松山さんのカップを見て、鳩時計と並べて置いたらちょうどよい余興になると思いついた。松山さんと交渉するうちに、成り行きで二人を招待することになった。ところが、直前になって時計が壊れたとか、手配していたはずの時計が年代物ではなかったなどのミスが起きた。田中さんは機械にも詳しい人で、彼を呼んで時計を修理してもらうとか、別の時計を急いで探すために今ある時計を調べさせるとかの理由で応接室に籠らせたんだ。でも、うまくいかなかった。おまけに止めるのを忘れたのか夜の間中鳴かせてしまい、翌日上条さんは不機嫌だった」

「すべては鳩時計のため、という説ね」

松山さんはそう言ったが、すっかり納得した様子ではなかった。

「あたしは」ユラは小さく手を挙げて話し出した。「上条さんは鳩時計とカップを見比べてみようと思いついただけだと思います。お金持ちって気まぐれだし、経費とか考えなそうじゃない？　フンイキで松山さんと広瀬さんを別荘に誘ったのよ。年代物って嘘を言ったのは、見栄かな。夜中の二人のおしゃべりは、仕事の打ち合わせとか？　翌日に松山さんに冷たくなったのは、時計とカップが並んでいるのを見て、すぐに飽きちゃったから」

「つまり」私はうなずいた。「すべて上条さんの気まぐれ、ということね」

「わたくしはアヤシイところに気づきました」如月先生が自信満々に宣言した。「田中さんと上条さんの奥さんの仲が、アヤシイのです」

「二人が？」

松山さんが意外そうな声で言うと、先生はつんと顔を上げた。

「わたくしが思うに、この謎には田中さんが大きく関係しているのです」

松山さんが期待と不安を混在させたような表情を浮かべる。先生は自信ありげに述べた。

「カップを借りたのは、別荘に少しでも多くの人を呼ぶ口実ですわ」

「口実?」

「上条夫人と田中さんは不適切な関係にあった。夫人は別荘に田中さんを呼びたかったが、客が少ないと彼の存在が際立つので人数を増やすために松山さんたちを招待した。それが第一の謎の答えです。そして第三の謎、夜中の二人の言動は、ずばり逢引《あいび》きです」

「アイビキ?」ユラが眉をひそめた。「古い言葉だと思うけど、なんか艶《なま》めかしくてアヤシゲな雰囲気が満載ですね～」

先生は高校生の感想に満足そうにうなずき、続けた。

「時計について嘘をついたのは、松山さんを招待するべく話しているうちについ見栄を張ってしまったのでしょう。ただの鳩時計と十八世紀の年代物とでは重みが違いますからね」

「なるほど」石川さんが感心したように言った。「意外と説得力があるなあ」

「第四の謎は、田中さんを目立たなくする目的が達せられたので、松山さんたちの扱いはぞんざいになった、といったところでしょう」

「はあ」松山さんはまたもや納得していない様子だった。「確かに筋は通っていますが、上条さんと田中さんがそういう関係だった印象はないんですが……そういうことに敏《さと》い広瀬さんも、特に何も言っていなかったわ。それに、ご主人が一緒なのに」

「だからこそ、かもしれません」先生の口調が熱を帯びてきた。「田中さんは色男で上条さんより年下です。彼は若い頃は苦労して、ようやく最近評論家として認められつつある。田中さんにとって上条さんは大事な支援者です。一方の上条さんは久しぶりに会った田中さんが格好よくなっていて夢中になり、応援したのです。才能ある無名の青年を世に出したのは自分だ、という自負さえあったのではないでしょうか」

「そ、そうかしら」

「一方で、田中さんはどうだったのでしょうか。支援者になってもらえるのはありがたいが、上条さんを好きではなかった。夜中に応接室で仕事をしていたら、上条さんが押しかけてきた。しかたなく田中さんは『これからあなたのところに行くつもりでした』とか言い訳をしていた。それが、オワタリ、シフクなどの言葉です」

「え、わかんない」ユラがきょとんとした表情を浮かべた。「どおいう意味？」

「時代劇などで、大奥という言葉を聞いたことはありませんか。そこではこのように言います。『殿のお渡り〜』」先生が珍しく声を張り上げたので驚いた。「男性が女性のところに行くことを示す言葉です。田中さんは大奥のお渡りの話を引き合いに出して、『あなたと至福のときを過ごすつもりでした』などと言って上条さんをなだめたのでしょう」

「ふうん」時代劇を見ない女子高生は不服そうだ。「『ズル』とか『アッセン』は？」

「『ズルはしない』とか、『斡旋《あっせん》』……ではなく『優先して行くつもりだ』とか、そんな言葉だったのではないでしょうか」

「そうかな〜」

あまり納得していない様子のユラに、先生はたたみかけた。

「そうなのです。そうして上条さんのご機嫌を取ったが、結局うまくいかず、彼は翌朝早くに帰されてしまった。上条さんはそれを気にして、帰り道ずっとぼんやりしていたわけです」

「そこも引っかかる」ユラは長い脚を組んだ。「田中さんはジョニデ似のイケメンなんでしょ。なんでご機嫌を取るのに失敗しちゃったんですか？」

「男と女の仲にはいろいろと駆け引きがあるものなのです」

思わず、若かりし如月先生が男性と恋の駆け引きをする状況を思い描いた。想像力は豊かなほうだが、先生が一方的に押しまくっている姿しか思いつかなかった。

「自分で追い返しておいてぼんやりするのかな〜？」

「女とはそういうものです」

そういうものなのだろうか、という空気で全員がなんとなく沈黙した。

「失礼ながら」カウンターの端で静かに控えていたシゲさんが、遠慮がちに発言した。「少々意見を述べさせていただいてもよろしいでしょうか」

松山さんは、助かったとでもいうように大きくうなずいた。

「もちろんです。どうぞ、おっしゃってください」

「私が思いますに、今回のことはやはりカップに何らかの原因があるのではないでしょうか」

「あら、そうでしょうか」

「デンマークには優れた陶磁器がございます」おや、またデンマークの話のようだ。シゲさんの目が怪しく輝いている。「日本で有名なのはロイヤルコペンハーゲンです。そして、その最たるものがこれです」

私のティーカップを持ち上げ、頬をやや紅潮させて宣言した。

「〝フローラダニカ〟でございます」

「フローラ？　なにそれ」

ユラは自分の前に置かれているコーヒーカップを持ち上げた。私のと同様、縁に金が施され、側面には小さな黄色い花が描かれている。

「ご説明させていただきます」シゲさんは背筋を伸ばした。「フローラダニカは、世界一豪華なディナーセットとして不朽の名作と言われている食器セットのパターン名でございます」

デンマーク王室御用達の陶磁器メーカーであるロイヤルコペンハーゲンは十八世紀、王室からの命により、ロシア女帝エカチェリーナ二世に献上するためのディナーセット製作に着手した。『デンマークの花植物図鑑《フローラダニカ》』に載っているデンマークの植物二千六百点すべてを食器に描く、という途方もない企画だった。

「絵付師のバイエルは十二年もの歳月をかけ、たった一人で忠実に草花を描き写す作業を続けましたが、完成前にエカチェリーナ二世が崩御し、企画は中断されてしまいました」

「へえ、バイエルって人、なんかかわいそ～」

「彼が描き残した千八百あまりの食器のうち現存する千五百三十個は、オリジナルとしてローゼンボー城に保管されておりますが、これ、このように」シゲさんは愛おしむようにカップを撫《な》でた。「今では私たちも、現代の優秀なペインターたちの手によるバイエルの傑作《けっさく》を楽しむことができるのでございます」

ユラは自分のコーヒーカップをシゲさんのほうに向けた。

「これもフローラなんとかなのね」

「本日使用しております食器類はすべてフローラダニカでございます。レンさんが、雨の日に似合うのではないかとおっしゃいまして」

「それで」松山さんも、オープンサンドの残りが載った皿の、ギザギザした縁をそっと撫でた。「そのフローラダニカが私のカップと何か関係があるのでしょうか」

「さて、それでございます」シゲさんは力を込めて言った。「上条さんと田中氏は、二人で日本版フローラダニカを製作する計画を立てていたのではありますまいか」

「はあ?」

「陶芸教室で生徒さんの一人の作品をふと目にした上条さんは閃《ひらめ》いた。フローラダニカの鳥版を製作したら当たるに違いないと。そして、日本に生息するありとあらゆる鳥をモチーフに、一大食器セットを作る計画を立てたのです!」

シゲさんの突然の情熱に、松山さんもユラも啞然《あぜん》としている様子だ。

「まずは、松山さんの作品を観察する必要があった。しかし、その計画は秘密裏に行いたかった。仲間は少ないほど一人あたりの儲けは大きいわけですから。松山さんの作品がアイデアの元であると知られたくなかったので、とりあえず借りたいと申し出たのです。別荘に行くことになったのは成り行きでございましょう。ですから、鳩時計は慌てて購入したと推測されます。田中氏は陶磁器の絵付けも勉強していたようですから、彼を呼び、夜中に密かに計画の相談をしていたのでございますよ」

「確かに、染色や絵付けについては詳しいようでしたけど」

「松山さんのカップを仔細《しさい》に観察した二人は、のちのちのことを考えて松山さんに冷たくしたのでございます」

どうだ、と言わんばかりにシゲさんが胸を張ったが、誰もうなずいてあげなかった。

「残念ながら、その説は却下ですわね」如月先生はずばりと言い放った。「上条さんと田中さんがフローラなんとかの鳥版のようなものを作ろうとしていたなら、松山さんをわざわざ別荘に招待したりなぞしませんでしょう」

「さ、さようでしょうか」

「鳩時計の話を持ち出してカップの鳥に注目させて別荘に呼んだら、松山さんの記憶にはそのカップのことが色濃く留められてしまい、上条さんは自分のクビを絞めることになります」

「そうだね〜。あたしなら、もし松山さんのカップを見て閃いちゃっても、松山さんには話しかけないな。こっそり写真を撮って知らんふりすると思う。そのほうが、あとで文句を言われても『自分で考えました』って逃げやすいもん」

「そ、そんな」

「私もそう思います」松山さんはすまなそうに言った。「そもそも、私のカップを見てそんな遠大な計画を思いつくなんて、あり得ませんよ。自分では気に入っていますけど、どう見ても素人の作ったいびつなカップですから」

私もシゲさんの説はかなり無理があると思った。ただ単にフローラダニカの話をしたくて、無理やりこじつけたのではないかと怪しむほどだ。

デンマーク愛が玉砕してしまったシゲさんは、よろよろとカウンターにしがみついた。

「間違いないと思ったのですが。田中さんは絵付けについて詳しいようでしたし、極彩色《ごくさいしき》の鳥を描こうとしたのではと……」

土方さんが同情したように言った。

「確かに田中さんは、絵付けを学んでいましたね。鳥版のフローラなんとかはともかく、松山さんのカップに色を塗ったらいい商品になるかもしれない、というようなことは考えたのかもしれません」

石川さんもシゲさんを横目で見ながら言った。

「そうだね。田中さんはどんな陶磁器に詳しい人だったのかな」

「さあ」松山さんは言った。「インドとか東洋の染物について熱心に話していたのは聞いたけれど、陶磁器については特に……」

「インド？」

ふいに大声をあげたのはレンだった。松山さんは、それまで無言だった青年に優しく答えた。

「ええ。インドとかシルクロードとか、そんな話をしていたわよ」

「インド、オワタリ、シフク」レンの細い目が次第に大きく見開かれた。「ズル、ッセン……上条さんと田中さん、あひるの子」

「レン君」石川さんが心配そうに声をかけた。「どうかしたのかい？」

レンは目を最大限に見開くと、叫ぶように言った。

「そうか、ポントピダンのほうだ」

レンの目が鋭く光り、口は深刻そうに一文字に閉じられた。

「あの」松山さんはおどおどした様子で聞いた。「レン君、大丈夫？」

「松山さん、お母さんとおばあさんは一緒に住んでいましたか？」

不可解な質問だ。

「祖母はもう亡くなってしまったけれど、二世帯住宅で一緒に住んでいたわ。それが何か？」

「箱と袋は実家から持ってきたんですよね」

「箱？」

「カップを入れた」

「ああ。母のところにあった古い茶器の箱よ。中身はとうの昔に割れてなくなっていたんだけど、母ったら律義に箱だけ取っておくものだから、ちょうどいい大きさだと思って持っていったの。それがどうしたの？」

急に石川さんが立ち上がった。

「その箱にもともと入っていた茶器は、高価なものだったんじゃないかい？」

「いいえ。別に」

石川さんは慌てた様子だ。

「よく思い出したほうがいい。上条さんたちは、その箱を盗むのが目的だったんだ」

「箱？　どうして箱を」

「テレビで見たことがあるんだ。偽物を高く売るために、高価な茶器が入っていた箱にわざわざ入れ替えるって」

「なるほど」如月先生も大仰に顔を上げた。「茶器の箱には〝箱書き〟というものがあります。誰それがいつ作った、と箱に墨書をする。それが名器の証となるわけですね」

「つまり」土方さんが深刻そうに言った。「松山さんが持っていた箱は高価な茶器のものだった。それに気づいた上条さんは箱を盗もうとした。カップを褒めて箱ごと数日借りるつもりが、成り行きで別荘に招待する羽目になった。鳩時計の話は口からでまかせだったため、慌てて時計を用意したから年代物ではないし操作方法も知らず、一晩中鳴かせることになってしまった。つじつまは合いますね」

「そうなんだよ。そうに違いない」石川さんは青くなって汗をかいていた。「つまり、松山さんの持っていた箱が目当てだったんだよ。レン君、お手柄だ。よく気づいたね」

「でも……」

松山さんは戸惑っていたが、石川さんは構わずまくしたてた。

「田中さんは箱のすり替え役だったんだ。夜中に二人で見ていたのは箱だよ。似たような箱を用意して、箱書きの文字を書き写していたんだ。それがシフクとかの文字だったんだ！」

「すんごい、ぜえんぶ、合ってそう～」

ユラも目を見開いた。

「でも……」

「松山さん、すぐに警察に連絡したほうが」土方さんも深刻げだ。「ご実家の大事な箱がすり替えられたかもしれません」

全員が心配そうに松山さんを見つめる。

「急いだほうがいい。ボクなら一刻も早く売り払っちゃうよ」

「これは窃盗《せっとう》事件です」如月先生が一段と顔を上に向けた。「その箱を使って別の人に偽物の茶器を売ったら、詐欺《さぎ》事件となります」

私も焦って松山さんに言った。

「すぐに帰って箱を調べないと。詐欺事件が起きる前に警察に届けましょう」

「でも」興奮する皆をよそに、松山さんはおずおずと言った。「箱はすり替えられていないと思います」

「どうしてわかるんだ！」

「だって、私がＯＬ時代に四越《よつこし》デパートで買った、五千円の茶器が入っていた箱だもの」

チボリに沈黙がおりた。

石川さんが引き攣《つ》った笑みを浮かべて言った。

「それ、本当？　勘違いじゃない？」

「間違いないわ。祖母のために、初めてのボーナスで買ってあげたの」

「五千円かあ」ユラが椅子の背に勢いよく寄りかかった。「その箱を盗んでもしかたないよね」

石川さんがすごすごと座り込むと、松山さんはすまなそうに言った。

「間違いなく私が買った器の箱です。昨日も見たから間違いないわ。祖母は大事なものにすぐ名前を書いちゃう人だったの。プレゼントされたものには贈り主の名前を書く癖があったから、例の箱の底にも『〇年×月　恵美《えみ》から』って大きくマジックで書いてあるのよ」

「名前？」

レンが頓狂な声を出したので、再び全員が彼を見た。大きく目を見開いていた。

「おばあさんは名前を書いちゃう人だったんですか？」

「ええ、なんにでも」松山さんが苦笑した。「私の小学校のお弁当袋にも大きく名前を書いたので、スヌーピーの顔が半分見えなくなって泣いたものよ」

彼は口を引き結んだ。その目はなぜか怪しく輝いていた。

やがて、小さくうなずくとエプロンのポケットからマッチを取り出し、この上もないエレガントな手つきでしゅっと擦った。

マッチ特有のにおいと共に、その顔がほんのり明るく浮かび上がる。焔《ほのお》をじっと見つめながら、レンはささやいた。

「イアガペマクロフィミ、フユシテベテイアガペ、オゥジリ、イアガペオゥペルペレヴェテ、オゥフィシウテ」

中央テーブルのロウソクに焔を移すと、熟練の魔術師のようにふわりと手首を捻ってマッチの火を消し、にっこり笑った。

「皆さん、ヒュッゲの時間です」

全員が、揺らめくロウソクの灯りを見つめた。ユラが誰にともなく小声で尋ねた。

「……今の、なに？」

レンは松山さんに向かって言った。

「犯人の狙いはシフクだったんじゃないかな」

「シフク？」彼女は戸惑いながら聞いた。「至福の時？　どういうことかしら」

彼は大きくて形のよい両手で、直径二十センチほどの円を示した。

「カップを包んだのは、模様がついていて紐が上部についた巾着袋だった？　大きさはこのくらいの」

「そうね。大きさはもっとあったかしら」

「かなり大きいね。模様は覚えている？　例えば、小さな花と葉と茎をあしらったものとか？」

「ええ」松山さんが驚いた表情を浮かべた。「そうよ。どうしてわかったの？」

「レン君、まさかその袋を盗もうとした、なんて言わないよね」石川さんはバツが悪いのか、苦笑いを浮かべた。「箱には価値がなかったようだし、ましてや袋なんてもっと価値がないんじゃないかい」

「そのまさかかも」レンは淡々と続けた。「それって、シフクだよね。茶道のときに使う」

「……そういえば、そんな名前がついていたかもしれないわ」

「僕は、最初から箱ではないと思っていたよ」

「最初から？」先生が眉をひそめた。「どういうことでしょう」

「箱もちょっと考えたんだけど、それにしては上条さんの扱いが雑だよね。最初に見たときに箱の上に布袋を載せているし、別荘でカップを飾るときも箱の蓋を開けてから手袋をしている。箱をじっくり見たいのなら上に布袋を置いて見えなくしたりしないだろうし、大事な箱なら松山さんから受け取った時点で手袋をしていてもよさそうなのに」

「確かに」松山さんはうなずいた。「手袋は蓋を開けてからだったわ」

「それに箱だと、夜中の会話の意味がうまく説明できない」レンは顎を引いて言った。「それは、コワタリインドサラサのシフクなのだと思う」

「わかんない。シフクって、なに？」

恐いもの知らずの女子高生は、説明好きの言語学者の前で知らない単語について質問するという愚行を働いた。

「シフクとは」如月先生が一段と顔を上に向けて言った。「茶入れや茶器などを包む、巾着になっている布製の袋のことですよ」

ペンを取り出すと、紙ナプキンにさらさらと書いた。

『仕覆』

「ふうん。じゃあ茶入れは？」

「濃茶《こいちゃ》を入れる容器のことです」

「濃茶って？　普通のお茶とどう違うの～？」

先生が押し黙った。なるほど、質問攻めにするという手もあったか。

松山さんが急に目を見開いた。

「思い出した。確かにそれはお仕覆だったと思うわ。祖母の茶道具のそばにあった袋です」

「じゃ、レンが言ってる、コワタなんとかってのは、なんですか？」

「サラサという布があるの、知ってる？」

レンの言葉に、土方さんが答えた。

「〝更紗〟は花や人物などの模様を染め付けた布のことですよね」

「うん」レンがうなずいた。「主に木綿《もめん》でできていて、織りではなくて手描きや型染めでいろんな文様をつけたもののことだよ。色彩が鮮烈で異国風の文様がついている。印度《いんど》更紗が主だけど、産地別にジャワ更紗とかペルシャ更紗なんて名前のものもある。それらの渡り物、つまり輸入された更紗を日本でマネして作ったものは、総称して和更紗というんだ」

「よくそんなこと知ってるね～」

ユラが感心したようにうなずいた。

「日本で〝古渡《こわたり》〟と呼んで賞玩《しょうがん》されている更紗は十七世紀から十八世紀頃に海を渡ってやってきた印度更紗のことを指すんだ。更紗自体は陣羽織《じんばおり》や小袖《こそで》など一般的な製品に使用されているけど、〝古渡印度更紗〟はとっても貴重なものなんだよね」

束の間、沈黙が広がった。

「つまり」私は言った。「松山さんが持っていた袋は古渡印度更紗で作られたのかしら」

「その可能性が高いね」

全員が松山さんを見た。彼女の顔に不安そうな表情が現れた。

「そういえば、祖母が話してくれたことがあるわ。祖父がとても珍しい布をプレゼントしてくれたって。祖父は大枚をはたいて買ったらしくて、もらって嬉しいけど困っちゃったって……そうだ、その布を使ってお仕覆を作ったと言っていた。私はただ、ちょうどいい大きさだからあの袋を選んだだけなのに、よりによってそんな大事なものだったなんて」

「珍しいってことは」ユラが噛みしめるように言った。「高いってことだよね」

再び沈黙がおりる。レンが下を向いたまま話し出した。

「古渡の印度更紗は、小さな面積のものでも高額だ。僕の父さんが茶道仲間の家で十センチ四方の古渡印度更紗を見せてもらったことがある。その模様は〝笹蔓手金更紗《ささづるで》〟っていって珍重されているもので、あんな小さな端切れが二十万円もすると聞いて驚いたと言っていたよ」

「十センチ四方で二十万円？」如月先生が眉をひそめた。「端切れがそんなに高いのですか」

「加賀前田家伝来の古渡印度更紗の端切れは、軽自動車一台分くらいするらしいよ」

「そんなに？」石川さんは青くなる。「松山さんの袋は大ぶりのカップが包めるほど大きかったんだよね。つまりその布は十センチ四方よりもだいぶ大きかった……」

レンがゆっくり口を開いた。

「陶芸教室で袋を偶然見かけた上条夫人は、それが珍品の古渡印度更紗の仕覆だと気づいた。松山さんに近づいて袋を確認し、別荘の鳩時計と並べて置きたい、などという口実でカップを箱ごと借りようとした。購入となると、松山さんが箱や袋を持ち帰ってしまうかもしれない。だから箱ごと一時的に借りたいと言ったんだ。広瀬さんが話をひっかき回したりしているうちに、上条夫人は松山さんたちを別荘に招待する羽目に陥った」

「でも」ユラが首をかしげて言った。「上条さんはお金持ちなのよね。だったら、その袋を買いたいと言えばいいことじゃない？」

「気に入ったから数万で譲ってくれないかと持ちかけることもできたはずだな」

石川さんの言葉に、如月先生が首を振った。

「袋に言及したら、松山さんが本当の価値に気づいてしまうと思ったのではないでしょうか」

「そしたら、数万じゃなくて数十万とか百万とか払わなきゃいけなくなっちゃうか」

ユラがレンを見やると、彼は肩をすくめた。

「というよりも、ごめんなさい、言い方が悪いんだけど上条夫人は頭にきたんじゃないかな」

レンに見つめられた松山さんは怪訝《けげん》そうな顔をした。

「……私に、ってこと？」

「完璧な美を追求する人だったんだよね。彼女の審美眼に適うすごい代物を見つけたのに、その袋は素人が作ったカップを入れるために使われていた」

松山さんは戸惑った様子で言った。

「でも、知らなかったのよ。そんな高価な布だったなんて」

「それで」ユラが続けた。「いざ別荘招待が決まって、上条さんは焦っちゃったんだね。十八世紀の年代物の鳩時計なんて持ってなかったから」

レンがうなずいた。

「口からでまかせだったんだろうね。夫人は年代物に見える鳩時計を慌てて買い、別荘に着くと、いち早く応接室に入って設置した。そのすぐ脇の棚にマントルクロックがあったんだよね。普通、壁に掛け時計が掛かっていたらそちらの側に時計は置かないんじゃないかな。彼女は急いでいたから、うっかり時計を並べちゃったんだ」

「そっか〜。いつも置いてあるものって意外と気づかないし」

ユラがうなずくと、石川さんも言った。

「おまけに昔のドイツの鳩時計は片開きの扉だとまでは知らなくて、両開きの時計を設置してしまっていたんだな」

「シンメトリーが好きだったからね！」

ユラの言葉に、レンがうなずいた。

「それに、電池仕掛けの時計なら光センサーで夜中は鳴らないように設定されているのが普通だけど、錘式は自分で操作しなきゃいけない。上条夫人は設置するときにそのことまで気が回らなかったんだろうね」

「なるほど」土方さんがうなずいた。「第一、第二の謎は解けたね」

「じゃ～、夜中に二人が話していたオワタリとかのセリフは？」

「オワタリではなく〝古渡〟、シフクは〝仕覆〟のことだったわけですね」

如月先生がそう言うと、ユラがさらに聞いた。

「ズルとアッセンは？」

「先ほどレンさんがおっしゃっていた、ええと」

「〝笹蔓手金更紗〟のヅルかな。アッセンはたぶん〝捺染《なっせん》〟だね。染色技法のひとつで、染料を混ぜた糊を使って模様をつけることだったと思うよ。古渡印度更紗がその技法を使っているかどうかは知らないけどね」

「すっごい」ユラが呆《あき》れたように褒めた。「昔から変な雑学知識いっぱい持ってたけど、染色の技法まで知っているなんてマニアック」

レンは小さく顎を引いた。

「田中さんは応接室で原稿を書いていないと思うんだ。夕食時に『かなり捗った』と印刷されたものを見せたんだよね。だけど、別荘には電子機器がない。昔はワープロっていう単独の製品があってプリントアウトもできたけど、田中さんが原稿を書いていたのはノートパソコンだ。

それだけじゃ原稿は印刷できない。プリンターも持ち込んでたのかな」

「いいえ。そんなものはなかったわ」

「じゃ、その原稿は別荘で書いたものではない。田中さんは応接室で何をしていたのか」

不穏な沈黙がおりた。誰もがその先の言葉を言い淀《よど》んでいたが、如月先生が口火を切った。

「さっき、箱をすり替える話をしておりましたね」

「うん」石川さんが遠慮がちに答えた。「ボクの勘違いだったけど」

レンが続けた。

「田中さんが本物の評論家だったのかどうかはわからないけど、少なくとも染色の知識や腕はあったと思う。上条夫人から予め仕覆の文様を聞いておき、似たような偽物を用意した。そして当日はほかの人が応接室に入りにくいように仕事をすると言って籠り、本物の仕覆を見ながら偽物に細工を施した」

「田中さんは、偽物作りの名人だったのかな」ユラが気難しげな顔をした。「才能があっても、その腕を悪いことに使ったらダメだよね」

「つまり」土方さんが眉間に皺を寄せて言った。「第三と第四の謎は、夜中に田中さんと上条さんですり替え作業を完了させ、松山さんに用がなくなったので冷たくなった……」

松山さんが真っ青になった。

「私、祖母のお仕覆を盗られてしまったの?」

石川さんが決然として立ち上がった。

「早く、警察に電話したほうがいいね」

ほかのみんなもつられて立った。

「即刻家に戻り確認されたほうがよろしいです」如月先生が鋭く言う。「もしくは、ご家族の方がいらっしゃれば、まずは電話を」

「夫はお仕覆が本物かどうか見分けられないかもしれないわ。ああ、どうしよう」

顔面蒼白になって帰ろうとする松山さんに、カフェ・チボリのオーナーはさらりと言った。

「仕覆は盗られていないと思うよ」

私は思わず聞いた。

「どうしてわかるの？」

彼は明るく言い放った。

「袋に名前が書いてあるから」

「名前？」

「最初は僕も仕覆がすり替えられてしまったと心配したのだけど。おばあさんは、大事なものには必ず名前を書いていた。プレゼントにはそれを贈ってくれた人の名前を。だったら、布にも名前が書いてあるんじゃないかな」

松山さんがはっと手を口に当てたが、ユラはレンに反論した。

「でも～、箱ならともかく、模様入りの布に書くのは無理な気がする」

「ふ、袋の内側に書いてあるんじゃないかな」

石川さんの言葉に、如月先生が不安げに言った。

「内側なら、ちょっと覗けばすぐにわかりそうなものです。名前は書いていなかったのでは?」

レンは淡々と言った。

「仕覆には裏地が付いているはずだよ。おばあさんが、もらった布の裏側に名前を書いたとしたら、仕覆に仕立てた時点で裏側は見えない。でも袋をほどいて確認したら見えるかも」

「喜美さんと田中さんは夜中に何か作業をしていたわ」松山さんは携帯を取り出した。「お仕覆を詳細に調べていたのかもしれないわね。そのときに……もしもし、今うちにいるわよね。ちょっとリビングに行ってくれない? 調べてほしいことがあるの」

松山さんがご主人に、仕覆の裏地の縫い目を糸切りばさみで切るよう指示するのを全員が押し黙って聞いていた。

息のつまるような静寂を破って、松山さんが声をあげた。

「文字があった?……○年×月、康夫《やすお》さんから」

全員が、ほうっと息を吐く。

「どうやら、すり替えられていなかったようですね」

土方さんはドサッと椅子に座り込んだ。如月先生もゆっくりと座りながら言った。

「でも、偽物にマジックで文字を書いた可能性は?」

「そっか。偽物を作るなら、そのくらいするかも」

ユラが心配げにレンを見やると、彼はさらりと答えた。

「すり替えるのはやめたと思うよ。もし仕覆のすり替えに成功していたら、その後も松山さんと仲よくしてほかのお宝もいただこうと考えるよね。それなのに上条夫人の態度が変わった。松山さんのおばあさんが何にでもマジックで名前を書いていたとしたら、どんな掘り出し物も売れない。だから松山さんとは付き合う必要もない。それで態度が冷たくなった」

「でも」石川さんもゆっくり腰を下ろしながら言った。「そんなに苦労して誘い出したのなら、せめて布の端っこでも切り分けて売ろうとは思わなかったんだろうか」

「彼女のプライドがそれを許さなかったんじゃないかな」レンは肩をすくめた。「完璧な古渡印度更紗の布だと思っていたら、素人がマジックで名前を書いていた。それを見て、売れる売れないにかかわらず、仕覆をすり替えるのをやめた」

松山さんは気が抜けたように座り込んだ。

「つまり」私もゆっくりと座りながら言った。「窃盗も詐欺もなかったってことですよね」

これまでで一番長い沈黙が訪れた。

「よろしゅうございました」シゲさんが微笑んだ。「事件は起きなかったのでございます」

「そうだね」石川さんがほっとしたように返事をした。「よかったんだよね」

「でも」ユラがにんまりと笑った。「もしおばあさんが袋の裏にマジックで文字を書かなかったら、百万以上の値打ちがあったかも。残念～」

「盗まれていたら元も子もありません」如月先生が力強く言った。「これでよかったのです」

「そうよね」松山さんもようやく微笑んだ。「お仕覆は無事だったんですもの」

「ちょっと惜しい気もするけどな」

石川さんが松山さんの肩をつついた。全員が、ふふふと笑った。

「上条夫人自身が、アヤシイ人だったんだね〜」

「やっぱり警察に話しておいたほうがいいんじゃないかい」

「でも証拠はなんにもない。結局、私と広瀬さんが豪華一泊旅行を楽しんだだけだわ」

上条夫人と田中さんは骨折り損の草臥《くたび》れ儲けだ。ちょっとおかしくなった。

ユラが長い髪をくるくるいじりながら言った。

「上条のダンナさんやイケメンの田中さんも、グルだったのかな〜」

「二人とも共謀者で間違いないでしょう。田中さんが才能ある評論家というのも嘘だった可能性がありますね。まあ、調べてみればわかることです」

如月先生の言葉に、私はふいに思い出した。

「ポントピダン。そういう意味だったのね」

「なんだい。それは」

石川さんが不思議そうに聞いたので答えた。

「先ほどレン君がつぶやいたんです」

アンデルセンよりも半世紀くらいあとのデンマークの作家の名前だ。彼の『鷲《わし》の飛翔《ひしょう》』という短編小説は『みにくいあひるの子』を意識して書かれている。鷲のクラウスは人に拾われ、あひると共に家禽《かきん》として育つ。大きくなり野性に目覚め、鷲の仲間のところへ行きかけるも、最後はあひる小屋に戻ろうとするが、野生の鷲と間違えられ撃たれて死んでしまう……

「物語はこう締めくくられます。『鷲の卵から孵ったとしても所詮は無理なのです。アヒル小屋で育てられたのであれば』」

「え～、さっぱりわかんない」

ユラが口を尖《とが》らせた。

「さっきの『みにくいあひるの子』とは逆のことを言っているのよ」

「ああ」土方さんがうなずいた。「アンデルセンが〝才能は環境に左右されない〟と言ったのに対して、その作家は〝環境が人を変えてしまう〟ことを描いた。つまり田中さんがもし才能ある人物だったとしても、上条さんという環境で悪に染まってしまった、という意味ですね」

「そう、そうなんです」

「ポントピダンの言い分はわかるような気がします。環境は人をよくも悪くも変えうる」彼は愁《うれ》いを込めた瞳で窓のほうを見やった。「雨も治まってきたようだ。事件は無事解決されたので、私はそろそろ失礼します」

「え～、帰っちゃうの？　じゃ、窃盗事件はなかったお祝いで、集合写真撮りましょ～。あたし、ブログやっているんです。チボリを宣伝するために、写真載せたいから」

なんていいアイデアだ。ブログに載せることではなくて、皆で写真を撮ることが。

遠慮しているふりをしつつ素早く中央テーブルに近寄り、さりげなく土方さんに擦り寄った。

隣に立ちたかったが、ちゃっかりユラが腕を摑んでキープし、反対隣は松山さんが陣取った。私は彼の斜め後ろに立った。

「よろしいですか。では、セイ、ウィスキー」

シゲさんがユラの携帯を操作し、私たちは無事ひとつのフレームに納まることができた。

「ボクもその写真欲しいな。ええと、メールアドレスを書くから……」

「ああ、石川さん。携帯貸して。あたしが送ってあげる。あ、土方さんもね」

ユラは首尾よくみんなの携帯を操作して、撮ったばかりの写真を送った。

「これを家内の携帯に送るには、ええと」

「貸してください、石川さん」

「ありがとう、ユラさん。助かるよ。家内がいないとこういうことがまったくダメでね」

「はい、送信完了。この写真をブログに載せちゃいますけど、顔出しダメな方はいますか～」

「あ、私」松山さんがすまなそうに言った。「友達が、ネットに写真が出てトラブルに巻き込まれたことがあって、それ以来、息子や娘から厳重に注意されているのよ」

石川さんと如月先生も松山さんに倣って、顔の部分は出さないように依頼した。

「顔だけ隠した写真が、ネットに載るんだね」

「そうですよ、石川さん。ほら」

ユラは早々にアップした写真と文章をみんなに見せた。

「へえ、すごいな。ボクの顔はキラキラした飾りでちゃんと隠れているんだ」

「店内も、大変鮮明に写っておりますね」

美人女子高生のブログとあって読者は多く、もうコメントがついていた。

「ほら、土方さんはめっちゃいい感じで写ってますよ～」

ユラの携帯の画面を見て、彼は少々照れ臭そうに微笑んだ。

「そういえば、土方さんってなにしている人なんですか？」

ユラが首をかしげて聞くと、彼は考え込むように言った。

「私は、あひる小屋に迷い込んだカラスかな」

「え～、ずるい。ごまかした～」

土方さんは目を細めると、レンに向かって言った。

「いいお店ですね。君は高校生だそうだけれど、よく思い切ってお店を始めましたね」

「祖父がチャレンジ精神に溢れた人で、尊敬しているんです。父や伯父は祖父の作った会社を守っています。それも大事なのかもしれないけど、僕は何かに挑戦したくて」

「挑戦か」土方さんが極上の笑みを見せる。「私も学生時代は飲食店でバイトした経験があるけれど、気を遣う大変な仕事です。頑張ってください」

「ありがとうございます！　この店をヒュッゲ……デンマーク語で〝居心地のよい雰囲気〟といった意味なんだけど、そういう空間にしたいんだ。だけど、なかなかうまくいかなくて」

「とてもヒュッゲな空間だと思いますよ。今年の終わりか来年にはこの街に越してくることになりそうなので、また来ることができますね。その前にも、ぜひ寄らせてもらいたいな」

「うん。お待ちしています！」

レンは頰を紅潮させて満面に笑みを浮かべた。

雨はすっかり小降りに変わっていた。土方さんは、フカフカスリッパを名残惜《なごり》しげに脱いで黒いシューズに履き替えた。

「履き心地のよいスリッパでしたね」

如月先生が自分の足元を見て言った。

「そうですわね。なにしろアルバートスリッパですから」

先生はご主人が教えてくれたスリッパの名前で呼ぶことにしたらしい。私もデンマークの会社の名前は忘れてしまったので、刺繡入りスリッパはアルバートスリッパと覚えておこう。そんなスリッパにお目にかかる機会はめったになさそうだが。

土方さんが去ると、室内が少し寂しくなったように感じられた。メールアドレスを聞きそびれてしまった。肝心なときに勇気を出せない自分が嫌になる。ユラは教えてくれるだろうか。なんだか言い出しにくい。どうしよう。

うじうじと悩んでいると、また携帯にメールが届いた。

「あれ、またメールが来たよ。ユラさんからだね」

「それ、一斉送信メールです、石川さん。これでみんなのメアドがわかるでしょ」

「そうなんだ。ええと、どうやって登録したら……」

「じゃ、それもやってあげます」

「すみませんが、わたくしのもお願いします」

意外と面倒見のよい女子高生は、先生と石川さんの携帯をいじりながら、私に向かってウインクした。ありがとう、ユラちゃん。

ふと気づくと、家族フォルダにメールが入っていた。母親が愚痴《ぐち》の続きをメールしてきたのでは、と恐る恐る開けてみると、弟の静流からだった。

『元気？　ママ、何か言ってた？』

やっかいなことになったのだろうか。急いで返信した。

『元気。静流が芸能界デビューしそうだって言ってたよ』

『もし本当にそうなったら、応援してね』

劇団の話は進んでいるのだろうか。それに、私に応援を頼むなんてどういう風の吹き回しだ。家族内における私の権限なんて無きに等しいのに。

いつもなら関わりたくないと思う家族のゴタゴタだが、今日はお気に入りの場所でステキな人と出会ったせいか、とても優しい姉をやれそうな気分だったので、こう返信した。

『静流が本気なら応援するよ』

暗くなった窓外には霧雨が降っていた。風が出てきたようだ。建物の脇に立つ樅の木が小刻みに揺れている。

紅茶のお代わりを頼んだ如月先生が、ふとシュガーポットを持ち上げて言った。

「ところでレンさん。古渡印度更紗が高価なものだとわかりましたが、このフローラダニカシリーズもかなりお高いのでしょうね」

レンは頬のすぐ下にえくぼを見せて、さらりと答えた。

「そのシュガーボウルは、古渡印度更紗の端切れ四枚分くらいかな」

私たちは全員、頭の中で簡単な掛け算をしたと思う。

「……ええっ！」如月先生の声が裏返った。「まさか、は、八十万？」

如月先生とユラはべたべたと食器に触り、石川さんと松山さんは、そうっと遠ざけた。

「まとめて仕入れたから細かくは覚えていないけど。あ、このコーヒーポットはおまけにつけてくれたんですよ」

レンは大きな両手で円筒形のポットを摑むと、無造作に顔の前まで持ち上げた。

見える範囲でもカップが五個、シュガーポットが二個、デニッシュやケーキが載っていた皿が八枚。どれも金彩と花模様が施してある。すべて数十万単位？　そんな高級な食器を気軽にカフェで使わないでほしい。ものすごく緊張しながら飲食せねばならないではないか。

「このポット、お気に入りなんです。かわいいよね」

無邪気にコーヒーポットを見せびらかすレンを見て、私は密かにため息をついた。彼はあひる小屋にちょっと遊びにきてみただけの、とびきり美しい白鳥だ。おまけにレンはアンデルセン説のほうで間違いない。持って生まれた才能は環境に左右されない。

弟からのメールをもう一度見てみた。

静流はあひる小屋で育った白鳥かもしれない。一方の私は、あひるそのものだ。平凡な場所で平凡な一生を送るだけ。もともと才能もないし、どこにも冒険をしに出かけない。そういう生き方が自分に合っていると思うし、特に不満もない。

でも、ひょっとしたら、不満はないと自分に言い聞かせているだけかもしれない。不満を持ったら、自分のダメな面と向き合わなければならないから。

本当は、いつか白鳥みたいに美しく変われたらと思いながら、なんにも努力をしていないだけかもしれない。

第三話　アンデルセンのお姫様

九月下旬の土曜日。寝坊して朝昼兼用の食事をしたあと、掃除や洗濯など一週間分の家事仕事を片付けた。まだまだ残暑が厳しくて参るが、洗濯物はすぐに乾いてくれる。雑用に追われているとあっという間に夕方になる。一息つくためにコーヒーを淹れてテレビをつけると、昔見たドラマの再放送が映し出された。高校生の時に流行ったものだ。

急にその頃の記憶が蘇《よみがえ》った。

帰宅部だった私が土曜日の昼過ぎに家に着くと、水泳教室から帰ってきた小学生の静流《しずる》と玄関で鉢《はち》合わせした。二人でリビングに入ると、父がテレビを見ながらコーヒーを飲んでいた。母が昼食の支度をする間、父の隣に座って黙ってテレビを見た。画面には綺麗《きれい》な女性が映っていた。古い映画だ。めったにしゃべらない父が口を開いた。『この女優、覚えているか?』私は首を振る。『そうか。昔一緒に映画を見たんだが』ふんわりとした雰囲気の女優が大きな瞳をこちらに向けて微笑《ほほえ》んだとき、母に声をかけられた。『ご飯よ』テーブルの中央に置かれた甘い卵焼きを、静流はすぐに四切れも取った。『これ、おいしいよね、香衣《かい》ちゃん』私は黙ってうなずく。『僕これ、大好き!』弟の言葉に、母はとろけそうな笑顔を見せる……

珍しく、家に電話をしてみようという気になった。これがいけなかった。

『静流が載った雑誌、見た？〝イケメンすぎるW大生特集〟。まあまあいい写真が使われていたわ。それでね、最近あの子、小さな劇団の入団テストを受けるつもりらしいの』

以前に声をかけてきたプロデューサーから誘われたらしい。母は、もっと大きな劇団や芸能事務所に入ってほしいらしく、私に向かって延々とその必要性を説く。

『昨日も静流と大ゲンカ寸前だったんだから。やるならトップを目指すべきでしょ。最初が肝心なのよ。それなのに仲よし気分でお芝居していて。もう少し現実を見たほうがいいのよ』

結局、母親の愚痴《ぐち》を三十分も聞くことに。やれやれ。

話は静流の中学受験にまでさかのぼった。なかなか優秀な我が弟は友人と一緒に公立中学へ行きたいと言ったが、母がゴリ押ししてW大付属中学を受験させた。そして、なんなく合格。

『ここまで順風満帆《じゅんぷうまんぱん》の人生なのよ。マイナーな劇団に入るなんて、なんだかつまずくようで嫌だわ。ならばいっそ、普通に就職したほうがましよ。せっかくいい大学にいるんですからね。そうそう、あなたが高校受験のときも、ママの言う通りにしていればよかったものを……』

私の過去のことはもういいから、とは言えずに黙って聞く。

愚痴はやがて『ママの言うことに間違いはないのよ』との主張に戻る。いつもの展開なので聞き流せばいいものを、今日に限って少々苛立《いらだ》ち、つい言ってしまった。

「もう、本人のやりたいようにさせてあげれば？」

母親は一瞬黙った。

『……なに？』

険のある声に、しまったと思ったがもう遅い。私は思い切ってまくしたてた。

「ほら、たまには冒険させるのもいいんじゃないかと思って。もし大手の芸能事務所に入れたとしても、本人にその気がなければ続くかどうかわからないし……」

電話の向こうからどす黒い怒りの気配が発せられた。

『……ママが間違っているっていうの？』

後悔の波が押し寄せてきたが、あとの祭りだ。

「いや、そうは言ってない、けど」

『あなたは何もわかっていないのよ。ママがどんな思いで歌手をあきらめたか！』

さらに三十分延長。長演説の最後は涙交じりの叫び声だ。母は自分の言葉に酔《よ》ってしまう。スピーカーモードに切り替えてテーブルに置いた携帯を見つめ、ため息をつく。

しゃべり疲れたのか、やがて母は電話を切った。

このとばっちりが弟や父に向かわないことを願った。そして、あまり落ち込んでいない自分に気づく。母に刃向かったのに意外と冷静だ。離れて暮らしているためだろうか。それとも、今の私には大切にしている〝ピユッゲ《楽しい場所》〟があるからだろうか。

いそいそと支度を始める。今日こそあの人がチボリに来ているかも、と期待を抱きながら。

七月の大雨の日に出会った土方《ひじかた》さんとは、緩やかなメールのやり取りが続いていた。彼はいつも優しい文章を送ってくれる。チボリにはぜひまた行きたい、その際には香衣さんとご一緒させていただきたい、と。押し付けがましくならないよう、私も楽しみにしています、と返事してある。偶然〝ご一緒〟できる日が今日だという確証はないが、なんだか今日はいつもと違うことが起きそうな予感がする。実は毎回そう思っているが、今日こそはきっと。

晩夏の夕陽に染まる街並みを抜け、長い塀《へい》沿いの道を歩き、チボリの敷地に入った。噴水が涼しげな音を立てて水を噴き上げていた。蛇行した並木道のそこここからリンリンと鈴虫の声が聞こえてくる。夕風が心地よく、秋はすぐそこまで来ていた。

チボリの庭を通るたび、心が洗われていく気持ちになる。世間の垢《あか》をこの庭で落としてから少々浮世離れした空間に辿《たど》り着くのだ。ふと、お母さんもチボリに行けばもう少し穏やかな気持ちになって愚痴も減るかもしれない、と考えた。いや、同行なんてあり得ない。常連さんたちに何を話し出すかわからない母だもの。

「いらっしゃいませ」

いつものテーブルへ……と思ったら、先客がいた。黒っぽい服を着た男性が背を向けて座っている。まさか予感的中か、と胸を高鳴らせて近づいた。残念、まったく別人だ。もっと若そうな男性で、向かいには女性の連れがいた。

気を取り直して、二つ隣のテーブルにいる常連客たちに挨拶《あいさつ》した。

「こんばんは、石川《いしかわ》さん」私の挨拶に、彼はなんだか上の空だった。「奥さんのお母様、この間風邪を引かれたと言っていましたが、その後いかがですか」

「うん」まるで夢心地のうっとり顔だ。「元気になってきたよ。ありがとう」

向かいに座る如月《きさらぎ》先生が振り返り、意味不明の目配せを送ってきた。先生も常になく落ち着かない雰囲気だ。両者ともどうしたのだろうか。

石川さんの横に滑り込みながら反対隣に座る人物を何気なく見て、視線が釘付けになった。

小柄なその年配の女性は、華やかかつ柔らかい空気を纏《まと》っていた。目尻には小さな皺《しわ》が見受けられるが表情は少女のように愛らしく、思わず見入ってしまう肌理《きめ》の細かい肌をしている。三十代から五十代のどこか、としか言いようがない。ゆるいウェーブのかかったアッシュブラウンの髪はうなじ辺りでまとめられ、大正浪漫風のモガを髣髴《ほうふつ》させる。昔の少女漫画の主人公のように可憐で儚《はかな》そうで、なおかつ艶《つや》があり、品のある濃紺のスーツがよく似合っていた。どこかで見たことがある。女優かしら。最近のドラマに出ていた感じではないような……

客二号三号の挙動不審は彼女に起因していたらしい。私が間に座って見えにくくなった石川さんは、少し身体を前のめりにして件の女性をちらちら見ている。

「おまたせいたしました～」

軽やかな足取りでやってきたカフェ・チボリのオーナーは、能天気な声からはおよそ想像しかねる流れるような優美な手つきで女性と黒服男性の前に料理を置いた。

「はい、百合子《ゆりこ》オバサンとアキちゃん。エッグベネディクト・チボリ風。めちゃ美味しいよ」

……オバサン？

黄色いソースのかかったオープンサンドは、確かに美味しそうだ。パンはイングリッシュマフィンだろうか、野菜とスモークサーモンとポーチドエッグが載っており、その上にトロリンとしたソースがたっぷりかけられている。オランデーズソースという、卵黄・バター・レモン果汁で作られたソースだそうだ。オランダ風ソースってことかしら。

「『ニューヨーク・タイムズ』を読んでたら、急に思い出して作りたくなったんだ」

レンの閃《ひらめ》きのシステムは理解不能だが、新作料理はだいたい当たりである。

「エッグベネディクトの発祥については諸説あるんだけど、『ニューヨーク・タイムズ・マガジン』に記事が掲載されたのが始まりとも言われているんだよ。あ、ちなみにオランデーズソースはフランスのソースなんだけどね」

オバサンは、上品に一口食し、満面に笑みを浮かべた。

「酸味の程よく効いたソースが卵と絡んで美味しいわ。サーモンの塩味も上手く抑えているわね。ソースもレンが作ったの？」

「うん。昨日の夜、五回作り直してやっとそれになった」

満足げにうなずく高校生は、立派なシェフだ。

彼の料理レパートリーは少しずつ増えてきている。ただし、すべてのメニューが常に揃《そろ》っているわけではない。この間の一品が美味しかったからといって今回食べられるとは限らないのが玉にキズだ。その代わり、あるとき突然出現する新メニューが楽しみである。

「いらっしゃいませ、香衣さん。ごめんなさい、手が離せなくて挨拶が遅れました」

「ねえ、レン君」石川さんと如月先生からの無言のプレッシャーをひしひし感じて、私はそっと聞いた。「お隣の方は、レン君のオバサンなの？」

レンはオバサンと男性のほうを見やると、破顔して言った。

「百合子伯母《おば》さんは父さんのお姉さんです。四人姉弟の一番上で、父さんは末っ子」レンは私たちを誇らしげに指す。「こちらは香衣さんと石川さんと如月先生。お店の常連さんだよ」

「いつもレンがお世話になっているようで、ありがとうございます」

彼女がゆるりと頭を下げた。低めの深い声が可憐な容姿とミスマッチで、何とも言えず魅力的だ。石川さんの頬が赤らんだ。如月先生も常になく照れた様子で聞く。

「大変失礼ですが、藤村《ふじむら》百合子さんではございませんか?」

聞いたことのある名前だ。

「ええ」彼女は艶然《えんぜん》と微笑んだ。「よくわかりましたね」

「やっぱり!」石川さんが額から汗を滴らせながら興奮して叫んだ。「ボク、いえ私、ファンでした! あ、違った! ファンです!」

藤村さんは目を細めて小さくうなずいた。もうそれだけで、石川さんは気絶しそうだ。

確か昔の映画に出ていた女優さんだ。ええと、なんとかシリーズという人気映画の主役を演じていたのだけれど……

「こちらはいとこのアキちゃん」レンは、藤村さんの向かいの青年を示した。「アキちゃんは百合子伯母さんの子供じゃなくて、僕の母さんのほうのいとこです」

「こんばんは。おじゃましています」

彼の声は、高すぎず低すぎず心地よく響いた。黒いポロシャツにインディゴブルーのジーンズという出で立ちだ。二十歳過ぎくらいだろうか。よく見れば端整な顔立ちをしている。

「アキちゃんは、オープン前からいろいろアドバイスしてくれていたんだ」

思い出した。石川さんをこの店に導いたクーポンの発案者が〝アキちゃん〟だ。彼はレンにうなずくと、私たちに向かって淡々と話した。

「もっと早く来たかったんですが、土曜日はバイトがあってなかなか時間が取れなくて」

「当然です」私は少し力を込めて言った。「なにしろ週一回しか開いていないのですから、都合をつけにくいですよね」

私の皮肉に気づかず、オーナーはにこにことことを見つめていた。

「アキちゃんは、受験の参考書を持ってきてくれたんだよ」

秀才の喜びのツボは凡人には理解しがたい。

「学生さんですのね」

先生の問いに、アキちゃんは「はい」とだけ答えた。おしゃべりなタイプではなさそうだ。

「伯母さんもチボリに来たのは今日が初めてなんだよ。ニューヨークに住んでいるから」

甥《おい》っ子の言葉に、百合子伯母さんは微笑んで言った。

「日本は三年ぶりです。今朝帰国して、さっそくレンの店目指してやってこようとしたのだけれど、セキュリティの関係なのか家の敷地からは直接入れなくて公園みたいなところに迷い込んでしまって……そうしたらアキちゃんとばったり会ったというわけ」

「では」如月先生は言った。「お二人は待ち合わせていらしたわけではないのですね」

「偶然なんです。アキちゃんとは十年ぶりくらいかしら。再会と、それからステキな出会いを祝して乾杯したいわ。いかがかしら」

　思いがけぬお誘いに、石川さんの頬全体が赤く染まった。

「喜んで！」

「ではレン、皆さんにカールスバーグを。私たちにもお代わりね」

「ああっ」レンはがっくりとうなだれた。「いま、聞こうと思ってたのに〜」

『お飲み物はいかがですか？』のセリフをこよなく愛する店主は、寂しげに下がっていった。

　伯母さんはその後ろ姿にあたたかい視線を送る。

「子供の頃から料理が得意だったけれど、まさかカフェを開くとはねえ。それも」彼女は店内を見回した。「なかなか盛況でよかったこと」

　テーブル席はすべて埋まり、カウンターには十代と思しき女の子が三人並んでいた。華やかな娘たちは察するに、レンの同窓生ユラの同級生であろう。彼女が自身のブログで店を紹介して以来、学生らしき若いお客さんも増え、活気があって大変よろしい。三人娘の隣に今、三十代後半くらいのスマートな男性が座って満席になった。オープン当初はチボリを誰にも知られたくない気持ちが強かったが、最近は、この店がみんなに愛されていることがとても嬉しい。

　藤村さんは丁寧に頭を下げた。

「不肖《ふしょう》の甥っ子が無謀にも開いたお店です。いろいろと不備な点もあると思いますが、どうぞかわいがってやってくださいね」

「かしこまりました！」石川さんは耳まで真っ赤だ。「これからも欠かさず来ます！」

やっと思い出した。父と見つめたテレビ画面の女優。

弟が生まれる前の小学生低学年の頃、父は私をよく映画館に連れていってくれた。私は最新のアニメ映画が見たかったのに、父が選ぶのは昔の青春映画シリーズ。ポップコーンを頬張りながら小学生には理解しにくい恋愛物語を眺め、途中で居眠りしたものだった。唯一印象に残っていたのは、主演の女優さんがとても綺麗だったこと。

父の言葉が蘇る。この女優さんは彗星のように現れて一世を風靡《ふうび》し、二十代前半で潔く引退してしまった人なのだ、だから父親世代にとっては永遠のマドンナなのだ、と。

「あのう」私にしては張り切って話しかけた。「小さい頃、父と映画館で拝見しました。とっても綺麗な女優さんだったなと……あ、いえ、だったではなくて、今でも……す、すみません」

「引退したのですから、過去形で当然よ」彼女はくったくなく笑った。「今はニューヨークで細々と舞台美術の仕事をしているんです」

儚げな外見をいい意味で裏切る捌《さば》けた雰囲気が、魅力を倍増させていた。

「日本から姿を消したとは聞いていたのですが」石川さんも負けずに大張り切りで言った。「ニューヨークでご活躍されているとは知りませんでした。でも、ちっとも変わられていませんよ。昔のまま、そのう……お美しいです」

「まあ、ありがとう」

元女優がここぞというような格別の微笑を浮かべたので、私たち三人はうっとり見惚《みと》れた。

「おまたせいたしました～」

絶妙のタイミングでレンがビールを……特別なひととき《ヒユッゲ》の始まりを運んできた。

「では」女優はグラスを品よく持つと、凛《りん》として声を上げた。「素晴らしい出会いに感謝して」

銀幕の中の登場人物のように、私たちは気取った仕草でグラスを目の上まで揚げた。

「乾杯」

なんと絵になる光景であろう。父がいたら喜んだのに、と思ってから小さく首を振った。あの無口な父がいては、ちっとも場が盛り上がらない。

代わりといってはなんだが、石川さんがしきりに話しかけている。

「デビューからずっとファンでした。日本版『ローマの休日』や『若草物語』は最高でしたし、〝プリンセスシリーズ〟はもちろん全部見ています。衝撃を受けたのは『007 フォーエバーアンドオールウェイズ』のボンドガール。ジェームズ・ボンドに嫉妬《しっと》を覚えました」

「確か」如月先生も負けじとまくしたてた。「『夢の中では眠らない』を最後に、突然引退宣言なさったのですわね」

「本当に皆さん、よく覚えていてくださって感激だわ」百合子さんは柔らかく微笑んだ。「若さの勢いで映画なんぞに出ましたけれど、別に演技の才能があったわけでもありませんでね」

「そんなことは」石川さんは必死に否定する。「藤村さんの演技、素晴らしかったです」

「お世辞でも嬉しいわ。引退後は、海外をあちこち回ったあとニューヨークへ行ったところ、刺激的な街に魅了されましてね。気がついたらもう二十年以上住んでいるわ」彼女は店内を見回して、目を細めた。「この店はデンマーク料理のお店なのね。懐かしいわ」

私は遠慮がちに聞いた。

「デンマークに行かれたことがあるのですか」

「大昔にね。デンマークはとてもさりげなくおもてなしをする国なのですけれど、この椅子に座ってみて、それを思い出しました。ヤコブセン、ね」

元女優は椅子の肘掛けを優しく撫《な》でた。

ヤコブセンってなんだろう、と視線を彷徨《さまよ》わせていると、アキちゃんが言った。

「アルネ・ヤコブセンの椅子ですね」

彼女は満足したようにうなずいた。

「やはり、本物ね」

「あの」私はおずおずと聞いた。「それは人の名前ですか?」

アキちゃんは微笑んで答えた。

「デンマーク出身の有名な建築家で家具のデザインも手掛けている人です。今僕たちが座っているのはエッグチェアというものです。彼が設計したラディソンブルロイヤルホテルの中に置かれている有名な椅子と同じデザインですね」

いとこだけあって、アキちゃんもデンマークのことは詳しいのかもしれない。だが、レンの母方のいとこだと言っていた。ということは小ノ澤《おのざわ》家ではない。

小ノ澤家についていては興味津々だが、レンやシゲさんに聞くのはなんだか憚《はばか》られた。先生も石川さんも近所の噂《うわさ》を拾ってきたが、広大な敷地に資産家の一族が住んでいるらしい、という情報しか得られなかった。金持ちで、全国屈指の進学校、愛瑛《あいえい》学園で優秀な成績を保つ高校生がなぜカフェを営業しているのか、未だに謎である。本人に聞いてみても「アガペーの追求だよ」という意味不明な答えしか返ってこない。客一号二号三号は、カフェ・チボリの謎解明をとっくにあきらめたのであった。ようは、ここの居心地がよければそれでよい。

藤村さんがゆったりと視線を巡らせた。

「お店の名前は〝チボリ〟ね。思い出すわ。あの残念な春のことを。せっかくデンマークを訪れたのに、チボリ公園に行くことができなかったの」

「お忙しくて?」

「いいえ。開園していなかったのよ」

私の前にエッグベネディクトを置いたレンが言った。

「チボリの営業は四月の中旬から九月下旬と、ハロウィン、クリスマスシーズンだけなんだ」

「それしか開いていないの?」私は驚いて言った。「ずいぶん怠慢《たいまん》な公園ね」

「冬はとても寒いから、みんな室内で過ごすんだよ。それぞれ、事情があるんだよね」

肩をすくめたレンを、客一号二号三号はそろって凝視した。本家のチボリは気候によりやむなく休園するのであろうが、ここカフェ・チボリが週一回しか営業しないのはオーナーのかなり特殊な事情によるものだ、という非難の視線だ。

四月からこっち、私はありとあらゆる土曜日の誘いを断っていた。デートはないが、学生時代の友人との飲み会や一泊旅行は全欠席だ。八月の三週間はレンが夏休みをヨーロッパで過ごすため店を休業させたので、そこで不義理を解消した。石川さんは奥さんが週末家にいないので嬉々として通ってきているし、如月先生も自由な一人暮らしのようなので、週末のチボリ詣《もう》では欠かさない。それでも、他の曜日にも営業してくれたら、と思うときはあるはずだ。

元女優が優美な笑みを浮かべたまま、ふと視線を入口のほうに移したので、思わず目がいった。どんな動きにも人目を惹《ひ》く美しさがある。

「あれもレンが選んだの？　私の好きな絵だわ」

ブルーの配色で統一された女王様の絵が金色の豪奢《ごうしゃ》な額縁に守られている絵だ。レンは褒《ほ》められた三歳児みたいにあどけなく笑った。

「うん。この店の雰囲気にぴったりだと思って、うちの倉庫から選んだんだ」

「見慣れている絵も、飾る場所によって雰囲気が変わるものねえ」

「額縁も僕が選んだんだよ。いいでしょ」

「立派な絵に見えるわ。特注の額縁のようね。その脇に活けてあるお花も花瓶《かびん》も、絵にマッチしていていいわ。それに」彼女の視線は窓枠へ移った。「このお店に来る途中のお庭も、とてもステキだったわ。あれもレンが造ったのね」

「うん。花屋さんをやっているデンマーク人の友達がデザインしてくれたんだ」レンは誇らしげに言った。「彼はね、いずれ自分の公園を造りたいんだって。それで、ボクがカフェを始めると言ったら、手伝ってくれたんです」

自分の公園を造る夢を持っているなんて、ステキな花屋さんだな。フランス人作家が書いた童話に出てくる、みどりのゆびを持つ少年チトみたいな人かしら。

「伯母さんがコペンハーゲンに行ったことがあるなんて知らなかったな。いつ行ったの?」

「女優だった頃よ。あるきっかけで北欧を旅したの。三月から四月にかけてだったわ」カフェの天井を横切る梁《はり》を物憂げに見上げた百合子さんを、私はうっとり眺めた。「お部屋にこんな梁のあるホテルに泊まったの。そこのバーが洒落ていてね。渋谷《しぶや》監督とゆっくり話をしたのよ」

「渋谷監督って」石川さんがまた興奮の面持ちで言った。「藤村さん主演の映画を何本も撮った渋谷雅人《まさと》のことですね」

「ええ。取材旅行に私がくっついていって」元女優はいたずらっ子のように目で笑った。「あのとき監督とケンカをしたのよ。あれが女優を辞めるきっかけだったかもしれないわ」

「ケンカが原因ですか」

石川さんがショックを受けたような顔をした。

「というほどのことでもないのだけれど、あの晩、バーでステキな女性と出会いましてね……今でも、彼女はどういう人物だったのか謎な部分があるのだけれど」

謎、という言葉に石川さんが反応した。

「どのような謎でしょうか。実はボクも謎を抱えたことがありまして、この店で話して無事解決したのです。ある女の子が『マッチ売りの少女』のようだった、という話なんですが」

石川さんはさらに『みにくいあひるの子』の話も披露《ひろう》した。この話になると興奮するので初めて聞いた人は意味不明だと思うのだが、元女優は鷹揚《おうよう》に笑った。

「アンデルセンとは、このお店らしいわね。ここでは謎を提示すると、アンデルセンの物語になぞらえて解決されるということかしら」

「そうです。そうです」

石川さんは自慢げに言ったが、解決したのはほかでもない、百合子さんの甥っ子である。

「おもしろいわね。でもこの謎については明快な推理を立ててあるのよ。私は、あのとき会った女性は犯罪者だったと睨《にら》んでいるの。その頃コペンハーゲンでは、あるニュースが話題になっていましてね。気になってあとで調べてみたの。彼女はきっとお尋ね者だったんだわ」

眉間《みけん》にちょっぴり皺を寄せて、人差し指で顎に軽く触れた。推理を繰り広げるサスペンス映画の主人公みたいだ。

レンは微笑んだ。

「お飲み物はいかがですか、伯母さん」

「ホワイト・リリーはできるかしら」

「伯母さんの名前がついたカクテルだね。はい、大丈夫です。アキちゃんは?」

「では、ジンバックを」

「かしこまりました～」

元気な甥っ子は意気揚々と厨房へ戻っていった。

「私の古い話を聞いていただけるかしら」藤村百合子さんはゆったりと全員を見回した。「今夜は少し語りたい気分だわ。こんなふうに舞台が整ったと感じたのは、久方ぶりですもの」

否やと言う者はなかった。彼女はレンが速攻で持ってきたカクテルを美味しそうに一口飲み、ちょっと考え込んでから話し始めた。

*

十七歳のときに街でスカウトされて、軽い気持ちで雑誌のモデルを務めたのが始まりだったわ。運よく、すぐに映画出演のお話をいただいて、お芝居を始めたの。

次から次へと仕事が舞い込んできたので、十八歳のとき正式に女優になると宣言して、高校卒業後はバリバリ働いたわ。勉強は嫌いではなかったけれど、規則の厳しい女子校に押し込められていてエスカレーター式に女子大に行くのが嫌だったのね。幸いなことに、出る映画すべてが大ヒットしたので、仕事が途絶えることはなかったわ。

渋谷雅人監督のことは皆さんご存じよね。古くは『宮本武蔵《みやもとむさし》』『弁慶《べんけい》』『徳川家康《とくがわいえやす》』などの時代もの、絶頂期は『二十四の瞳』『細雪《ささめゆき》』などの文学作品、近年は〃和製シャーロック・ホームズシリーズ〃なんていうミステリ作品も手がけているわね。

私が初めて渋谷監督の作品に出演したのは日本版『若草物語』でした。四姉妹の三女の役だったわ。監督は四十代前半、すでに大ヒット作を何本も出し、勢いを増していた頃でした。ものすごく恐い人、というのが監督の第一印象ね。黒い髪が鳥の巣のようにモジャモジャしていて、牛乳瓶の底みたいな分厚いメガネをかけていて、撮影現場ではいつも怒鳴っていました。でも、撮影が終わると急に陽気な人になるの。若い役者に親しく声をかけて「若いうちは失敗覚悟でどんどん挑戦するんだ」といつも励ましていたわ。貧乏役者や下っ端のスタッフ、誰かれ構わず自宅に招いて奥様の手料理をご馳走《ちそう》してくださり、遅くまでいろんな話をして、帰りはみんなのためにタクシー代まで出してくれて、とても面倒見のいい方でした。でも翌日現場に入ると、また恐い人に豹変している。その落差に最初は戸惑ったのだけれど、慣れてくると、今日も監督の笑顔を見るために頑張るぞと、みんなが張り切ったものでした。

監督の指導のおかげで、私の人気も急上昇してスターの仲間入りを果たし、何本も監督の作品に出演しました。

女優というお仕事は楽しかったわ。みんながチヤホヤしてくれるのも気分のいいものでした。でも、五、六年も忙しい生活を続けていると、さすがに疲れてきました。休みは皆無。睡眠時間もろくに取れない毎日なの。自分はこんなふうに馬車馬のように働いて、いったい何を目指しているのだろうと、ふとした瞬間に思うことがよくありました。

それに、たいして演技の勉強をしないままどんどんお仕事がきてしまったものだから、あるとき自分のお芝居に自信がなくなってしまったの。このまま続けてもいいものか悩んだわ。

あれは、一九七〇年代の前半でした。そう、あの年の一月にベトナム和平協定が締結され、アメリカが軍の撤退を決めたのでした。あの頃ロスに行く機会があったのだけれど、アメリカ人たちがしきりに反戦の話をしていたので、忙しい中でもそのニュースは印象に残ったのね。

日本では少し前にあさま山荘事件が起きて、学生運動は下火になっている頃でしたけれど。

その頃、監督はヨーロッパを題材にした作品の構想をあたためていて、暇《ひま》を見つけては各国を視察していました。私は所属事務所にわがままを言ってお休みをもらい、監督の旅行に無理やりくっついていったの。監督は私のスランプを察していたので同行には反対しませんでした。表向きは過労で入院したことにして、女優になって初めての休暇旅行に出かけました。

監督が信頼を置くスタッフが数名だけ同行していて、とても楽しい旅行でした。演出助手の園田《そのだ》えりこさんは親切で物知りで、喜んでガイドをしてくれたわ。

ノルウェーではオーロラを見るために、動けないくらいの厚着をして観測所で二日間粘ったけれど、時期が遅かったのか見ることはできませんでした。スウェーデンは巨人の国で、なにもかもが大きく、小柄な私は小人になった気分よ。でも、そんなことすべてが新鮮だったわ。

渋谷監督は自分のインスピレーションを高める目的であちこち歩いてはメモを取っていたけれど、私はひたすら休暇を楽しんでいました。

そして、少し気持ちが落ち着いてきたところで、自分の未来を考え始めました。

実はその頃、ある男性と密かにお付き合いをしていたの。渋谷監督が引き合わせてくれた、映画会社の社員の方でした。五歳年上の彼は、穏やかで気持ちの優しい人。北欧旅行に出る少し前にプロポーズされ、迷っていました。このまま働き続けるのか、結婚して引退するのか、それとも結婚しても家庭と仕事を両立させるのか。

コペンハーゲンに入ったのは四月の初め、あと二日で帰国の予定でした。もうすぐ秘密の休暇が終わってしまう、そう思うと浮かれ気分は次第に萎《しぼ》んでいきました。

監督はそんな私を見て、コペンハーゲンの街を観光しようと誘ってくれました。

仕事以外で監督と二人きりでぶらぶら歩くなんて初めてのことでした。いつも映画のことしか考えていない監督が、珍しく一言も仕事の話をしなかったわ。瓶底メガネの奥の小さな目が終始優しく笑っていました。私も、ごく普通の二十代の女の子になってはしゃいだわ。どんよりした曇り空で寒かったのだけれど、心はあたたかでした。

女王様の宮殿《きゅうでん》は左右対称のシンメトリーな美しさを持つロココ調の建物群なのだけれど、思ったよりも質素な印象でした。前の年に即位された女王様はデンマーク王国初の女王で、実質的な女王だったマルグレーテ一世からでも五百年以上ぶりだったそうよ。

それから人魚姫の像を見ました。コペンハーゲン港の護岸《ごがん》部から数メートルの岩場に座っていて干潮時には近くで見られるけれど、私たちは少し離れた高台から眺めたわ。人魚なのにちゃんと脚があるのは、モデルさんの脚線美がもったいなくて像に残すことにしたからだそうよ。私も共演したことのあるハーフのダンディ俳優の、オバサマがそのモデルだったとか。

沿海公園をそぞろ歩き、港に係留する船にMAERSKという文字をいくつも見ました。以前に横浜の港で撮影をしたときに見た船にも同じマークがあったので、監督に聞くと、世界的に有名なデンマークの船会社〝マースクライン〟のことだ、と教えてくれました。「結局、世界の海を制覇したのは無敵艦隊《かんたい》でも英国海軍でもなくて、デンマークの海運会社だ。平和の象徴だな」彼は満足そうにそう言ったわ。

デンマークの人はみんなあたたかくて気さくです。一休みするために入ったバーでは、東洋人が珍しかったのか常連客たちがしきりと話しかけてきました。日本から来たと言うと感激して、ビールをおごってくれたわ。ストックホルムがクールな国際都市なら、コペンハーゲンはウォームな牧歌的都市ね。

残念だったのはチボリ公園がまだ開園していなかったこと。デンマークに楽しい遊園地があると聞いていたので楽しみにしていたんですもの。本当に悔しかったわ。アーチ形の門を恨めしく眺めたものよ。

ホテルは宮殿のそばの瀟洒《しょうしゃ》な建物でした。昔の穀物倉庫を改装したものだそうで、独特の趣《おもむき》がありました。部屋の中に大きな梁があって、大柄の北欧人は頭をぶつけないように気をつけないといけないだろうな、と苦笑したわ。鴇《とき》色系の格子模様のベッドカバーや壁の木目が、なつかしい場所に戻ったかのようにくつろがせてくれて、すっかり気に入りました。

夕食のあと、監督がホテル内のバーに誘ってくれました。レストランは豪奢でしたけれどバーは小ぶりで、ヴィクトリアン様式の落ち着いた雰囲気だったわ。少し遅めの時間だったので、客は数人、といったところでした。私と監督はカウンターに並んで座りました。

「ようこそ、コペンハーゲンへ！」

バーテンダーに声をかけられて、びっくりしました。黒髪、黒い目、細身の二十代後半くらいの男性は、あきらかに日本人でした。監督は得意そうに言いました。

「驚いたろう。日本人のバーテンダーがいるんだよ」

北欧のホテルのバーで日本人が働いているなんて、当時はほとんどなかったと思うわ。

「カトーと申します」

彼は五年ほど前からそのホテルに勤めていると話してくれたわ。威勢のいい語り口調で話しながら手際よくシェイカーを振り、いちいち音を立ててグラスをテーブルに置き、私のために白濁色の飲み物を、監督のためにブルーの飲み物を背の高いカクテルグラスに注ぎました。初めはその勢いに驚いたのだけれど、彼の手つきは流麗で、江戸っ子の〝粋《いき》〟を異国で見るような誇らしい気分になりました。

彼は穏やかな笑みを浮かべながら尋ねてきました。

「女王さんのおうちへは行きましたか?」

「アマリエンボー宮殿ですね。女王様がお住まいのわりにはシンプルなデザインでした」

「ああ、女王さんは気さくな方ですのでね」

彼のざっくばらんな口調には、女王様への敬愛が込められていました。

「海辺の彼女には会いましたか?」

「人魚姫の像ね。ええ、見てきました。少し寂しそうだったわ」

「彼女はいつも観光客に見守られていますけれど、そんなふうに見えましたか」

「人魚姫は悲恋の物語だからね」監督が言いました。「楽しそうに座っているわけにもいかないのだよ、きっと」

「確か、人魚姫は人間の王子様に恋をして、自分の声と引きかえに脚を得るのでしたよね」

「そして王子と再会する。しかし声の出せない人魚姫は、嵐の晩に王子を助けたのは自分だと言えない。一方の王子は自分を助けてくれた優しい女性を探し続け、ついにその女性を見つけ出したと勘違いして、別の人と結婚してしまう」

「人魚姫は失恋して、海の泡になってしまうのよね。かわいそう。アンデルセンはどうしてそんなひどいお話を考えたのかしら」

私の言葉に、カトーさんは困ったように首をかしげて言いました。

「ひどいですか、奥さん」

彼は私を奥さん、と呼んでいました。ミセスやマダムという感覚なのでしょうね。私は独身でしたけれど、彼のその言葉が心地よくて訂正せずにいました。

「ひどいと思うわ。美しい声を犠牲にしてまで王子に会いにきたのに告白できないし、王子も気づいてくれない。最後は泡となって消えてしまう。残酷な物語です」

「そうだな」監督は、ふと遠い目をして言いました。「たぶん王子が悪いんだ。王子は人魚姫をそばに置いてかわいがっていたのに、命の恩人と気づかなかったのだからね。でも、人魚姫はなんらかの形で王子にメッセージを伝えることはできなかったのかな」

「人魚姫は文字を知らなかったのよ。だから書いて示すことはできなかったんだわ」

「しかし彼女は美しいのだから、王子を誘惑してしまえばよかったんだ」

「童話なのですから、そんな下世話なことを考えてはいけませんわ」

「おや、また百合ちゃんに怒られた。じゃあ、君ならどうやって王子に愛を伝えるかな」

「そうねえ」私は考え込んだ。「やっぱり、目でものを言うしかありませんね」

「じっと見つめるのかい」

「ええ、こんなふうに」

私は愛しい王子様を見つめる人魚姫になりきりました。あなたのために私はここに来たのです、どうか私の愛に気づいてください、そんな気持ちで監督を見つめました。

「うん」メガネの奥の視線は読めませんでしたが、やがて監督は天井を仰ぎました。「なんだかインスピレーションが湧いてきた。声を失くした乙女の悲恋物語か」

私は力を抜いて、カクテルを飲みました。

「いい作品ができそうですの？」

「北欧は私にたくさん刺激を与えてくれているよ。長い冬。少ない日光を慈《いつく》しむ精神。人々のあたたかい交流。日本に似た、家族や隣人を大切にする精神」監督は遠い目をしているように見えました。「家族か」

時折自分の世界に入ってしまうタイプなので、私は話しかけずに監督を見つめました。やがて彼は私のほうを向くと、微笑みました。

「北欧の神話もなかなか楽しいし、なによりアンデルセンの物語はいろいろと考えさせられる。日本で知られている作品は意外と少ないしね」

「せいぜい『人魚姫』と『みにくいあひるの子』、『マッチ売りの少女』くらいかしら」

「よし、次回作はアンデルセンからヒントをもらおう」

「では主役はお姫様にしてね。私、やりたいわ」

「仕事を続ける気になったのかい。陣内《じんない》君の話はどうするんだ」

「ご存じだったんですか」

「彼が、プロポーズしたいのだけれど仕事優先で断られそうだと相談してきたので、ガンガン攻めなさいとアドバイスしておいた。君も好きなんだろう？　彼のこと」

私はカクテルグラスをそっと揺らしました。

「とてもいい方だと思っています。でも迷っているの。仕事は続けたいけれど、今のペースでは無理よね。私は器用ではないから、仕事と家事の両立なんてできないわ」

「君なら上手にこなせると思うよ」

「私、料理も洗濯もできないし」

「そんなことは家政婦さんにやってもらえばいい」

「奥さんになったら自分でやりたいの。でも、自信がない。どうやって夫に仕えたらいいかわからないし、子供の育て方もわからない。それに中途半端に仕事をしても、今みたいな人気を保つことはきっと無理だわ」

「両立が無理なら、子育てがすんだら復帰、という道もある」

「やっぱり、引退したほうがいいとおっしゃるのね」

「そうは言っていないよ」

その晩は少し酔いが早かったわ。私は二杯目のカクテルでかなり酔ってしまいました。

「もっと真剣に相談にのってくださらないと困るわ。監督はいつも笑ってばかりで、肝心なことはおっしゃらないでしょ。そういうの、卑怯《ひきょう》です」

「おやおや、だいぶ酔いが回っているね。結婚前のお嬢さんがそんなに飲んではいけないよ」

「ですから、結婚すると決まったわけではありません」

三杯めのカクテルを飲み干した頃、園田えりこさんが呼びに来てくれました。私は、帰りたくないだの結婚はしないだのとダダをこねたあげく、園田さんに引っ張られるように部屋に戻りました。そしてすぐにばったり寝てしまったのです。日本でそんな醜態《しゅうたい》を晒《さら》したら、すぐに週刊誌に書きたてられてしまうところだったわ。

しばらくして目が覚めました。何か物音がしたような気がして、ドアのほうに近づいて耳をそばだててみました。そっとドアを開けて廊下を覗《のぞ》いてみたけれど、誰もいません。誰かが訪ねてくるような予感がしたのに、あれは夢の中の出来事だったのかしら。

しばらくぼんやりベッドに座って、人目を気にすることなく監督とそぞろ歩いたコペンハーゲンの街並みを思い出していました。女優を辞めたら毎日があんなふうに自由になるのかしら。でも、女優でない私は、もう監督のおうちには呼んでもらえない。

仕事の楽しみと自由の気ままさを秤《はかり》にかけても結論は出そうにありません。困ったときはいつも監督に相談していたのに、その監督は結婚を勧めてくる。私には才能がないのかしら……

やがて、ひどく喉が渇いていることに気づき、あたたかい飲み物が欲しくなりました。それで廊下に出てみたの。フロントマンが一人立っているだけで、ロビーは静かでした。柱の時計はとっくに十二時を回っていました。

明日、いえ今日はもう帰国の途につく日でした。名残《なごり》惜しい気分で、ロビーをゆっくり歩いたわ。四月とはいえ北欧は寒くて、室内にもかかわらず少し震えながらバーを目指しました。扉は閉まっていたのだけれど、隙間から明かりが見えたのでそっとドアを押してみたの。

室内の照明は暗くなっていましたが、正面のカウンターのところにまだ明かりがついており、カトーさんがグラスを磨いていました。そして、カウンターの一番端に監督が座っていたわ。酔ってからんだ記憶が蘇り、気恥ずかしくなってドア陰から中を覗き込む格好になりました。

先ほど私が座っていた場所に、明るい色の髪を長く垂らした女性がいました。その隣には体格のよい中年紳士が座り、女性と監督に話しかけているようでした。高く尖《とが》った鼻が特徴的な横顔が、楽しげに笑っているのが見えました。監督よりは少し若い、快活そうな男性です。

「なるほど。ミスターシブヤはそのような捉え方をしますか。いや、アンデルセン作品は奥が深いですな。ところで」彼はキングスイングリッシュでまくしたてました。「私は明日、話題の美術館へ行こうと思っているのですが、監督はどうされるのですか」

英語教育の厳しい女子校にいたおかげでリスニングは得意だったので、盗み聞きです。

「私も今朝のニュースで見ましたよ。なんでも、数年前にイギリスで盗まれた個人蒐《しゅう》集《しゅう》家所蔵の名画が、つい先日その美術館に投げ込まれていたとか」

「ええ、ハイネの絵です。カールスバーグ美術館の入口に、布にくるまれて置かれていたのを係員が気づいて、調べてみたら本物だったというのでイギリスでも大騒ぎですよ」

「なぜコペンハーゲンの美術館に置かれたのでしょうな」

「さあ。犯人がデンマーク人だったとか」

男性二人は、名画発見の話を夢中でしていましたわ。

真ん中の女性が高い鼻の男性のほうを向き、やはり英語で話しかけました。

「あら、その絵はまだ一般公開されていないはずですわよ」

はっとしました。とても美しい横顔なの。化粧《けしょう》っ気はなくて、素肌が透き通るように白い、若い女性でした。私と同じくらいか、少し年上かしら。

男性は興奮気味にまくしたてました。

「カールスバーグ美術館によれば、件の名画の公開日は未定とのことです。明日行っても見られないかもしれませんね。しかし話題の場所ですし、美術館そのものにも興味を惹かれました。創設者ヤコブセンの私的なコレクションが多く収蔵されているそうですな」

「画家を題材にした映画を撮った際に美術コレクターについて勉強しましたが、粟《あわ》コレクション、原《はら》コレクション、松方《まつかた》コレクションというように蒐集家の名前がコレクション名になるんですね。件の美術館はさしずめ、ヤコブセンコレクションを収蔵しているということだ」

「カール・ヤコブセンは」女性は柔らかく微笑んだわ。「なかなか粋な人だったのよ」

「まあ、話題の絵は見られなくても眼福にはなると思いまして、明日は午前中にクリスチャニアを見学したのち美術鑑賞と洒落込もうと、こういうわけです」

「私は明日帰国です。美術館を訪れる時間はなさそうだ。これも日頃の行いが悪いせいかな」

快活に笑った監督は、先ほどより顔が赤いようだったわ。男性が満面の笑顔で答えました。

「では私は日頃の行いがよかったのでしょう。ニッポンの名監督、ミスターシブヤと会えたのですから。姪っ子があなたの作品の大ファンでね。うらやましがるだろうな」

女性も、背筋をぴんと伸ばして言いました。

「私も、本当に嬉しいわ。有名な監督さんにお会いできて」

「おや、そんなに褒められたら何かおごらなくては。カトーさん、まとめてお代わりを」

カトーさんが新しいカクテルを並べると、監督は二人に向かってグラスを持ち上げました。

「ステキな夜に」

女性の声に、男性もすかさず言葉を返しました。

「最高の出会いに乾杯」

グラスがかち合う小さな音が響きました。

「今夜はとても気持ちがいいわ」女性は両手で長い髪をふわりとかきあげました。「私もずっと大変なことばかりで、こうして穏やかな日々を迎えられたことは、喜ばしい限りです」

高鼻の男性はかなり酔っているようで、女性の肩に触れんばかりに身体を傾けました。

「私はつくづく思うのですよ。みんな働きすぎだ。大変だ、大変だと言いながらも、まだ働く。たまにはこうして休暇を取らないと仕事に押しつぶされてしまいます。デンマークもついに欧州諸共同体に加盟し、ヨーロッパはひとつになる方向で進んでいます。私も、いきおい諸国を転々と渡り歩いて仕事をするようになります」

「四方を海に囲まれた日本からすると、陸続きのヨーロッパがうらやましい気もしますがね」

監督が微笑むと、女性が首をかしげました。

「そうかしら。デンマークは北欧の南端なので、昔から他国との争いに巻き込まれやすく、いろいろとやっかいな部分もあると思うわ」

「日本では外国に行くことはとても大変です。しかしヨーロッパでは、高速道路を車で走っているだけで国境を越えてしまうわけですからな」

監督の言葉に、男性はうなずきながら言いました。

「ニッポンは東洋の神秘の国、というイメージだ。簡単に行き来できるヨーロッパと違って」

「簡単に行き来できるということはメリットもデメリットもあるわけね」女性は肩をすくめた。

「そのために危険に晒されてしまうのですわ。だから、面倒なことも起こりやすいのね」

男性はカクテルをゆっくり飲みながら尋ねました。

「日本人は勤勉だと聞きますが、確かにそうなのですか」

監督はウィスキーのようなものをちびちびと傾けながら言いました。

「日本人は働き蜂ですね。ただ、最近の学生は我々の頃と少し考え方が違ってきている。国家繁栄のためにひたすら働く、という考えが古いと思っているようです」

「わかります」男性は大きくうなずきました。「イギリスでは学生運動が盛んです。戦争を知らない若者は、自ら闘争の世界に飛び込んでいくようです。日本でもそうですか」

「数年前には東京大学というところで大規模なデモがありました」

「世界中の若者が熱を帯びているようですな」

「デンマークでも」女性が少し悲しそうに言いました。「学生たちは自由を訴えて活動しています。時にそれは、暴力を生みます」

監督はしみじみと語りました。

「若者は常に前を向いて走っており、そのパワーはすごい。私なぞは草臥《くたび》れた中年男です」

「あら、ミスターは充分お若いわ」

女性が監督の肩に手を置いたので、私はドキリとしました。

「その中年男が、若者は見向きもしないような純粋な恋愛物語を作ろうとやっきになっているわけです」

「恋愛物語は古代から現代まで不変のテーマですよ」男性は快活に笑いました。「かくいう私も、恋愛映画は好きです」

「愛を語ることは大切だと思います」女性も微笑みました。「私は劇的な宿命を背負ってしまいましたが、お芝居や映画の中にはそのようなお話はたくさんあるはず。人々は、起こりそうで起こらない劇的でロマンティックなお話が実は好きなのよ」

監督はゆっくりグラスを傾けながら言いました。

「これからも夢物語のような恋愛映画を何本も撮りたい。リアリティを追求しろと意見する人もいるが、私は映画の中でこそ、劇的で、あり得ない世界を繰り広げたいのです」

「ミスターシブヤ、あなたはこれからますます活躍なさるでしょう」男性は嬉しそうです。

「映画は素晴らしい。人々に夢や希望を与える。夢の世界に浸れるということは、平和を実感できるということです。その幸せを若い者はわかっていない。こういう言い方は嫌だが、まったく今の若者というのは……」

ややや大げさな動作で首を振る男性を、監督も女性も微笑んで見つめていたわ。

「どうやらミスターブラウンは現在、若い方にお困りのご様子ですな」

「ご推察通りです」ブラウン氏は肩をすくめました。「私はロンドンで会社を経営しておりますが、先日も若い女性社員を解雇せねばなりませんでした。彼女は社会主義にかぶれているらしく、女性にも平等の賃金を出すべきだと主張しました。タイプもろくに打てないのに」

「そのような言い方は」女性は綺麗な額に少しだけ皺を寄せました。「彼女がお気の毒だわ」

「その女性は」監督もうなずきました。「満足な教育を得る機会がなかったのかもしれません」

「確かに、女性が働ける環境はまだまだ少ないとは思います。日本もそうですか？」

「女性は結婚して家庭に入るのが幸せだ、という考え方は根強くある。しかし私がいる世界には〝女優〟という女性にしかできない職業があり、彼女たちは素晴らしい働きをしています」

私は〝素晴らしい〟女優の一人に入っているのかしら、と考えながら盗み聞きを続けたわ。

「女性が第一線で活躍するのは大変なことですわ」女性はブラウン氏に向かって訴えるように言いました。「女性が目立つことが好きではない人が多いのかしら。ただ一心に職務をこなしているだけなのに、髪の色や顔が変わるといろいろと言われて、面倒なこともあります」

「私だって立派な女性はたくさん知っています」ブラウン氏は二人に責められたと感じたのか、

両掌《てのひら》を二人に向けて言いました。「有能で美しい女性もたくさんいます。そんな人は残念ながら妬《ねた》みの対象になることが多いですが、俳優の世界でもそのようなことはあるのでしょうな」

監督は微笑みました。隣の女性も、監督の顔を斜めに見上げて微笑んでいました。

「それは、企業秘密ということにしておきましょう。俳優は華やかさも優秀である条件のひとつです。例えば、先ほどここにいた女優は」監督はふと、言葉を切りました。「女優になるために生まれてきたような華の持ち主です」

顔が赤らみました。監督が私を褒めてくれている。同時に、不安が頭をもたげました。私の取り柄は〝華〟だけだろうか。

「彼女、かわいい人ですね」美人の女性が監督に向かって微笑みました。「かわいいだけではなくて、心も清らかそうだわ」

私のヒアリングが間違っていなければ、彼女は確かにそう言ってくれました。

「彼女は」監督は女性のほうを見ました。少し照れているように見えました。「外見の華と心の中の華、両方を持った人物だと私は思っています」

その瞬間、思わずドアを少し強く押してしまいました。ギシッと音がして、監督たちがこちらを向いたのが見えたので慌ててドアを閉じ、立ち去ろうとしました。

「奥さん、どうかなさったのですか?」

すぐにカトーさんがドアから顔を出しました。

「喉が渇いて、何かあたたかいものでもいただけないかしらと来てみたのですけれど」

急いで取りすました顔を作りましたが、盗み聞きをしていたのがバレたのではと、内心、冷や汗ものでした。気づかないふりをしてくれたのか、彼は微笑んでドアを大きく開けました。

「紅茶でもさしあげましょう。どうぞ。まだ監督もいらっしゃいますから」

中を見ると、女性が立ち上がったところでした。彼女は監督とブラウン氏の両方の肩に軽く手を置くと、微笑んでこちらを向きました。

すっとした清楚《せいそ》な顔立ちに目が釘付けになりました。きっと私は、憧れの女優を見つめる少女みたいな顔をしていたと思うわ。

彼女はドアを押さえているカトーさんに小さくうなずき、そして私を見ました。

「かわいい方ね」

私とさして変わらない年頃の女性からそんなふうに言われて、私はドギマギしました。

「あの、ありがとうございます」

彼女ははっとしたように私を見つめ返し、そして微笑みました。

「私と会ったことは内緒にしておいてね。さあ、もう行かなくては。Good luck, little lady」

そっと私の肩に触れてくれた彼女の仕草があまりに優美で、私はうっとり見惚れました。去っていく彼女の向こうに、黒い外套《がいとう》を着たすらりとした紳士が待っていました。二人は腕を組むと廊下の端に消えていきました。

「奥さん、どうぞ中へ」

カトーさんに促《うなが》され、私はバーの中に入りました。

「やあ、大トラさん、目が覚めたかね？」

「先ほどはすみませんでした。ずいぶん酔ってしまったようです」

つい今まで女性が座っていたスツールに座ると、ほんのり温かみを感じました。

「こちら、ミスターブラウン」監督が英語で紹介しました。「君が去る直前にここにいらして、いろいろと興味深い話をしていたのだよ」

「こんばんは、ミスター」私も頑張って英語です。「先刻は失礼をしてしまったでしょうか」

「改めて初めまして。こんな綺麗な女性に囲まれて仕事をしているミスターシブヤがうらやましい」ブラウン氏は私のほうに身を乗り出すと、嬉しそうに言いました。「せっかく美しい東洋の女性がいらしたのに、私はそろそろ失礼しなければなりません」

彼は日本式に丁寧にお辞儀をして、上機嫌な様子で去っていきました。

「あの方、女性を嬉しがらせるのがお上手ね」私は監督に微笑みかけました。「先ほどの女性も綺麗な方でしたね。どんなお仕事をなさっている方だったのかしら」

あたたかい紅茶を飲みながら言うと、監督は怪訝《けげん》そうな顔をしました。

「誰のことを言っているのかな？」

「ここに座っていた女性ですよ」

監督は顔をしかめました。

「女性なんていなかったよ」

「あら、あんな美人が目に入らなかったのですか？　それは残念ですね」

冗談めかして言ったつもりでしたが、監督は真剣な表情で私の顔を覗き込みました。

「まだ酔っているのかい？」

「お隠しにならなくてもいいのに」

「何も隠していないよ。紅茶であたたまったら、もう寝たほうがいいね」

ちょっと不愉快な気分になりました。なぜ頑なに女性のことを隠すのだろう。

「言われなくても、紅茶をいただいたら休みます。別に奥様に言いつけたりしませんことよ」

「どうやら君は、私が旅先で必ず浮気をするものとでも決めつけているようだね」

「違いますの？」

「では、そういうことにしてくれてもいいよ。今夜は北欧美人としっぽり話をしていたのだけれど、ミスターブラウンに邪魔されたのさ。これでいいかな」

「今さらそんなふうにおっしゃられても」

バーで女性と話をするくらいで私が目くじらを立てるとでも思ったのかしら。私はそんなに初心《うぶ》ではないわ、と少し剝《むく》れていました。

「やはりまだ酒が残っているのかい。君は意外とからむタイプだったんだな」

もやもやした気分のまま、紅茶を飲んだわ。

バーには私と監督、それにカウンターの隅で静かにグラスを磨くカトーさんだけでした。

監督は私を見ずに、ずっとグラスの縁を指でなぞっていました。やがて、小さくため息を洩《も》らすと言いました。

「さあ、明日は早くに出発だから、もう休もう」

席を立とうとしたとき、ふいに切ない気持ちでいっぱいになりました。

「監督。私を見捨てないでくださいね」

彼は驚いたように私を見ました。

「なぜそんなことを言うんだね」

「監督は、私が結婚したほうがいいと思っていらっしゃる。藤村百合子の最盛期は過ぎてしまったの？　落ちぶれていく姿を見るくらいなら幸せな引退を勧めるということですか？」

「それは違う。君は素晴らしい女優だ。私が保証する。私は……」監督の目はとても優しく、少し寂しげでした。「ただ、女性としての幸せも大事にしたほうがいいと思ってね」

やっぱり監督は私を辞めさせたがっている、と感じ、辛くなりました。

「結婚して引退したほうがいい、ということですね」

監督はカウンター正面をじっと見据《みす》えていました。私はその横顔を見つめながら、何か言ってほしいと願っていました。私の映画には君が必要だ、辞めないでずっとそばにいてほしい、生涯私の映画に出続けると言ってくれ、そんな言葉を望んでいました。でも……

「なんといっても君は、アンデルセンのお姫様なのだよ」

彼は私を見ずに、そうつぶやいたのです。

私はアンデルセンのお姫様。若い頃はともかく、年を取って醜《みにく》くなったらやがて世間から忘れ去られる程度の、ちょっと顔がいいだけの女優。だったら、人気絶頂のうちに引退して結婚なり別の仕事なり、早いところ第二の人生を始めたほうがいい。おとぎの国のお姫様は「めでたしめでたし」と言われて終わりを迎えるのだ……

仕事が一区切りしたら引退しよう。私はそのとき決心したの。監督が、私のことを真に認めてくれるような第二の人生を見つけて、見返してやろう。

ちょっと悲しかったけれど、それが一番いいと思ったんです。

監督は立ち上がりました。

「今回の旅は実り多かった。帰ったらすぐに新シリーズにとりかかろう。君も忙しくなるよ」

それを最後の仕事にしよう、そう決めました。

「私もリフレッシュできたので、帰ったら大いに頑張るわ」

カトーさんがドアのところで見送ってくれました。

「おやすみなさい、旦那さん、奥さん。次の映画を楽しみにしておりますよ」

監督は紳士的に私を部屋の前まで送ってくれました。

「監督」私は監督を見つめました。「私、たぶん……」

監督はじっと私を見返しました。まるで、それ以上何も言わせまいとするかのように。

あれが最後のチャンスだったのだけれど、何も言えなかった。人魚姫がなぜあんなに寂しそうなのか、理解した瞬間でした。

＊

「藤村さんは……」如月先生が珍しく言い淀《よど》んだ。「いえ、なんでもありません」

元有名女優は、全員を見回した。

「私はそのあと、監督の中期の代表作とも言える〝プリンセスシリーズ〟の主役を三作務め、そして引退したわけ」

石川さんは複雑そうな表情をしていた。

「とてもロマンティックな昔話でしたが、ええと、そのう……」

「伯母さんは、渋谷監督が好きだったんだね」

両手にグラスを持ったレンがずばりと言ったので、先生も石川さんもひどく動揺した。

「あ、あのね、レンさん。日本には〝言わぬが花〟という言葉がありましてね。他にも〝沈黙は金、雄弁は銀〟〝言わぬは言うにまさる〟〝物言えば唇寒し秋の風〟などと申しまして」

「そ、そうだよ。レン君。こういうことは、あうんの呼吸で理解するというか、空気を読むというか、会社にいた頃は人事を掌握《しょうあく》するため知らんふりも必要だと痛感したというか……」

「でも監督には奥さんがいたから、伯母さんはあきらめたんだね。はい、ホワイト・リリーとジンバックのお代わり」レンは思案げに長い腕を胸の前で組んだ。「今の話だと、監督も伯母さんのことが好きだったように思えるけど、どうだったのかな」

そこは一番スルーするところよ、と思ったが豈図《あにはか》らんや伯母さんは嬉しそうに聞いた。

「そう思う？　でもそうじゃなかったみたい。あの人けっこう遊び人だったの。あんな見てくれだったけれどモテたのよ。奥様もそれを承知なさっていたわ。昔の女性は本当に偉いわよね。それが作品の幅を広げることに繋がるから、とじっと耐えていらっしゃった」

「それなのに監督は藤村さんには」如月先生が思わず言った。「……いえ、失礼」

「私ね」元女優は両手を顔の前で合わせた。「賭《か》けをしていたの。あの旅行で監督が私を好いてくれているとわかったら、ずっと女優でいようと。はっきりと愛の告白をされなくても、何か感じられれば、それだけで女優を続けられると思っていた。そのくらい女優業に自信がなかったのね。でも、監督は何も言ってくれなかったし、何も感じられなかった」

「そうかな。監督は……あ、は～い」

会話に加わる気まんまんだったレンは、シゲさんに呼ばれて渋々厨房へ戻っていった。満席の店内、オーナーシェフが無駄話をしている暇はなさそうだ。

レンが話の最初から割り込んでくるのは珍しい。意外とゴシップ好きなのか、それとも伯母さんの過去が気になったのか。

百合子さんは組んだ両手を前に突き出し、その手をぱっと離した。

「監督にとって私は、ただの小娘女優でしかなかったの。ですから、あえなく失恋したわけ」

その笑顔があまりにあけっぴろげなので、気を遣っていた私は肩の力を抜いた。売れっ子女優も失恋する。私が〝彼氏いない歴四年〟でも、ちっともおかしくない。

ふいにカウンターの女子高生が高らかに笑ったので、私たちはそちらを見た。三人の若い娘は涙を流して「いやだ、レン君て、おもしろ〜い！」とお腹を抱えて苦しんでいる。カウンター内のレンが不思議そうに笑っているところを見ると、また奇妙な言動をやらかしたに違いない。三人娘の隣の男性が、少女たちの笑いっぷりを見て密かに苦笑していた。

元女優も微笑んだ。

「私も若かったのね。だから、無理やり監督の旅行にくっついていくなんて暴挙に出たの」

「あの」石川さんは遠慮がちに言った。「その後、監督にそのような話をしたことは」

「ないわ」元女優は艶然と微笑んだ。「思い切りはいいほうなの。だから、一心にお仕事して、すっぱりと引退したわ」

「最後の作品も素晴らしかったのに、引退とは残念でした」如月先生が感慨深げに言った。

「わたくし、渋谷監督の作品はほとんど見ています。あの方の日本語の使い方はとても美しいものでした。プリンセスシリーズは特に素晴らしかったです」

「ありがとうございます。あのシリーズはヨーロッパの神話やアンデルセンの物語をベースに、強くて真っ直ぐな女性を主人公にしたものでした」

石川さんがうっとりとした目つきで言った。

「どれもおもしろかったけれど、第一作の『瞳の中の貴方』が最高傑作だったな」

「あら、私も一番好き。あれは人魚姫がモチーフなの。ただしハッピーエンドだったけれど」

「そうでしたな」

「そうでしたわね」

客二号三号はうっとりと天井を見上げ、見えない映像に酔いしれている。いいなあ、父と行った映画をちゃんと見ておけばよかった。

悔しいので、私は先ほどから気になっていた話題を出した。

「それで、例のバーの女性ですけれど、彼女は結局どんな人だったのでしょうか」

「それはね……ああ、いいものがあるわ」

藤村さんはケリーバッグと思しき紺色の鞄《かばん》から黒革の手帳を取り出し、その中から古びた紙片を出した。そっと広げないと破れてしまいそうなB5ほどの大きさの紙だ。

「私はね、あの人は名画泥棒の一味だったと思っているの」

そこには手書きでびっしりと文章が詰まっていた。一番上に『コペンハーゲン・タイムズ四月三日付』と書かれている。

「帰国する朝に手に入れた現地の英字新聞の一ページを、日本に戻ってから英語の得意な友人に広告以外の記事を訳してもらったものなの」

見出しは四つあった。『EC加盟の効果』『本物のハイネの絵、見つかる』『王立劇場の修復始まる』『エイプリルフールの功罪』

「この記事に赤丸がついていますね」

私は慎重に紙片を手に取ると、記事のうちの一つを読み上げた。

『コペンハーゲンのニューカールスバーグ美術館門前に置かれていたハイネのスケッチ画は、

三年前にイギリスの個人蒐集家宅から盗まれたもののうちの一枚であることが判明した。当時、犯行はプロの窃盗《せっとう》団によるものと推測されていた。蒐集家の家に子供の家庭教師として出入りしていた北欧系の女性が事件後に行方不明になっていることから、その女性の関与が疑われた。今回の絵画出現にも関わっている可能性は否めない。絵は、所有者の厚意により一週間程度、美術館で展示をすることが決まった。日程は未定』

「ハイネとは、詩人ですわね。絵も描いていたのですか」

先生の言葉に、藤村さんはうなずいた。

「何枚か日本についてのデッサンもあるようよ」

「彼はデンマーク人ではなかったように記憶しておりますが」

「ええ。ドイツ人であるハイネの絵がデンマークで見つかったことから、犯人がデンマーク人である可能性が高い、と言われたのね」藤村さんは人差し指をすっと立てて言った。「私ね、美術館に絵をこっそり置いていった犯人は三年前に行方不明になった女家庭教師で、それが例の女性だったと思っているの」

石川さんが目を見開いた。

「バーにいた女性が、窃盗団の一人だと?」

「ええ」元女優は、自信ありげにうなずいた。「そんな気がしたのよ」

「確かに」如月先生は少し興奮したように言った。「あり得ないことではありません。彼女は謎の言葉をいくつか発していますわ」

「『ずっと大変なことばかり』だったけれど今は『穏やかな日々を』送っているとかね。私、これでもセリフ覚えは得意でしたの。だからあのときの会話は、ほぼ再現できているはずよ。英語もまあまあ自信があるので、訳も合っていると思うわ」

「007のときの藤村さんの発音は、完璧でした」

石川さんはふふ、と思い出し笑いをした。そんなにステキなボンドガールだったのかしら。

「『劇的な宿命を背負って』いる、『女性が第一線で活躍するのは大変なこと』とも、その女性は話しておりましたね。彼女は〝劇的〟で〝大変〟な人生を捨てる決意をし、贖罪《しょくざい》として絵を美術館に置いたのではないでしょうか」

「では先生も」私はおずおずと聞いた。「バーの女性は窃盗団の一味だと思うのですか?」

先生は都会のカラスみたいに自信ありげに顔を上げた。

「至極納得がいきます」

「だけど」石川さんは懐疑《かいぎ》的だ。「そんな人が優雅にバーでお酒なんて飲んでいるでしょうか。だって泥棒なんですよね。いや、決して反論しているわけではないのですが……」

「では」元女優は怒るでもなく、むしろ楽しそうだ。「彼女が窃盗団の一味でないとしたら、ずいぶん意味深な言葉を発していると思うのですけれど、それはどう説明できるかしら」

「そ、それはですね」石川さんの額に汗がにじんだ。「ええと、どうかな。香衣さん」

「はあ」私は、ビールを一口飲んだ。「映画のようなお話で、私もにわかには信じられません」

「皆さんのご意見を聞きたいわ」藤村さんは皆を見回した。「未だに名画泥棒は捕まっていないのだけれど、実はこの春に、そのとき盗まれた絵のうちの二点がイタリアで見つかったのよ」

「それはまた、どのような経緯で？」

盗難から五年後、イタリアの列車の中に置き忘れられた二点の絵を工場従業員の男性が競売で三千円でせり落とし、自宅の台所に飾っていた。それが最近、盗まれたハイネとフェルメールの絵だと判明したという。

「盗難品だとわかったのは、額縁に特徴があったからなの」

「額縁？」私は思わず、ドアの脇の青い女王様の絵を見た。確かあれも、有名なコレクターのものだとシゲさんから聞いたことがある。「コレクターの名前でも書いてあったのですか？」

「いいえ、その額縁はロンドンの有名なギャラリーが特注で作製したもので、裏に通し番号が書かれていたのでわかったそうよ。それで、この古い新聞の翻訳を引っ張り出して改めて見直していたわけ。あのとき彼女は『もう行かなくては』と言ったわ。イタリアの列車から絵が見つかったのは、私がコペンハーゲンに行った二年ほどあとのことのようだから、彼女はヨーロッパをあちこち旅していたのではないかしら」

「もしくは、別の仲間がなんらかの理由でイタリアに置いたのかもしれません。彼女は絵画泥棒で間違いないように思えます」

如月先生が宣言するも、石川さんは遠慮がちに首をかしげた。

「そ、そうかな。どう思う？　香衣さん」

美人女優にはっきり言えない様子の石川さんは、しきりに私の助言を求めてくる。私は、思っていたことを口にした。

「人魚姫だったのでしょうか」

全員が、ぽかんと口を開けた。いけない、また唐突だった。

「あの、監督が言った言葉です。私は、そちらも気になって」

「監督の言葉？」先生がやや呆《あき》れた表情で聞いた。「香衣さんは時折突飛な発言をなさいますね。どうぞ、説明なさってください」

私は小さく頭を下げて、続けた。

「監督が、藤村さんのことを〝君はアンデルセンのお姫様だ〟と言いましたよね。その言葉が気になったんです。藤村さんはそれを、女優を長く続けるべきではないという監督からのメッセージとして受け止めたんですよね」

「そう思ったけれど、それも違う解釈があるのかしら」

「香衣さんは」石川さんがなんだか得意げに言った。「児童向けの出版社に勤めているんですよ。ええと、アカイツメの……」

「アカツメクサ出版で、編集の仕事をしています」

「まあ、そうですの。童話を扱っていらっしゃるのね。ステキなお仕事だわ」

チボリのお客さんは私の仕事を褒めてくれる。母からは「香衣はお子様向けが精一杯ね」と言われるのに。

「ですから、アンデルセンにも少しは詳しいのですけれど、監督がおっしゃった『アンデルセンのお姫様』とは、特定のお姫様を示していたのではないかと、ふと思ったわけでして」

「そんなふうに考えたことはなかったわね」

元女優は、ゆったり首を動かして店内を見回した。カウンター内に目を留め、シゲさんが作ったカクテルをお盆に載せている甥っ子を見つめた。

「おもしろいわね。皆さんはどう思われます？　件の女性は泥棒だったのか、それとも違うのか。そして『アンデルセンのお姫様』にはどんな意味があるのか」

私はうなずいた。

「謎はふたつですね」

「わたくしは」先生が顔を上に向けた。「彼女はやはり窃盗団の一味だと思いますわ。迎えにきた黒い外套の紳士は、その仲間でしょう。そして監督もそのことを承知していたのです」

「あら」藤村さんはすっと背筋を伸ばした。「監督も共犯なのね。それはすごいわ」

「プリンセスシリーズの二作目『みどりの森の彼方《かなた》』には、スパイが出てきますわね」

「あら、覚えていてくださるなんて感激だわ」

先生は当然です、というように一段と顔を上げた。

「女性は髪の色やメイクを変えて変装していた。つまり、身分を偽って生活していたのです。そんな彼女を、映画の参考になるからと取材していたに違いありません。ですから、藤村さんが〝先ほどの女性はどんな仕事をしているのか〟と聞いたときに、とぼけたのです。ただ、ブラウン氏は何も知らなかったのだと思います。三人で会話を楽しんでいましたからね」

「そうでしょうか」私は反論を試みた。「ブラウンさんがすでに女性と話しているわけですから、別に藤村さんに隠す必要はなかったのでは？」

「それは」先生は少し顎を引いた。「窃盗とは別の次元による理由ではないかと」

「美人と話していたのがきまり悪かった、ということかい」石川さんが首をかしげる。「監督は遊び人だったようだ。バーでのちょっとした会話くらい、わざわざ隠さないのでは？」

「では、石川さんは泥棒説は違うと？」

憧れの人から名前を呼ばれて真っ赤になった石川さんは、頭から湯気が出そうだ。

「は、はあ、やはり、突飛すぎるように思います。その女性は、学生運動の闘士とか平和運動家だったのではないでしょうか」

「そういえば」藤村さんはうなずいた。「女性の地位向上とか、デンマークが危険にさらされやすい、というようなことを話していましたね」

「髪の色やメイクが変装だと如月先生が言いましたが、まさにそれが当てはまります」

「つまり」元女優は人差し指で軽く顎に触れ、微笑んだ。「学生運動の闘士が当局に目をつけられていたため、お忍びで来ていたというわけね」

「ボクはこの店に通うようになってデンマークに関する知識が増えました。確かそのころ、デンマークでも一九六八年からあとは学生運動が盛んだったんですよ」

「世界的にそういう時代でしたものね」

「アメリカではいわゆるヒッピーと呼ばれる若者が闊歩《かっぽ》していた。ベトナム反戦に端を発し、平和と歌を愛し社会に拘束されることを嫌う若者たちがコミューンという共同体を作っていった。デンマークにもその風潮があったそうですよ。女性は化粧もせず、洗い髪のように髪を長く垂らしていたとか。例の女性は化粧っ気がなくて髪を長く伸ばしていたんですよね」

「ええ、確かにそんな感じでした」

「彼女は学生運動の闘士だったのじゃないかな。そしてボクが思うに、カトーさんもその仲間だったのではないでしょうか」

「カトーさんも？」

「日本の有名な監督が来ているとカトーさんから聞いた彼女は、日本でも人権活動を宣伝してもらおうと、乗り込んできた」

「なるほど。それは思いつかなかったわ」きゅっと眉をひそめた元女優は、そんな表情も様になる。「学生運動の闘士説ですわね。では、香衣さんはどうお思い？」

　私は大いにためらったあげく、ずっと頭に浮かんでいた説を発表することにした。

「その女性は、デンマークでとても有名な人だったのではないでしょうか」

「それはどなた？　有名な女優さん？」

　私は全員を見回して、ゆっくりと言った。

「それは、女王様です」

　少しの間、沈黙がおりた。

「まさか！」石川さんの声はひっくり返っていた。「デンマークの女王様がお忍びでホテルに来ていたというのかい」

「あり得ませんでしょう、そんなこと」

如月先生もあきれたように言ったので、私はすぐに弱気になった。

「ずいぶん前の外国の話ですし、ひょっとしたらそんなことも……と考えてみたんですが」

「でも」元女優は大きな瞳をさらに見開いた。「もしそうだったら、本当にステキだわ。私が訪問した前年に女王様は即位されたのよ。とても気さくな方で、デパートで普通にお買い物なさったりするらしいわ。ひょっとするとバーの密かな常連だったのかもしれません」

「じゃあ、女王様だったという説もなくはないですな」石川さんは、まるで自分が女王様に遭遇したように大喜びの表情で言った。「そういえば、彼女は親日家だと聞いたことがあるな」

私は少し立ち直ってうなずいた。

「有名な日本人監督が来ているとカトーさんから聞いて、こっそりホテルにやってきたのではないでしょうか。髪や顔を変えたというのは、変装をしてきたという意味です」

「まあ」藤村さんは悩ましげに眉根を寄せた。「当時、女王様の写真はあちこちで見かけたのよ。どうだったかしら、似ていたかしら。なんだか似ていたような気がしてきたわ」

私は勇気を得て、続けた。

「帰りがけに藤村さんと言葉を交わしましたよね。そのときに『内緒にしてね』とおっしゃっていています。藤村さんが彼女のことをうっとりと見つめていたので、女王だと気づかれたのではと思い、そんなことをおっしゃったのではないでしょうか。そして、迎えに来た黒い外套の紳士は、ひょっとすると旦那様のヘンリック殿下かもしれません」

「もしそうなら、きちんとご挨拶しておけばよかったわ。残念なことをしました」

「そうですな」石川さんが今度は悔しそうに言った。「女王様と親しくお話しできる機会など、まずないですからね」

女王説が思いがけず盛り上がってしまったので、嬉しい反面、また弱気になった。

「すみません、あくまでも私の妄想《もうそう》ですけど」

「ステキな妄想だわ。窃盗団説よりもずっとロマンティックね」藤村さんがうっとりと笑ったので、私は有頂天だった。「では、監督の言った『お姫様』についてはどう思います?」

石川さんがみんなを見回した。

「ボクは、アンデルセンのお姫様というと『人魚姫』くらいしか思いつかないけれど、ほかにどんな話があったっけ」

私は得々と話し出した。

「アンデルセン童話で題名にお姫様がついているのは『人魚姫』『親指姫』『えんどう豆の上に寝たお姫様』くらいでしょうか。『氷姫』もありますが、あまり有名ではありませんね」

「『えんどう豆の上に寝たお姫様』なんて話もあるのかい」

〝本当のお姫様〟をお嫁さんにしたいと考えている王子のところに、お姫様がやってきてひと晩泊めてもらう。お妃は黙って、彼女のベッドに小さなえんどう豆を一粒置き、その上に何十枚も敷布団を重ねる。翌朝お姫様は『昨夜はひどい目にあった。背中に何か固い物が当たって身体中に痣《あざ》ができてしまった』と言う。

「お妃や王子は、彼女こそ本当のお姫様だと確信しお嫁さんにする、という話です」

「それはおもしろいわね」藤村さんは微笑んだ。「残念ながら私はどんなに固い布団でも構わず眠ることができるから、そのお姫様のことではなさそうだわ」

「ほかにもお姫様が出てくる物語はたくさんあります。『野の白鳥』のお姫様は、悪い継母《ままはは》によって白鳥に姿を変えられてしまった十一人の兄王子のために一言もしゃべらないで帷子《かたびら》を十一枚編み続けます」

如月先生が小さく手を挙げた。

「わたくし、子供の頃読んだ記憶があります。アンデルセン童話だとは知りませんでしたが」

「そういう物語は多いかもしれません。『火打ち箱』や『夜なきうぐいす』などは、民話のような雰囲気があり、アンデルセン作品とは知らなかった、という人は多いようです」

石川さんは大きくうなずいた。

「小さい頃は誰が作家かなんて考えずに、童話を読んだり聞いたりするからね」

「ほかには『ぶた飼い王子』や『旅の道づれ』、『空飛ぶトランク』もありますが、どれもお姫様は脇役ですね」

「さすが、出版社の方だけあってお詳しいのね」

藤村さんが感心したように言ったので、少し照れた。石川さんも力強く言った。

「香衣さんがいてくれて、本当に助かるよ」

私にとってチボリがヒュッゲなのは、頼りにされ、感謝される、という心地よさを得られるからかもしれない。なんといっても私は第一号のお客である、という自負もある。

「たくさんお姫様が出てきたなあ。ボクはほとんど知らなかったよ」

「常識的な範囲で考えればよろしいのではないでしょうか」先生が顔を上げた。「監督は藤村さんにおっしゃったわけですから、日本で一般に知られているお姫様のことを指している、と見てよさそうです」

石川さんが勢い込んで話し始めた。

「では、人魚姫説でいいんじゃないかな。これから出演してもらう映画の主演、という意味ですよ。シリーズ第一作の『瞳の中の貴方』は、交通事故のショックでしゃべれなくなった主人公が、事故の直後に一瞬会っただけの男性に恋心を覚えて探す話でしたよね」

「一作目の映画は、人魚姫をモチーフにしているようですね」私はうなずきながら言った。

「ではやはり、お姫様は人魚姫のことではないでしょうか」

如月先生も前のめりになって話し出した。

「わたくしは、『野の白鳥』の姫ではないかと思います。『瞳の中の貴方』の主人公は、言葉を失ったまま仕事を続けますよね」

「図書館の司書、という設定でしたわ」

「いじめられっ子の女の子のために、主人公が献身的に本を選んであげるシーンは印象的でした。身振り手振りで必死に働きかけ、少女がついに心を開いたときは、感涙いたしました」

「なるほど」石川さんは腕を組んだ。「献身的な女性、という意味で『野の白鳥』を示したという説もありそうですな」

「でも」私は反論を試みた。「監督は藤村さん自身をお姫様に例えているように思います。失礼ですが、継母がいたり、兄弟のために何かを犠牲にした、ということはありましたか」

藤村百合子さんは快活に笑った。

「いいえ。母は実母だし、弟たちのために私が犠牲にしたものは特にないわ。『野の白鳥』のお姫様とは少し違いそうね。香衣さんはどうお思い?」

「私は、『親指姫』だと思います。日本でよく知られた物語は、やはり『人魚姫』と『親指姫』です。親指姫は小さくて愛らしいお姫様で、まるで藤村さんのようです」

「まあ、ありがとう」

「それに人魚姫は悲恋ですが、親指姫は王子様と結ばれて幸せになります。監督は藤村さんに『親指姫のように結婚して幸せになりなさい』とおっしゃりたかったのではないでしょうか」

元女優は、ふっと力を抜いて少し肩を丸めた。

「そういう見方もできるわね」ふいに、目の前の青年を睨んだ。「アキちゃん、あなたも何か意見を述べてちょうだい」

そういえば、彼はまったく発言していない。いることを忘れてしまいそうなほど存在感のない青年だ。アキちゃんは小さく首をかしげた。

「僕の意見は必要ですか」

「もちろんよ」百合子さんが断定的に言った。「ちゃんと考えているのでしょう?」

「僕はデンマークについて不案内なので」彼は静かに微笑んだ。「謎の女性がどんな人物だったのか歴史的背景から推測することはできません。窃盗団説よりは、カトーさんの知り合いで学生運動の闘士だった説のほうが説得力がありそうです。女王説もなくはない。ただ」

彼はテーブルに広げられた古い紙片を指差した。

「そこに、ヒントがあるように思えます」

彼が指した記事は『王立劇場の修復始まる』というものだった。私はその部分を読んだ。

『デンマークが誇る王立劇場は先月から大規模修復工事に入った。完了は一年後の見込みである。多くの観客は快適な劇場で新しい舞台を見ることを今から楽しみにしている。旧劇場は設備が古く、観客に様々な我慢を強いていたからである。高齢者にも優しいスロープ、清潔な洗面所、その他凝った演出も可能な素晴らしい劇場を心待ちにするコペンハーゲン市民であるが、一方で劇場の修復はいくつもの芝居休演を意味し、一部の舞台俳優には深刻な仕事不足という被害が及んでいる。特に、王立劇場を根城に上演を続けてきた二つの伝統的な劇団の団員たちは別のステージを探さざるを得ない。もっとも、有名な舞台俳優が映画やテレビに出演してくれる絶好の機会となるかもしれない』

「その女性は王立劇場を根城にする劇団員で、監督に相談をしていたのかもしれません。映画の世界について聞いていたとか、役を得るためのアドバイスなどをもらっていたのでは」

「女優さん説ね。確かに彼女は華やかな雰囲気を持っていたわ」

「女優なら髪の色や顔についていろいろ言われることもある。芝居や映画についても言及していたし、女性が働くことの大変さも述べていた。女優という職業ならではの意見だったように思われます。監督が女優について語るときには、好もしげな視線を送っていましたから」

「確かに」石川さんががっかりしたように言った。「しごく現実的で、とてもありそうな説だ」

先生も顔を少し下げ気味に言った。

「あまり夢はないですが、非常に納得のいく話ですわね」

藤村さんに至っては、不満げに唇を尖らせた。

「そうね。一番説得力があるわ。でも一番ロマンがないわね」

アキちゃんは、申し訳なさそうに言った。

「ですから、僕の意見は必要なかったのでは」

「まあ、いいわ。お姫様のほうはどうなの？　現実的な意見を述べてちょうだい」

アキちゃんは、また小さく首をかしげた。

「お姫様については、香衣さんの『親指姫』でいいように思いますが……」

彼は言葉を切った。なんだろう。

「なあに？」

「僕は渋谷監督のこともよく知らないので、安易な推測をすべきではないかと」

「ロマンもなんにもない推測でもいいわよ」百合子さんは真剣な表情になった。「実はね、ここ数日、ずっとあの晩のことを思い起こしていたの。なぜなら……」

大女優は全員を見回して小さな声で言った。

「監督は四日前に亡くなったの」

「えっ。そんなニュース聞いていていませんが」

石川さんが仰天すると、藤村百合子さんは寂しそうに微笑んだ。

「当然よ、発表されていないの。葬儀も身内だけでひっそり行うことになっているので、まだ口外しないでくださいね。私は、彼の葬儀に出席するために帰国したのよ」

「そうでしたか」先生は小さく頭を下げた。「お悔やみ申し上げます」

「八十八歳の大往生よ」元女優は遠い目をした。「最後まで次の映画の構想を練っていたというから、幸せな人生だったと思うわ」

全員が、まるで黙禱《もくとう》するかのように押し黙った。

アキちゃんは一度目を伏せると、言った。

「では、僕の妄想を聞いてください」

百合子さんは真剣な眼差しでうなずいた。

「監督は、自分をツバメに例えたのではないかと思ったのです」

元女優は大きく目を見開いた。

「ツバメ?」

そうか、そういう意図があったのね。

「『親指姫』の話に出てくるツバメです」

彼女は私のほうを見た。私はアキちゃんにうなずくと、話し出した。

「子供を欲しいと願う女性が魔法使いのところに行き、大麦のつぶをもらいます」

それを蒔《ま》くと花が咲き、中から小さな親指姫が出てくる。女性は大切に育てるが、あるときヒキガエルが姫をさらってしまう。ヒキガエルから逃げ出した親指姫は冒険を重ね、野ネズミのおばあさんに助けられる。おばあさんの家でモグラに見初められ、お嫁さんにされそうになる一方で、モグラのトンネルに迷い込んだ瀕死《ひんし》のツバメを献身的に看病する。元気になったツバメは、姫の結婚が迫ったあるとき彼女を救い出し、あたたかい国に運んであげる。そこで姫は自分と同じくらいの大きさの王子様と出会い、めでたく結婚する。

「では監督は、ツバメのように私と陣内さんの橋渡しをしたいと言ったのね」

「それもありますが」アキちゃんは少しためらった。「ツバメは、本当は親指姫のことが好きだったんですよ」

藤村百合子さんの顔がみるみる華やいだ。

「まあ、アキちゃん。それって」

「けれど、王子様と一緒になったほうが幸せになれると考えたツバメは、身を引くのです」

淡々と語るアキちゃんの言葉がゆっくりと全員に浸透していった。

石川さんがつぶやいた。

「監督は、藤村百合子さんのファンだった、いや……」

それ以上の感情を抱いていた、という言葉は飲み込んだ。

「遊び人の監督が百合子さんの幸せを心から願ったのでしょう」如月先生がしみじみと言った。

「男気、ですわね」

如月先生の言葉に、大女優の瞳が潤んだ。

アキちゃんは遠慮がちに言う。

「僕の妄想は聞かないほうがよかったのでは？」

「いいえ」藤村百合子さんは一度目を伏せ、そして軽やかに顔を上げた。「いいえ、アキちゃん。ありがとう。女優の才能はなかったのよ。若いからできたの。あれが限界。それは自分が一番よく知っていたわ。だから、引退したことに後悔はないの。引退を監督の言葉のせいにしていただけ。それが今、わかったわ」

彼女は、銀幕に映し出されたヒロインのように艶然と微笑んだ。

「それでも私は、少なからぬ人たちを魅了した女優だった、ってことよね」

私たちは今、長い時を経てようやく迎えたクライマックスシーンを眺めているのだ。

「謎の女性のほうはしごく現実的な推測でしたが、こちらは美しい結果で、大変結構です」

如月先生がしみじみと言うと、石川さんは首をかしげた。

「やっぱり、アキちゃんの説が、両方とも正解なのかな」

「実は、簡単にわかる方法があるのよ」彼女はいたずらっぽく笑った。「そろそろ教えてくれてもいいのではないかしら。カトーシゲキチさん」

大女優は、いよいよ大団円であるかのように声をあげて、カウンターを見やった。

「……ああっ」

全員の目が、奥の柱の食品衛生責任者のプレートに釘付けになる。

『加藤茂吉《かとうしげきち》』

「まさか、シゲさんが……！」

客一号二号三号はそろって口をあんぐり開けた。

デンマークの話をこれだけ長々としているのに、一向にシゲさんが割り込んでこないのはおかしいと思っていたのだ。よもや話の中に本人が登場していたとは。

シゲさんは気まずそうにカウンターから出てきた。

「大変ご無沙汰《ぶさた》しております。百合子さん」

「お久しぶりね。まさかレンの店を手伝っているとは……またレンのわがままね」

「いえ。私が志望いたしました」

「本当？　この店がこんなにステキなのは、シゲさんのおかげね」

「私など、微力でしかございません。レンさんの努力の賜物《たまもの》でございます」

「ええと」石川さんがおずおずと聞いた。「シゲさんは、どういう立場なんですか」

「あら、常連さんたちもご存じなかったのね」

「どうも、聞きそびれていまして」

「コペンハーゲンのホテルバーに粋な日本人バーテンダーがいると私から聞いた父が、興味を持って会いにいき、すっかりカトーさんに惚れ込んだの。それで、口説き落として父の会社に来てもらったのよ」

「シゲさんは、レン君のおじいさんの会社の社員ですか」

「すでに退職いたしまして、今は嘱託《しょくたく》の身分でございますが」

「あら、特別顧問みたいなものでしょ。カトーさんは役員秘書室長だったのよ。それなのに、なぜかずっとレンの家庭教師みたいなことをしてもらっていたの」

「レンさんのイギリス留学のお供をさせていただいた程度のことでございます」

なるほど。客一号二号三号は納得した。カトーさん……いやシゲさんが丁寧な口調でレンを躾《しつ》けているので、どんなポジションなのかずっと謎だったのだ。

「カトーさんが日本に戻った頃に私は女優を辞めて海外に出てしまったので、めったに会うこともなかったわね。こうして面と向かって話すのは、あのバー以来になるかしら」

「さようでございますね」

「父が無理やり日本に連れ帰る形になってしまったようだけど、こうしてレンのお店を手伝ってくださっているところを見ると、悪くもなかったかしら」

シゲさんは丁寧な礼をすると、皆に向かって言った。

「今では大感謝でございます。若い頃、いろいろとやんちゃをして日本を飛び出しヨーロッパを放浪し、辿り着いたのがコペンハーゲンのあのホテルでした。臨時雇いのベルボーイから始まり、バーを任されるまでになりました。日本に残した両親は風の便りに亡くなったと聞き、もはや帰る場所もなくコペンハーゲンに骨をうずめるつもりでおりましたのを、小ノ澤社長……前社長にお声をかけていただき、ようやく祖国の土を踏むことができたのでございます」

「へえ」石川さんは感動した面持ちでシゲさんを見つめた。「人に歴史ありだね」

「シゲさんの際立った接客は、ホテルのバー仕込みだったのですね」

如月先生の言葉に、シゲさんは控えめに礼をした。藤村さんは言った。

「あの晩、私がドア口で盗み聞きしていたのは知ってたのよね」

「恐縮です」

「アンデルセンのお姫様は、アキちゃんの解釈で正しいのかしら」

シゲさんはゆっくりと話し出した。

「あくまでも私の受けた印象でございますが、アキさんがおっしゃったとおり、監督は百合子さんを好もしく思っていらっしゃるご様子でした。一言も口には出されませんでしたが」

元女優は少女のようにはにかみながら笑った。

「ありがとう」

「そ、それで」石川さんが急き込んで聞いた。「あの女性は誰だったんですか。シゲさんはご存じだったんでしょう？　まさか、名画泥棒？」

シゲさんは微笑んで言った。

「そちらも、アキさんの推測が正解でございます。彼女は私の知人でした。女優志望でして、前々から映画関係の人が来たら紹介してほしいと言われていたのです。渋谷監督はあの数年前から、私のバーをご贔屓《ひいき》にしてくださっておりました。試しにこういう女性に会ってもらえないかと話したところ、気さくに承諾してくださいました」

「彼の説で正解か」石川さんは感心したようにアキちゃんを見た。「なぜ監督は知らないと嘘を言ったのかな」

「さて、それでございます。監督が百合子さんに彼女の存在を隠したのは、同じ女優だったからではないでしょうか。監督は、百合子さんが悩んでおられることを見抜いていらしたのです。そんな旅先で、監督が別の女優と親しく話していたら百合子さんがよく思わないと察したのではないでしょうか。あくまでも私めの憶測ですが」

「なるほど」石川さんが重々しくうなずいた。「納得できるよ」

監督の優しさが時と空間を超えて、日本のカフェに舞い降りたように感じた。

「なあんだ、つまんない」

急にレンが大きな声を出した。

「どうしたの？　レン」

彼は大きな手をエプロンのポケットに突っ込むと、マッチ箱を取り出した。細くてきれいな指がよどみなく動いてマッチを一本抜き出し、しゅっと擦った。

柔らかい火が燃え上がり、彼の顔がほんのり明るく浮かび上がった。焰《ほのお》をじっと見つめながらレンはささやいた。

「イアガペマクロフィミ、フュシテベテイアガペ、オウジリ、イアガペオゥペルペレヴェテ、オゥフィシウテ」

百合子さんの前のロウソクに焔を移すと、洗練された手つきでマッチを振って火を消し、にっこり笑った。

「皆さん、ヒュッゲの時間です……って、せっかく言おうと思っていたのに」

皆が、揺らめく焔とレンの顔を交互に見た。伯母さんは不思議そうにつぶやいた。

「今の、なにかしら」

彼は顔を上げると、口を尖らせて言った。

「人魚姫だと思ったんだけどな」

元大女優がゆったりと笑った。

「レン、私は親指姫説がいいわ」

「そっちはいいんだ」彼は肩をすくめた。「謎の女性のほうだよ。僕はてっきり人魚姫だと思ったんだけど、なあんだ、女優だったのか」

しばし沈黙がおりた。私は恐る恐る聞いた。

「……どういう意味？」

「チボリ公園の前にはアンデルセンの像があるんだ。そのアンデルセンと人魚姫が、ホテルで待ち合わせをしていたんじゃないかと思ったんだ」

微妙な空気が私たちを包んだ。元女優が困惑顔で聞いた。

「なにを言っているの？」

「ええと、つまり」私は苦笑いを浮かべた。「チボリ公園の前にあるアンデルセン像と、港の岩場にある人魚姫像が動き出して、ホテルに来たっていうの？」

今回はレンの出番がなかったから、こんな変なことを言い出したのだろうか。

「新聞の日付が四月三日ということは、バーにいたのは二日の夜だよね。四月二日はアンデルセンの誕生日なんだ。きっと二人は年一回だけ、こっそり待ち合わせして会っていたんだ。ずっと動かずにじろじろ見られているのって疲れるだろうからね。人魚姫像はね、香衣さんも飲んでいるビール、カールスバーグ創立者の息子が、オペラを見て感動したことから制作させてだ。確か一九一三年に市に寄付したものなんだけど、かわいそうなことに何度かいたずらされているんだ。一九六一年に髪を赤く塗られ、六三年には全身を塗られている。そして六四年には首を盗まれちゃったんだ」

私ははっとした。

「女性は、髪が変わったり顔が変わったりって言っていたわね」

「スケッチ画が出現したのも四月二日だよね。ハイネはアンデルセンと友達だったんだよ。名画泥棒はそれを知っていて、アンデルセンにゆかりのある美術館に誕生日プレゼントとして置いていったんじゃないかな。それは、監督の隣に座っていた女性とは別人だと思うよ。泥棒なら、仕事がすんだらさっさとコペンハーゲンを離れるのが普通だよね」

「じゃあ」私はゆっくりと言った。「あの女性は……」

レンは、シゲさんを横目で見た。

「シゲさんはね、どんなことも鷹揚に受け入れてくれる人だから、きっと人魚姫も、このバーテンダーのいるバーならくつろげると思ってやってきたに違いないよ」

「まさか」石川さんが顔を引き攣らせながら笑った。「監督もブラウンさんもそれを承知で話していたというのかい」

「話していないよ」

「……どういう意味だい？」

「伯母さんはセリフを覚えるのが得意って言ったでしょ。だからさっきの会話は、ほぼ完璧に再現されていると思うんだ。監督とミスターブラウンは確かに会話していたけど、彼女と男性二人は会話していないんだよ」

　私は戸惑って聞いた。

「会話、していたじゃない」

「監督もミスターブラウンも、彼女のセリフを受けて答えた言葉はいっこもなかったよ」

　全員が押し黙った。元女優は驚愕《きょうがく》の表情をした。

「……そういえば、そうかもしれないわ。三人で会話をしているように見えていたけれど」

「いや、そんなバカな。会話、していましたよ」

　石川さんが必死に主張した。如月先生も戸惑いながら顔を上げた。

「わたくしも、三人で会話を楽しんでいたと思いましたが。まさか、シゲさん、そんな夢物語があるはずございませんよね」

全員がシゲさんを見た。

「もちろん、そんなことはございませんです」

シゲさんの語尾がほんの少し震えたように感じたのは、私だけだろうか。

ものすごく奇妙な沈黙が支配した。

「彼女を迎えに来た紳士がアンデルセンだと思ったんだけど、シゲさんが違うって言うなら、違うんだね」レンはいつものように口をぽっかり開いて笑った。「伯母さん、レアチーズケーキ食べる？　新作だよ。それともスフレケーキがいいかな」

カフェ・チボリのオーナーは〝アンダー・ザ・シー〟を口ずさみながら、ステップを踏み踏み去っていった。私たちは全員、その背中を凝視した。

まさかね。

アキちゃんが珍しく表情を崩して笑った。

「さすが、レン。とんでもないオチをつけるね」

全員が苦笑いをして緊張を解いた。一番ロマンティックな妄想だ。

「ほんとだよ。ボクはびっくりして心臓が止まるかと思っちゃった」

「まさに、究極の妄想でございますわね」

「私の女王説も吹き飛んでしまった感じです」

百合子さんだけが奇妙な表情のままだ。シゲさんが否定したのだから、そんなはずはない。

梨のコンポートが添えられたスフレケーキを堪能《たんのう》していると、シゲさんが厳かに告げた。

「百合子さん、お迎えの車が参りました。行き先は帝国ホテルで間違いないですね」

レンが急に寂しそうな顔になって言った。

「伯母さん、うちに泊まっていかないの？」

「遠慮しておくわ。鷲雄《わしお》にまたいろいろと説教されるのも嫌だし」

「伯母さんには言わないでしょ、お姉さんなんだから。僕なんて顔を合わせるたびに小言言われるから、極力伯父《おじ》さんと会わないようにしてるけど」

レンがふくれっ面をしたので、百合子伯母さんは苦笑した。

「四角四面だから、一緒にいると疲れちゃうわよね。この店のこともずいぶん反対していたそうだけど、風雅《ふうが》のことが影響しているのかしら」

百合子さんはふと、入口のほうを見つめた。レンが眉間に皺を寄せた。

「風雅伯父さんは関係ないよ。僕が鷲雄伯父さんに嫌われているんだ。ニューヨークにいる父さんだって、オープンの日の夜に自家用ジェットで駆けつけてくれたのに、すぐそばに住んでいる伯父さんは一度も店に来たことがないんだよ。よっぽど僕が憎たらしいんだろうね」

自家用ジェットってどういうこと、と客一号二号三号はそろって心の中で叫んだはずだが、もはや突っ込める雰囲気ではない。

百合子伯母さんはレンをなだめるように言った。

「そんなことはないと思うわよ。鷲雄は堅物《かたぶつ》すぎて自由な発想ができないから、この店に反対の立場を取った以上は行かない、と決めているのじゃないかしら。社長としては優秀なのだけれど、家族としては付き合いづらいのよね」

「すっごく細かくて参っちゃうよ。一日の集客数や売上金額の報告は当然だけど、この間なんて、何歳くらいのどんな人が何時に来て何を注文し何時に帰ったか、客の満足度をパーセンテージで表すとどれくらいか、クレーム数と内容は、とか、こと細かく知らせろってメールが来たんだ。伯父さんが提示した基準点よりマイナスになったらやめさせるって言ってたから、机の前で踏ん反り返ったままアラ探しをしようって魂胆だよ。だから『十二時から二十二時の間に十代から七十代の男女五十人から六十人ほどが来て、料理とドリンクを注文して平均滞在時間二時間で帰り、満足度は二十から八十パーセントの間です』って報告してやった」

ふん、と鼻を鳴らしたのでシゲさんが顔をしかめた。伯母さんは優しく苦笑する。

「鷲雄の憤怒《ふんぬ》の顔が目に浮かぶわ」

レンがまた鼻を鳴らしそうな勢いだったので、私は急いで話題を変えた。

「風雅さんってどういう人なの？　二番目の伯父《おじ》さんだったわよね」

「風雅伯父さんは」レンは急に破顔して言った。「いわゆる、prodigal son なんだよね」

「え？」

「放蕩《ほうとう》息子。聖書にも出てくる言葉だよ。現実主義の鷲雄伯父さんに対して、風雅伯父さんはドリーマー。おもしろそうってだけでギャラリーとか芸能事務所とかを始めて、ことごとく失敗しているんだ。一昨年に風雅伯父さんが四度目の事業に失敗したとき、ついに鷲雄伯父さんが激怒して、創業者が築《きず》いた巨大な資産を食いつぶす厄介者だと、追い出しちゃった」

「追い出した？　兄弟なのに厳しいのね」

レンは頬をふくらましたまま言った。

「一度決めたことは断固実行するタイプだから」

私たちは大女優をお見送りするために外に出て、石川さんの提案で店頭で記念写真を撮った。

なんという幸運。父が写真を見たら腰を抜かすかもしれないな。

元女優は、通常の二台分は長さがありそうな黒塗りの車に乗り込むと窓を開けた。

「皆さん、本当にありがとう。ようやく念願かなって〝チボリ〟で楽しい時間を過ごすことができたわ」そして窓から身を乗り出し、両手で甥っ子の髪を愛おしそうにくしゃくしゃした。

「望《のぞむ》に……あなたのパパに、レンの店にはステキなお客さんがたくさんいるって報告しておくわね。頑張って」

車が見えなくなるまで、石川さんは手を振っていた。そしてつぶやいた。

「さっそく家内に写真をメールしてやろう。きっと驚くぞ」

私は、拡大印刷して父に送ってあげよう。いや、次回帰省したときのお楽しみにしようか。

さて、高校生がオーナーなので店は十時で閉店である。

私たちはそろって店を出て広大な庭園をそぞろ歩いた。星空のきれいな、よく晴れた夜だ。

緑豊かな並木道にはマイナスイオンたっぷりの夜風がそよぐ。

とっても幸せな気分で見上げた夜空に、土方さんの笑顔が浮かんだ。なんでもないときにふいに彼のことを思い出す。いつ会えるんだろう。ちょっと切ない。

石川さんが伸びをして言った。

「物語の世界に入り込んだような気分だったな」

「さようですわね。大変結構でございました」先生は目を細めると、夜空に向かってつぶやいた。「花鳥風月《かちょうふうげつ》ですね」

「何がですか？」

私はうっかり聞いてしまったが、この答えはぜひ知りたかった。先生はゆったり答える。

「レンさんのお父上のご姉弟です。長女が百合子、長男が鷲雄、次男は風雅、三男は望」

「本当だ」石川さんが手を叩く。「百合、鷲、風……望の文字には、月が入っているし」

「望の文字は、満月という意味もあるのですわ」

「さすが先生。そうか、四姉弟は優雅な名前を付けられているんだなあ」

「レンさんの名前にも、ちゃんと意味があるかと存じます」

〝蓮《れん》〟の文字は本来は実を指すが、仏教ではハスは天界に咲く白く高貴な花で、泥水が濃ければ濃いほど、大きく美しい花を咲かせるという。

「力強い地下茎《ちかけい》が花を増やすことから、家族の結びつきや繁栄を連想させる植物なのです」

個性的な伯母伯父揃いの一族の中で、レンは蝶番《ちょうつがい》の役割を担っているのかもしれないな。

Café Tivoli のプレートが設置されている門扉のところで二手に分かれた。私は、駅方面に向かうアキちゃんと一緒に歩いた。

「藤村さんはレン君というより、シゲさんに会うためにやってきたのかもしれないわね」

「そういえば噴水の前で偶然会ったとき、何か戸惑っているように見えたんですよ。再会にためらいがあったのかもしれません」

「監督が彼女をどう思っていたか、シゲさんなら知っているに違いないと思ったのね」

アキちゃんは微笑んでうなずいた。

「コペンハーゲンでバーテンダーをしていたとは知りませんでした。お客さんの語り話に登場するなんて、まるでヘンリーみたいだ」

「ヘンリー？」

「ああ、いえ」彼は含み笑いを見せた。「ある推理小説を思い出しただけです」

「シゲさんのデンマーク愛は、彼がデンマークに住んでいたせいだったのね」

「レンがカフェをやりたいと相談してきたときに、どうせならフレンチやイタリアンなどのよくあるカフェではなくて、いわゆるスキマ産業を狙ったらどうかとアドバイスしたんです。そうしたらデンマークカフェになったんですよね。小学生時代にデンマークに行ったことがあるのは知っていたけれど、そんなに好きだったのかと不思議に思っていたんですが……あれ？」

彼は立ち止まって、数メートル先の道端に止まっている小さな白い車を見つめた。全体的に丸みのあるフォルムでボンネットに二本の縦ラインが入っていて、チョロQみたいに可愛らしい。車内灯が点っており、助手席の中年男性がうつむいて一心に何か書いているのが見えた。

アキちゃんが手を挙げながら近づきかけたとたん、ふいに車内の電気が消えてヘッドライトが点ると、車はバックで急発進した。

運転手がいないのに？　バカな！

数十メートルほど後ろ向きに勢いよく走った小さな車は道の切れ目でようやく方向転換し、猛スピードで走り去った。

アキちゃんは戸惑い顔をこちらに向けた。

「今の、鷲雄伯父さんです」

「えっ、ほんと？」

「あの車……アバルト695トリブートフェラーリ〝トリブートアルジャポーネ〟は、おととし伯父さんが買ったもので間違いないと思います」

あれが噂の堅物伯父さんか。眉間に二本刻まれた深い皺、高い頬骨、車内灯が消える直前にこちらに向けられた鋭い眼光……童話に登場する恐ろしい魔王が、あんな顔をしていそうだ。

車が左ハンドルだっただけなのに怪奇現象を妄想するなんて、レンのおかしな話をまだ引きずっているようだ。

「伯父さんは何をしていたのかしら」

私は、アキちゃんを見つめた。

百合子さんに会いにきた？……帰国は知らないはずだ。

チボリが心配で様子を見に？……ここからでは店内の様子はわからない。

たまたま止めていただけ？……アキちゃんを見て慌てて逃げることもなかろう。

アキちゃんは言った。

「レンには黙っていたほうがいいかもしれません」

私たちは同じ結論に達したようだ。鷲雄伯父さんはチボリを偵察《ていさつ》しに来ていたに違いない。甥っ子がまともな営業報告を提出しないものだから、閉店時にどんなお客さんが何人帰っていったかなどを確かめにきたのだ。アラを探してレンの経営にケチをつけるために。猛禽《もうきん》類を髣髴《ほうふつ》させる射るような眼差しは、甥っ子のカフェをまったく快く思っていないことを想像させるのに充分なほど、冷酷そうだった。

「アバルト695、まだ乗っていたんだな」アキちゃんは歩き出しながら首を振った。「あれに興味を持ったレンが、納車されたとたん勝手に敷地内を乗り回して、伯父さんに見つかって大目玉を食らって」いかにもレンがやりそうで、間違いなく伯父さんが激怒しそうなエピソードだ。「伯父さんは車をどこかに持っていってしまったので、てっきり売却したのかと」

「仲の悪さは半端じゃなさそうね」

アキちゃんは口の端を少しだけ上げて微笑んだ。

「レンからの話だけなので多少は誇張があるかもしれません。たまに会うときはいつも、伯父さんの悪口を言っていますね」

「アキちゃんは、小ノ澤家ではないんですよね」

「僕の母と、レンのお母さんが姉妹です」

「アキちゃんのフルネームはなんていうの？」

「中央と書いて〝アタリアキラ〟と読みます」

チューオー？　アタリ？　覚えられそうにない。アキちゃんのままにしておこう。

「小ノ澤家って何をしている家なんですか？」

「レンのおじいさんが創業した、服飾系小物雑貨の分野で世界シェアトップクラスの会社の一族です。鷲雄伯父が現在の社長で、レンのお父さんは二年前からニューヨーク支店長です」

「もう一人の伯父さんは、鷲雄伯父さんから追い出されてしまったのよね」

アキちゃんは、淡々と答えた。

「失敗した事業につぎ込んだ金額が天文学的な数字だったそうで」

どれほどの額か聞くだに恐ろしいので、話題を変えた。

「今日本にいるのはレン君とあの伯父さんだけなのね。ご両親が二年も海外だと寂しいわね」

アキちゃんは立ち止まった。

「聞いていませんか？」

私も立ち止まった。

「何を？」

「しまったな」アキちゃんは一瞬、下を向いた。「僕が話してもいいんだろうか」

しばしの沈黙ののち、彼は言った。

「レンの母親は、彼が四歳のときに病気で亡くなっています」

……そんなふうにはまったく見えなかった。私は口ごもりながら頭を下げた。

「その、ごめんなさい」

「謝る必要はありません。たまたま言う機会がなかっただけだと思いますよ。それに」思い起こすように、小さく微笑む。「レンはカフェを始めて本当に楽しそうです。オープンした夜、彼はこうメールしてきました。『僕は、僕の原風景を取り戻した気がするよ』」

どういう意味だろう、と私が戸惑い気味に微笑むと、彼は優しい口調で言った。

「母から聞いた話ですが、レンのお母さんはお菓子作りが上手だったそうです。レン自身も小さい頃から手先が器用でよく手伝っていたので、カフェを開いたのはさもありなん、と思っていましたが……レンにとって料理は、お母さんを思い起こすツールなのだと思います」

カフェ・チボリは、お母さんとの思い出を再現する場所なのかしら。それが〝アガペーの追求〟ということなのだろうか。

アキちゃんは私をじっと見つめた。

「香衣さんは、チボリの最初のお客さんなんですよね。オープン日の夜の興奮したメールには、こうも書かれていました。『初めてのお客様はアンデルセンから来た、性別が違ったけど』」

「あっ」

レンは知っていた。

「〝カイ〟って、アンデルセンの『雪の女王』に出てくる男の子の名前ですね」

「アキちゃんもご存じでしたか」

「『雪の女王』はレンにとって特別な物語なんだそうです」アキちゃんはゆったりと微笑んだ。

「その後も香衣さんやほかの常連さんのことをたくさん書いてきていたので、初めて会ったように思えなかったほどですよ」

レンったら、かわいいところがあるじゃないの。ちゃんと客一号二号三号を大事に思ってくれていたのね。おまけに私の名前と『雪の女王』を結び付けているとはさすがである。

私が童話を好きになったのは、自分の名前を絵本の中に発見したからだ。ただし、『雪の女王』の二人の主人公のうちの一人、カイは男の子だ。それに、厄災《やくさい》を蒙《こうむ》るのがカイで、そのカイを救うのが、愛と勇気と行動力を兼ね備える少女、ゲルダである。私は彼女に憧れた。自分の名前がゲルダだったらもっと強くたくましい子になれたかも、と思ったことさえある。彼女の強さは永遠の憧れだ。そしてアンデルセンは、童話の世界へ導いてくれた大切な恩人なのだ。

「そうだ、レン君がつぶやいていた意味不明の呪文、何かわかる？　デンマーク語かしら」

アキちゃんは小さく首を傾けた。

「ギリシャ語じゃないかな」

彼は「確信はまったくないけど」と、ある文をメモに書いて渡してくれた。お礼を言って別れた。あとは自分で調べてみよう。

ふと、携帯に着信があったのに気づき、折り返した。

『香衣ちゃん』弟は未だに私を〝ちゃん〟付けする。『忙しいの？』

静流の声は低く、軽いビブラートのように響く。今夜はその声がとても心地よかった。

「ひょっとして、お母さん怒ってたりした？」

今さらながら思い出して不安になる姉に、弟は小さく笑って答える。

『やりたいようにさせてあげれば、って言ってくれたんだってね。ママ、凹《へこ》んでた。香衣ちゃんに説教されたって』そんなごたいそうなものではなかった。母が大げさに訴えたのであろう。

『でね、なんか劇団のテスト受けてもいい雰囲気になってきた』

へえ。私の言葉が影響を及ぼすなんてびっくりだ。

『香衣ちゃんのおかげ。ありがと』素直で律義な弟は、このためにわざわざ電話をくれたのだろう。私はこんなふうに家族にきちんとお礼を言ったことがあっただろうか。『香衣ちゃんもなんか困ったことあったら言ってね』

このへんが生意気なのである。よおし、何かあったら速攻でこき使ってやる。もっとも、思ったところでそういうことができない気の弱い姉なのである。

ふと思い立って聞いてみた。

「そういえば、藤村百合子って女優だよね。僕もけっこう映画見てるよ。なんで？」

『パパが好きな女優だよね。僕もけっこう映画見てるよ。なんで？』

さっきの集合写真を見せたら静流もうらやましがるだろうな。いや別に、と電話を切った。

レンは広大な屋敷で、いったいどんな日常生活を送っているのだろうか。海外赴任の父。厳格な伯父。もう一人のマイペースな伯父。めったに帰らない自由そうな伯母……あたたかい家庭の風景を想像しにくい空気があった。

夜風に吹かれながら家族の顔を思い浮かべた。平凡な家庭の風景が、そこにはある。

藤村百合子さん主演映画のＤＶＤをゲットして、今度帰るときに持っていこうか。一緒に見よう、なんて誘う勇気はないので、さりげなく置いておけば静流が盛り上げてくれるだろう。

携帯をしまおうとして、バッグに紙片が入っているのに気づいた。いけない。藤村さんの大事な新聞翻訳の紙を持ってきてしまった。何気なく広げ、記事を全部読んで、思わず叫んだ。

「……うそ！」

『エイプリルフールの功罪
昨日弊社に寄せられた数件の通報によれば、コペンハーゲンの観光名物である人魚姫像が忽然と姿を消したという。実は毎年四月初旬になると似たような情報が多々寄せられるのである。

「チボリ公園前のアンデルセン像が立ち上がった」

「浜辺を人魚姫像がそぞろ歩いている」

通報があるたびに弊社の記者たちは、万が一の特ダネを逃さぬよう夜の街に飛び出していく。これまでのところ、スクープ写真をものにした果報者はいない。

いくら四月一日とはいえ、記者たちが毎年睡眠不足に陥らざるを得ない通報はそろそろご遠慮いただきたいと思う次第である。

しかし彼らは来年もきっと、アンデルセン像及び人魚姫像の見張りを買って出るだろう。というのも、〝歩く人魚姫を目撃した者は一年間幸せが続く〟というジンクスがまことしやかにささやかれているからだ』

第四話　カイと雪の女王

運命の再会なんてドラマの中にしかないと思っていた。ところが、初雪舞う十二月の水曜日に私はそれを経験した。

年末恒例の忘年会と、日本人全員がクリスチャンになったかのごとく盛り上がるクリスマスシーズンのせいで、私の胃と肝臓《かんぞう》はかなりお疲れモードだった。今日も、寺山吟子《てらやまぎんこ》編集長号令のもと行われた編集部飲み会は二次会のカラオケで最高潮に盛り上がり、帰路の電車内は宴《うたげ》のあとの気だるさを抱いた人々で充満していた。今年もあと僅《わず》かだ。

駅の改札を出ると、天から白いものが落ちてきた。地を這うせわしない人々を諌めるように粉雪が風に吹かれてゆったりと舞う。ひんやりとした空気に火照《ほて》った頰を晒《さら》しながら、上機嫌だった吟子編集長の言葉を思い起こす。

「サイン会、大成功だったわね。丸岡《まるおか》先生が、子育て世代の女性に大人気の雑誌のインタビューで笠原《かさはら》を絶賛してくれたのも嬉しいわ。うちの会社がお褒《ほ》めの言葉と共に載るのは格別の宣伝効果よ。笠原も最近、雰囲気が変わったわねえ。ついに彼氏ができたの?」

最後の一言は余計だが、ともあれ嬉しかった。

丸岡ゆみこ先生のサイン会企画はうまくいった。母子に大人気の都市型テーマパークの一角を会場に借りることができ、先生もファンの人たちも楽しそうだった。

この頃、作家さんへ思い切って提案ができるようになった。ダメでもともと、と開き直れる自分がいる。そのためか、女性月刊誌のインタビューに自分の名前が載せてもらえ、吟子編集長にも褒められ、いいことずくめでなんだか恐い。目の前に落とし穴でもあったりして。

大通りを歩いていると遠くからサイレンの音が聞こえてきた。消防車だ。

緊急を知らせる音はどんどん増えていく。通りすがりの人々が「火事だな」「近いぞ」と言いながら彼方《かなた》を見つめた。ひょっとして、チボリの方面？

私は駆け出した。まさか、チボリが。小ノ澤《おのざわ》家が。

吸い寄せられるように野次馬《やじうま》が脇の小道に入っていき、私もその中に交じった。よかった、チボリのある街区ではない。夜空に煙が上がり、人々が叫んでいる。

「教会が燃えている！」

「いや、教会の隣の建物みたいだぞ。木造の古い会館だ」

私の心はざわついた。いつか石川さんが話していた聖カタリナ会館ではなかろうか。

人混みの中で押し合いへし合いしているうちに、何者かに腕を掴まれてドキリとする。とっさに振り払おうと相手を見て、身体が硬直した。

「……香衣《かい》さん、ですよね？」

ずっと会いたくて、折に触れ思い浮かべていたその顔が目の前にあった。

「土方《ひじかた》さん！」

野次馬に押された私を彼がさっと庇《かば》ってくれた。間近に見る色素の薄い瞳が揺れ、一瞬、周囲の喧騒《けんそう》が消える。母に頼まれて録画したドラマのワンシーンが頭をよぎった。

「人が増えている。下がったほうがよさそうだ」

群衆の中を縫《ぬ》うように後方へ移動した。かなり現場に近づいてしまっていたようだ。

遠巻きに眺める人々に交じって、私たちは建物から上がる鈍い煙を見つめた。焰《ほのお》は見えないので大きな火事ではないのかもしれない。

煙を見上げながらも意識はついつい隣の男性に向いていたので、後ろから肩を叩かれたときには「ひいっ」と叫び声をあげてしまった。

「香衣さん、無事かい？」

振り向くと、客二号三号が並んで立っていた。石川《いしかわ》さんは赤い顔で言った。

「サイレンが聞こえて外に出てみたら教会が燃えているって声がして。神父様が心配で来てみたんだよ。先生とは途中で会って」

「ずいぶんとご無沙汰《ぶさた》しておりました」如月《きさらぎ》先生が土方さんに気づいて挨拶《あいさつ》したのち、私に意味深な一瞥をくれた。いや偶然会ったんですよ、ほんとうに。「またチボリでご一緒できればと思っておりましたが、どうしてここに？」

「この教会の大森《おおもり》神父とは懇意にさせていただいていまして、今日も神父を訪ねて十分ほど前に失礼したところだったのです。サイレンに気づいて戻ってみたらこんなことに」

土方さんの不安げな声で、私たちの視線は一斉に会館に向いた。

消防の活躍のおかげでやがて煙は収まり、野次馬たちも人数が減っていった。

石川さんが教会の門の脇を指さした。

「あそこにいるの、レン君じゃないかい？」

濃紺《のうこん》のダッフルコートと白いマフラーのひょろ長い後ろ姿が見えた。背中に回った黒いショルダーバッグには、ＡＩＥＩと白抜きで大きく描かれている。振り返った彼は私たちを認めると、走ってきた。

「神父様は無事だよ。さっき消防隊員が『鎮火した』と言っていたし」

おや、レンも教会の神父様のことを知っているのか。あとで確認してみよう。

「よかった」土方さんは心底ほっとした表情だ。「出火の原因はなんだったのでしょう」

石川さんが小さくつぶやいた。

「まさか、マッチではないよね」

如月先生が片眉を引き上げる。チボリの客一号二号三号はそろって、春に石川さんが語った話を思い出したようだ。

黒衣をまとった細身の老人が出てきて、私たちを手招きした。

「大森神父！」土方さんが駆け寄った。「何が起きたのですか」

「私にもわからないのです。会館には誰もいなかったはずです」

石川さんが聞いた。

「鍵はかかっていたんですか」

「閉めたはずなのですが、このところ物覚えが悪くて……」神父様は如月先生が震えているのに気づいた。「どうぞ。教会のほうは入っても大丈夫だそうですから」

聖ペトロ教会は古色蒼然《こしょくそうぜん》としたレンガタイルの建物だ。重い鉄扉《てっぴ》を押して入ると、廊下に大輪の百合が飾られていた。静謐《せいひつ》で清らかな雰囲気。カトリック教会の中に足を踏み入れるのは初めてなので、少し緊張する。先を歩く大森神父は高齢で足取りがおぼつかない様子だったが、こんな非常時でも温和な空気を発していた。

「こちらがいいでしょうか」

神父様は廊下の右手にある木製のドアを開けて、私たちを招き入れた。

八畳ほどの部屋で、奥半分が絨毯敷《じゅうたんじ》きになっている。手前には子供用の椅子が数脚、右側壁一面の棚にはおもちゃや絵本が並んでいた。私は聞いた。

「ここは?」

「泣き部屋だよ」レンが答えた。「ミサの間に騒いだり泣いたりする子供のためにあるんだ」

彼が左側にある赤いカーテンを開くと、はめ殺しの窓の向こうに十字架が見えた。私は窓に近寄って眺めた。これが、教会の聖堂。

正面の壁に巨大な十字架が掛けられている。その下にはどっしりしたテーブル。たぶん祭壇というものだろう。木製の長椅子が左右に十数脚並び、壁面にはステンドグラスがはめ込まれている。規模は小さいのだろうが、荘厳な空気が満ちていた。

レンが小さな椅子を丸く並べてくれたので、私たちはそこに座った。先生や石川さんは大分冷えていたようで、白い息を吐きながら身体を震わせていた。

「思いがけずカザハナが舞って、寒かったこと」

先生は手を擦り合わせながら言った。たぶん、〝風花〟と書いて粉雪を指すのだろう。

「あれ?」レンが急に奥の壁を指した。「絵が変わっていますね、神父様」

壁には聖母マリアと思われる女性の絵が掛かっていた。光輪に包まれた清楚《せいそ》な笑みの女性は、柔らかく手を合わせて目を伏せている。額縁は、古びて模様が見えにくくなってはいるが豪奢《ごうしゃ》な金色で、聖女を神々しく包んでいた。

「以前の絵は、譲ってほしいとおっしゃる方が現れましたので、箱にしまいました」

神父様は棚の一番下から薄い箱を取り出して開けた。全体がほの青い色で統一された小ぶりの油絵が入っていた。天使のように愛らしい顔の男の子が中央に座り込んで積み木で遊ぶ様子が描かれたその絵は、シンプルな茶色い額に縁どられていた。

「この絵、子供の頃からずっとここに飾ってあって、お気に入りだったんだけどな」

「レン君は小さい頃、泣き部屋の常連さんでしたからね」

神父様の言葉にレンは苦笑した。

「ミサの間中泣いてて、鷲雄《わしお》伯父《おじ》さんによく怒られたっけな」

高校生は寒さをものともせず、さっさとマフラーを取りコートを脱いだ。有名進学校、愛瑛《あいえい》の制服は紺の上着とグレーのパンツ、ターコイズブルーの細ネクタイだ。ブレザー姿のレンはなんだか新鮮だった。私は彼に尋ねた。

「レン君もこの教会を知っていたの?」

「僕の一家の所属教会。僕、クリスチャンだから」彼は神父に私を紹介してくれた。「こちら香衣さん。僕のお店の常連さんです」

大森神父は優しい笑みを浮かべてうなずいた。

「レンさんは学校帰りなのですか?」如月先生が手を擦り合わせながら言った。「ずいぶん遅い時間ですが」

「夜八時か九時まで補習授業があるんです。今日は授業のあと先生とフィボナッチ数列について話し込んでいたら、すっかり遅くなってしまって」

やはり平日はちゃんと勉強しているんだな。チボリの存続のためかしら。

「どうして会館から火が出たのかなあ」

石川さんのつぶやきに、神父様は困惑顔で答えた。

「心当たりがありません。火元は土曜学校の教室用に使っている部屋のようです」

石川さんの顔が強張《こわば》った。

「まさか、マッチが原因ではないですよね」

「マッチのある小部屋は燃えなかったようですから、違うと思いますが」

「それに」レンが淡々と言った。「今日は土曜日じゃなくて水曜日だよ」

大森神父は少し不思議そうな顔をしたが、続けて言った。

「電気配線が古いせいかもしれないと消防の方がおっしゃっていました。放火の可能性も含め、これから詳しく調べるそうです。いやはや」皺《しわ》だらけの額に手を当てる。「教会と会館を建て替える予定があり、古い設備を我慢して使っていたのがいけなかったのでしょうか」

ボヤの責任を感じているようだ。土方さんが励ますように言った。

「怪我人が出なかったのが、不幸中の幸いです」

「そうですね。神に感謝せねば」

神父様は手で十字を切ると、何か唱えた。

「それで神父様」レンは窓越しに聖堂を見つめた。「クリスマスミサはここでできるのかな」

「まだ二週間近くあるので大丈夫だと思いますが、問題は土曜学校のクリスマス劇でして」

「ああ」石川さんが深刻そうにうなずいた。「今度の土曜はリハーサルをする予定でしたね」

「子供たちは頑張って一ヶ月以上も稽古《けいこ》してきました。今週いっぱい聖カタリナ会館は使えないそうなので練習する場所がありません。演技指導をしてくれていた助祭の小塚《こづか》さんが風邪で倒れて困っていたところを、土方さんが助け船を出してくれてほっとした矢先でしたのに」

「小塚君とは旧知の仲でして、私が呼ばれてお手伝いをすることになったんです」

ということは、土曜日も土方さんはこの街へやってくる。私も臨時のボランティアに加わる手だてはないものか。

「わたくしたちも協力いたします」先生がチラリとこちらを見る。「むろん、香衣さんも」

さすが如月先生、私の気持ちをお見通し。ナイスサポートを……ではなく〝絶妙の助太刀〟をありがとうございます。心の中で敬礼する。

石川さんも乗り気の様子で腕を組んだ。

「司祭館はどうでしょうか、神父様」

「子供たちが十五人も入れる部屋はありません。あとはこの部屋ですが」神父は泣き部屋と称される部屋を見回した。「ちょっと狭そうですねえ。まあ、しかたありません」

神父様がかぶりを振るのを見て、客一号二号三号はそろってカフェ・チボリの店主を見た。

「え、なに？」

きょとんとしたレンを見つめながら如月先生が言った。

「練習は何時から何時でしょうか。昼間の数時間なら、なんとかなるのではないでしょうか」

「テーブルをずらせば広さは充分だろう」

石川さんの言葉に、レンはぱっと顔を輝かせた。

「チボリなら充分入れるね。オッケーです。昼間貸切にします」

「ありがとう、レン君」神父は深々と頭を下げた。「これで一安心ですね、土方さん」

「はい。しかし」土方さんは困ったように微笑《ほほえ》んだ。「こうなると唯一、私の演技指導だけが不安です。なにしろお芝居なんぞ経験がありませんから」

「心配ご無用です」先生が高らかに宣言した。「物語に詳しい人物がお手伝いいたしますわ」

三日後の土曜日の昼過ぎ、カフェ・チボリの金プレートの下に『十五時まで貸切』の札がぶら下がった。

テーブルと椅子はフロアの端に寄せられ、台本片手に指示を出す土方さんに従って十五名ほどの小学生が広い空間を行き来する。私は、彼のすぐ横に陣取っていた。

「はい。じゃあゲルダはそこで立ち止まる。ああ、ゆっくりな動きじゃなくて、小走りに、両手をぎゅっと握って唇を噛みしめて出てきて、そこでぴたっと止まってセリフ。天使たちは、ゲルダがお祈りを一言唱えるたびにくるりと回って、次第に中央に寄っていってみよう」

クリスマス劇はアンデルセンの物語『雪の女王』をコンパクトにまとめたものだ。アメリカのアニメ映画で大ヒットした作品の原作なので、子供たちが強く希望したそうだ。

『雪の女王』は七編からなる少々長めの物語だ。主人公はゲルダ少女とカイ少年。二人は幼馴染《おさななじ》みで、いつも隣同士の家の窓から屋根へ出て、ばらの花の下のこしかけに座って遊んでいる。あるとき、カイ少年の目に悪魔が作った鏡のカケラが入ってしまい、物事のアラばかり見えるようになり、人の欠点をあげつらったりゲルダをいじめたりするようになる。やがて、ソリに乗って雪の女王と共にどこかへ去っていく。心配したゲルダはカイを探す旅に出て、様々な出会いを経験する。魔法使いのおばあさんはゲルダを気に入り、カイを忘れるように魔法を使うが、やがてゲルダはカイを思い出して旅を続ける。二羽のカラス、追剝《おいはぎ》の娘やトナカイのベーに助けられ、ようやく雪の女王の住む城へ辿り着き、カイと再会する。ゲルダの流したあたたかい涙がカイの目の中の鏡を流し、二人は無事に家へ戻ることができる……

幼い頃私の憧れだったゲルダ少女を演じているのは、シズカちゃんだった。そして、カイ役はカツアキ君だ。石川さんから聞いていた通り、シズカちゃんはしっかりした雰囲気の少女で、長い三つ編みを垂らしていた。一方のカツアキ君は少し幼くて愛らしい。ぴったりの配役だ。

子供たちは全員元気よく演じていて微笑ましいのだが、私の視線は横に立つ人物に向きがちだった。土方さんが子供たちを見守る瞳が優しげで、こっそり見惚《みと》れた。彼もクリスチャンで、大森神父様とは十数年来のお付き合いだそうだ。あの七月の雨の日も、大森神父にレンの店のことを聞いてチボリにやってきたという。神父様、レン君、ありがとう。

カウンター内の厨房で甘い香りの鍋をかき回すレンは、目を輝かせて劇の稽古を見つめていた。子供たちが動くたび、レンの身体も楽しそうに揺れる。一緒にクリスマス劇に出ても違和感がないくらい幼く見える。私はカウンターに近寄った。

「レン君、子供が好きなの?」

レンは目を見開いて言った。

「別に。なぜ?」

「すごく嬉しそうに見えたから」

別に、と言ったわりに楽しげに子供たちを見守っている。

「ちょっとイギリス時代を思い出して」

「イギリス?」

「小学校低学年の三年間はイギリスにいたんです」苦笑いを浮かべる。「小さい頃、僕は問題児だったんだ。アキちゃんから聞いたそうだけど、四歳のときに母さんが亡くなって……それから父さんが僕を猫かわいがりしたせいもあって」

なんとなく想像できる。

「父さんは母さんをものすごく愛していたから、その分の愛情が全部僕に向いちゃったみたい。僕は言わば箱入り息子だったんだよね。周りには面倒を見てくれる大人ばかりで、幼稚園に行くまで同年代の子供との交流がなかったんだ」

広大な邸宅《ていたく》の中で、大人だけに囲まれて遊ぶ少年か……

「大人としか遊んだことがなかったから」レンは肩をすくめた。「自分と同じような子供に囲まれて、誰が誰やら区別がつかなくて全部同じ顔に見えた。さっき『おはよう』って言った子と今『暑いね』と言っている子は同じだろうか違うんだろうか、ってパニックになって……子供のくせに子供が苦手だったんだよね。それで恐くて園に通えなくなった」

「不登校、じゃなくて登園拒否児だったわけね」

「心配した鷲雄伯父さんが僕を海外に留学させたんだ。父さんに教育を任せていたら、僕がダメ人間になるって」

「一番上の伯父さんね。堅物《かたぶつ》の」

「そう。おじいちゃんの遺言で一族のことはなんでも親族会議で決めるから、伯父さんが留学を提案した。父さんは抵抗したけど、結局、伯父さんの言う通りにした」

かなり荒療治だろうが、そういう教育もありか。お金持ちだからできることかしら。

「僕に自立を学ばせるのが目的だったけど、遠い外国まで飛ばしたのは、伯父さんが僕のことを好きじゃなかったからだろうな」

「小学生を一人でイギリスに行かせるって、すごいわよね」

「当時伯父さんの秘書だったシゲさんが、僕のお目付け役に抜擢《ばってき》されて同行してくれたんだ」

「そのときからのお付き合いなのね」

「シゲさんは躾《しつけ》にはすごく厳格だったけど、ぜったいに頭ごなしに叱《しか》らなかったな」

シゲさんにとってレンは、実の息子か孫に近い存在なのだろう。でなければカフェを手伝ったりしないだろうな。

「僕はイギリスでもちょっと浮いていたみたい。言葉は通じないし甘ったれだし……でも、三年生のときのクリスマス劇の演目が『雪の女王』で、僕はカイ役に抜擢された。厳しいけど親身になってくれる先生がいて、〝なんでも挑戦してみることです〟って言ってくれたんだ」

カフェ・チボリはレンの挑戦だと、以前話していたっけ。

「それで、英語がヘタでも演技ができなくても、カイ役をやってみようって決めた。その芝居をやりおおせたことで僕はようやく、みんなに認めてもらったと思えたんです」

だから彼は、いとこのアキちゃんに伝えたのだ。『雪の女王』が特別な物語だと。そしてチボリ開店の日にカイという名前の人がやってきたことに感激した。

「その先生がデンマーク出身で、何度か先生の実家に遊びにいかせてもらうようになって、デンマーク料理を覚えたんだ」

ヒュッゲの国、デンマーク。レンにとっても大切な国だったのね。いつか行ってみたいな。

劇はクライマックスシーンにさしかかっていた。氷の城で一人、パズルに取り組むカイ。それを解いたら家に帰れるのだけれど、なかなか解けない。カツアキ君がしゃがみこんでジグソーパズルをいじっている。

　私は土方さんに歩み寄った。

「このシーン、ちょっと地味だと思うんです。パズルが観客に見えない。だから、カイが何をやっているかわかりにくい。何人か脇役を掛け持ちでやっている子がいますよね。四人くらいの子に紙を持ってもらって、それがパズルのピースに見えるようにしたらどうでしょう」

「なるほど。脇役の子の出番も増えるからいいね。ちょっとやってみよう」

　パズルを大きく見せたほうがいい、と提案したのは演劇サークル所属の静流《しずる》だ。脚本を読んでもらい、アドバイスを求めたのだ。土方さんを助けたかったし『雪の女王』の芝居を成功させたかったので、〝困ったことあったら言ってね〟という弟の言葉を実行させてもらった。

　出番の増えた子たちが、楽しそうにくるくる踊りながら回った。中央でカイが指をさしたり人を入れ替えたりして、困ったように首をかしげ、「パズルが解けない」とつぶやく。

「いいね。わかりやすくなった」

「原作では、カイは氷の板切れで『永遠』という文字を作ろうとするが上手くいかない。ゲルダのおかげでカイの目の中から鏡が流れ出る。ゲルダが嬉しくて泣いたり笑ったりするのにつられて氷の板きれもはしゃいで踊る。板切れたちが疲れて倒れたときにできた形が『永遠』という言葉だった、となっています」

　彼は目を細めると、無造作にくしゃりと笑った。ああ、魅力的すぎる。

「さすが香衣さんですね。よくご存じだ」

「い、いえ」思わず目を伏せ、カウンターの椅子に置いたバッグに手を突っ込む。「そのまま『永遠』の文字を使っても大丈夫かどうか考えてみますので、続きをやっていてください。レン君、どう思う？　低学年の子もいるのよね」

レンは、長い指で竹串を指揮棒のように振り回しながら言った。

「平気じゃないかな。ミサで使う言葉だから。ただ、漢字はどうかな」

彼は先ほどから、たこ焼き器のようなもので何かを焼いていた。

「ひらがながいいのかしら。それとも別の言葉のほうがいいかな。考えてみてくれない？」

メモ帳とペンを取り出そうとして、バッグ内の白い封筒に気づいた。そういえば昨日の夕方、打ち合わせに出かける直前に会社に届いたので開封しそこね、そのままバッグに突っ込んだままにしていた。ハガキより少し大きめの封筒だ。クリスマスカードだろうか。この時期は作家さんがくださることがある。急いで封を開け、中に手を差し入れた。

指先に鋭い痛みを感じて、手を引いた。右手人差し指の先に小さく血の塊が浮かび、それは大きくなった。私の動揺に気づいたレンが怪訝《けげん》そうな顔をした。

「どうしたの？」

私は左手で封筒から紙片を引っ張り出した。二センチほどのガラスのカケラが紙の真ん中に軽くテープで留められていた。

指先からみるみる溢《あふ》れ出る血を見たレンはとっさに私の手を摑み、顔の高さに持ち上げた。

驚愕《きょうがく》と戸惑いの表情を浮かべ、私を凝視する。

なぜ、封筒にガラス片が。

土方さんと子供たちは稽古に夢中で気づかなかったようだ。レンの大きな手が私の右手首を握ったまま、カウンター内に私を引っ張り込んだ。指は一センチほどさっくり切れていた。

「けっこう深いかも。血が止まらなかったら病院行ったほうがいいな」

レンは手早く消毒液をつけ、バンドエイドを何枚かきつく巻いてくれた。大量に流血したわけでもないのに頭がクラクラしていた。レンの声は尖《とが》っていた。

「誰からの手紙？」

「封筒に差出人は書いていなかったわ。会社に送られてきたものよ」

彼はキッチンで使う透明の手袋を手にはめると、慎重に封筒を検分した。

〝アカツメクサ出版　編集部　笠原香衣様〟のラベルシールが貼ってあり、出版社近くの郵便局の消印だった。中には二つ折りの厚めの用紙が一枚。ワープロで文字が書かれていた。その一行目に目が吸い寄せられる。

『チボリをクリスマスまでに閉鎖しろ。でなければたくさんの人間に不幸が訪れる』

レンの視線が鋭くなる。

「脅迫文？」

「まさか。どうして」

子供たちの元気な声をＢＧＭに、カウンター内に隠れるようにして二人で文章を見つめた。

『チボリをクリスマスまでに閉鎖しろ。でなければたくさんの人間に不幸が訪れる。元会社員にも、先生にも、出版社の編集者にも、マッチ売りの少女にも、みにくいあひるの子にも、人魚姫にも親指姫にもえんどう豆の上で寝たお姫様にも、女王にも。もし来年もチボリが営業していたら、どんなことになるか。誰かがマッチを擦るかもしれない。そして教会のあの会館のようになるかもしれない。チボリを閉めたほうが店のためであると忠告する』

「どういう、ことかしら」

「チボリに放火するって意味だよね」レンの顔は一気に険しくなった。「誰がこんなものを」

「……チボリの商売敵とか？」

「そんなのいるとは思えない」レンは唇を噛みしめた。「あれも同じ奴からなのかな」

子供たちがフィナーレの聖歌を歌い終わり、歓声をあげた。稽古の終了だ。

「香衣さん。なかなかいい感じにまとまりましたね」

振り返った土方さんの顔に、ふと怪訝そうな表情が浮かぶ。私は努めて明るく笑った。

「とってもよかったと思います。じゃあ、休憩タイムにしましょう」

レンは、先ほどから作っていた子供たちのおやつをテーブルに並べた。

「エーブルスキワっていう、デンマーク風パンケーキだよ。クリスマスに欠かせない伝統菓子なんだ」

一見、大きめのたこ焼きだ。丸い穴が七つあるたこ焼き器のようなフライパンは〝エーブルスキワ焼き器〟というもので、わざわざデンマークから取り寄せたそうだ。粉と卵を使った生地《き じ》を球状に焼き、粉砂糖とリンゴジャムをつけていただく。子供たちは「たこ焼き、たこ焼き」と大はしゃぎしながら、ツリーのように高く積まれた丸いお菓子を次々と口に運んだ。

子供たちを見守りつつ、土方さんがこちらをじっと窺っている。私はポーカーフェイスが苦手だ。動揺が表に出てしまっているに違いない。

「何かあったのですか」

ガラス片のことを口にしようとすると、レンがすかさず言った。

「手伝ってもらっていたら火傷させちゃったんですよ。香衣さん、すみませんでした」

私は指先のバンドエイドを隠すように押さえながら、「いいえ」と精一杯微笑んだ。

レンの目が真剣に告げていた。

『誰にも言わないで』

土方さんは子供たちを途中まで送りがてら、聖カタリナ会館の様子を見に行くために帰った。今頃教会では石川さんと如月先生が大森神父と打ち合わせをしているはずだ。ボヤの原因はまだ判明していないようだが、来週からは会館を使える見通しだと聞いた。劇に備えて大道具の準備をしておくことになっていた。

土方さんとの再会で楽しく膨らんでいた私の心は、誰かにぎゅっと摑まれたように小さく萎《しぼ》んでしまっていた。指先がズキズキ痛む。

「……どうして土方さんに相談しなかったの？」

レンは食器洗浄機を回しながら無言だ。ものすごく恐い顔をしている。

私はカウンターの上に置かれた封筒と手紙に視線をやる。レンが早々にビニール袋に入れていた。自分の身に起きたことが信じられず、なんだか認めたくなかった。

「これ、本当に脅迫文なのかしら。あまりに抽象的すぎると思うけど」

「でも、香衣さんは実際に怪我をした」

「それは……不注意で」

「ガラス片を封筒に入れて送りつけるのは脅迫だよ」

洗浄機が終了音を鳴らす。レンはゆっくりカウンターから出てきた。

「先月、ユラのブログにおかしな書き込みがあったんだ」

ノートパソコンを取り出し画面を開いた。こちらをじっと見つめる美少女が映し出される。

『ユラユラ散歩』

レンの同窓生、八木沼由良《やぎぬまゆら》のブログだ。アクセス数が多いと聞いていたが、芸能人並みにかわいいのだからうなずける。

「前に、チボリを紹介してくれたんだ。松山《まつやま》さんの蓼科《たてしな》別荘話のときに撮った写真を載せて」

「その記事と写真は私も見たわ」

私たちの集合写真には店内も鮮明に写っていた。石川さん、如月先生、松山さんの顔はスタンプで隠してある。

「このブログに、先月初めに奇妙なコメントが書き込まれた。それが、これ」

別の画面に変わり、文章が現れた。

『私は霊能者です。同窓生に、店内に飾られているラズリは不吉だからカフェから取り除くよう言ってあげてください。でないと彼に不幸が訪れ、遠からずカフェを閉めることになる』

「ユラの同窓生でカフェに関わっているのは僕だけだし、ユラが紹介したお店もここだけ。つまり、不吉なものが飾られている店はカフェ・チボリのことだ」

不気味な内容だ。私は店内を見回した。

「ラズリって、何?」

「ペルシア語で青のことだよ。ラピスラズリっていう宝石があるでしょ」

「日本語で瑠璃《るり》っていうやつかな」私は店内を見回した。「お店に宝石があるの?」

「ない」

「どういう意味なのかしら。誰からのコメントか調べられないの?」

「アキちゃんの知り合いの警察官に頼んで、非公式に調べてもらった。海外のサーバを経由しているらしくて、書き込んだ人はわからない」

「何かのジョークかいたずらかしら」

「これだけならね」レンは、さらにパソコンをいじった。「先月下旬に百合子《ゆりこ》伯母《おば》さんのところにもメールが来たんだ」

画面に別の文が現れた。

『カフェ・チボリには女王はいらない。女王を退けよ。さもなくば不幸が訪れる』

「これも差出人不明だ。伯母さんが知っているカフェ・チボリはここだけだから、ターゲットはうちの店だよね」

「女王ってどういうこと？」

「チボリは株式会社にしてあって伯母さんは非常勤役員だけど、それで女王って言うかな」

「百合子さんがレン君の伯母さんだということは、周知の事実なのかしら」

「普段は藤村百合子名義で活動しているけど、プロフィールには本名の小ノ澤百合子で出ているんだ」

藤村《ふじむら》百合子さんを指しているの？」

「本名？　旧姓？　百合子さんは結婚なさったのよね。ええと、陣内《じんない》さんという人と」

「したことはしたんだけど」レンの緊張が少し解け、苦笑した。「一週間で離婚したんだ」

新婚旅行先のホテルに大きな蜘蛛《くも》が出たときに夫が悲鳴をあげて逃げ出したのを見て、『ついていけない』と成田に戻ったとたんに役所に直行したという。なんとも気の短い。

いや、別の想いがあったためだろうか。

「伯母さんは自分の仕事のホームページのおしゃべりコーナーで、店のことを書いてくれたんだ。詳しいことは載せてないけど、ちょっと調べればこの店と伯母さんが繋がるだろうね」

「チボリやレン君に直接手紙やメールが来たり、店で何かが壊れたりは？」

「直接の被害はないよ。厳重に警備されているせいかな。目立たないけど庭や店の入口に防犯カメラが設置されているから、見る人が見ればわかるはずだ」

「カメラの映像は保存してあるの？」

「うん。でも店内にはカメラがないんだ。庭やカフェの入口の映像は残っていると思う。念のため確認してみます。まあ、見ても何かわかるかどうか」

「チボリはネットにホームページを載せたりしていないのよね」

「うん。お客さんがブログやほかのＳＮＳに載せてくれたことが何回かあるけど」

「てことは、店に来たことのある人が犯人である可能性が高いわね」私は思い切って聞いた。

「心当たりは？」

「ない」そう言ってから、唇を噛んだ。「……こともない、かもしれない」

「誰なの？」

しばらく口を引き結んでいたが、やがてつぶやいた。

「鷲雄伯父さん」

「伯父さんが？　まさか。常連客の情報とか知っているの？」

「シゲさんから聞いているに決まってる」レンは顔をしかめる。「最近は忙しくて本社近くのマンションで寝泊まりしているから、めったに戻らないけどね。もっとも、敷地が広いから伯父さんが戻っても、わざわざ会いにいかないと顔を合わせることはないな。向こうから会いにくることは皆無だしね」

鷲雄伯父の話になると不機嫌なレンに、私は遠慮がちに言った。

「伯父さんは、レン君を鍛えるために厳しく接しているのじゃないかしら」

「単に僕が嫌いなんだよ」吐き捨てるように言う。「風雅《ふうが》伯父さんに似てると思っているんだ。将来、おじいちゃんが創り上げた大事な会社に悪影響を及ぼしかねない変わり者になると決めつけている。この店を始めるときの反対もすごかった」

「成績が下がったら止めなきゃいけないのよね」

「今のところ僕の成績は安定しているし、店の売り上げも少しずつ上がってきている。もちろん、週一回しか開いていないから大赤字だけど、それは折り込みずみで企画書を出してある。二年間やってみて、伯父さんが提示した基準をクリアできたら次のステップに移行する計画だ。それまで伯父さんは表立って阻止はできない。一族の会議で決議されたことだからね」

「そんなにしっかり計画されていたのね」てっきり、レンの気まぐれで始めた店かと思っていた。「だったら、伯父さんは簡単には手出しできないと思うけど」

　レンは唇を嚙みしめた。

「あくまでも可能性のひとつだよ。一連の脅迫めいた文章の意味と差出人を一刻も早く突きとめなきゃ。封筒と手紙もアキちゃんの知り合いの警察官に調べてもらう。これ以上、僕の周りの人に被害が及ぶのを阻止しなくてはいけない」

　私はひどく動転していて、気持ちが後ろ向きだった。怪我をしたくせに、いや、だから余計に、これが恐ろしい事件だと思いたくなかった。

「そのう、単なるいたずら、という可能性はないのかしら」

　私の指先を見つめる彼の瞳は鋭く険しい。こんなに真剣な表情のレンは初めてだ。

「たとえいたずらであっても、許せない」

昼過ぎからちらついていた雪は夜に入って雨に変わった。凍てつく寒さだったが、その晩もチボリは大盛況だった。

デンマークではクリスマスを盛大にお祝いする。日本におけるクリスマスが忘年会やデートを兼ねているのとは異なり、デンマークにおけるクリスマスは、長くて寒い冬を家族や友人たちと心から楽しむひとときで、ヒュッゲの象徴のようなイベントであるらしい。

店先の樅《もみ》の木が金銀のボールや白いイルミネーションライトで清楚に飾られている一方で、室内の装飾は伝統的なクリスマスカラーで統一されていた。ニッセと呼ばれる、赤いとんがり帽子を被ったいたずら好きそうな顔の小人の人形がそこここに置かれている。屋根裏や納屋に住む妖精《ようせい》で、サンタクロースの原型だそうだ。カウンターにはレゴでできたミニツリー。小さい頃よく遊んだレゴは、実はデンマーク生まれだった。天井からはキャンドルや靴下やプレゼントのオーナメントがぶら下げられ、壁にはクリスマスまでをカウントダウンするアドベントカレンダーも貼られていた。

店内は人いきれで暑いほどだ。ここ一ヶ月はたいてい満席で、途中でお客さんを断らねばならないこともある。ユラのブログも貢献しているが、一度来たお客さんが友達を連れてくることが多いらしい。最近、レンやシゲさんは忙しくて、私たちとゆっくり話をする暇《ひま》もない。

私と石川さんが定番の二人席に座っていると満席になり、最後にやってきた先生のために椅子を足してもらわねばならなかった。雨の中を歩いてきた先生は靴が濡れたと言って、小ノ澤家の家紋が入ったスリッパを借りていた。なんとかいうデンマーク製のルームシューズだ。先生のご主人によれば〝アルバートスリッパ〟。確かにこちらのほうが覚えやすい。

店中に楽しげなムードが満ちていたが、私たちのテーブルにだけ暗雲が垂れ込めていた。私が脅迫状の話をしたためだ。

客一号二号三号は、閉店後も店に残った。

レンはため息をついた。

「やっぱり、話しちゃったんだ」

「ご、ごめんなさい」

石川さんや先生にも話さないでくれと言われていたのだ。

「レンさん、香衣さんがわたくしたちに話さないはずがありませんわ」

「そうだよ。ボクたち三人はチボリの最初の客として誓《ちか》いを立てたのだよ」石川さんが厳かに右手を肩の高さまで挙げた。「みんなは一人のために、一人はみんなのために」

三銃士の誓いを立てた記憶はないけれど、石川さんの言葉は心に響いた。不安が少しだけ和らぐ。レンは下唇を突き出した。

「皆さんには調査が進んだら話すつもりだったんです。それに、シゲさんはものすごく心配するから可能な限り言わないでおこうと思ったのに」

その通りであった。シゲさんのいつもの穏やかな面持ちはどこへやら、何も手に付かない様子で、顔面蒼白でカウンター席にへたり込んでいる。彼が座っている姿を初めて見た。

「アキちゃんの知り合いの警察官が脅迫状を超特急で調べてくれたんだけど、指紋はなかった。便箋《びんせん》や封筒は量産品だから、出所を突きとめるのは難しいだろうな」

「警察は動いてくれるの？」

「あの脅迫文だけでは巡回警備をちょっと増やす程度しかできないって。頼んだのは管轄外の刑事さんだしね」

「しばらく営業を控えるべきじゃないかな」石川さんが真剣な表情で言った。「どんな輩《やから》が送りつけてきたのかわからない。この意味深な文章から察するに、クリスマスを過ぎても営業していたらチボリに火をつける、ということだろう？　そんなリスクは回避したほうがいい」

「さようですわね。石川さんの意見に賛同します」

「クリスマスはええと」石川さんはカレンダーを見やった。「さ来週の木曜日。つまり、来週の土曜日は営業できるけど、その次の土曜日はクリスマスを過ぎてしまう。年内は来週で終わりにして様子を見たらどうだろう。来年のことは、そのあとで考えればいい」

「そういえば石川さん」先生は顔をやや下に向けた。「さ来週の土曜日に奥様を連れていらっしゃるとおっしゃっていましたよね」

愛妻家の石川さんがぐっと押し黙ったので、私は思わず言った。

「そうだったんですか。ようやくはるみさんが来られるのに」

「しかたないよ。何か起こってからでは遅い。いや、もう起こっているし」

石川さんは剣呑《けんのん》な表情で私の指先を見つめた。レンの応急措置が適切だったようで、血は止まっていた。私は指先をもう一方の手で覆った。

「犯人の目的はなにかしら。脅迫文が送られたのは、なぜ私だったのでしょう」

先生は顔をぐいと上げた。

「目的は、チボリを閉店させること。そして、香衣さんならば封筒をあっさり開封すると思ったのでしょうね」私がぼんやりした性格だからだろうか。「わたくしも石川さんも引退しております。自宅に差出人不明の封筒が届けば警戒しますが、香衣さんは会社で封筒を受け取っており、あまり疑問を持たずに開封する可能性が高いですわ」

確かに、例えば社用封筒で来たら特定の差出人名がなくても開けてしまったりする。

「犯人は、香衣さんがチボリの常連で出版社に勤めていることを知っていたわけだ」

「香衣さんが常連であることは、ここに何回か通えばわかることです。勤め先は探偵などを雇えばすぐに判明したでしょう」

「そうまでして脅迫状を送るとは、かなり本気だね」

改めて怖くなり、アドベントカレンダーに目をやる。クリスマスまでの秒読みを示した楽しいそれが、今はチボリ閉店のカウントダウンを表示しているように見えた。

シゲさんがのろのろと立ち上がり、携帯を手にした。

「警備を増やしましょう。犯人はどのような手を使ってくるかわかりません。二十四時間態勢で見張りを付けます」

レンはがっくりうなだれた。

「ああ、これを避けたかったのに……」

シゲさんはどこかに電話をかけ、言葉少なになにやら指示を出していた。終わるとレンを厳しい目で見つめた。

「即刻、チボリの周囲に最高警備態勢を敷きました。レンさんには今からSPが付きます。ここから邸宅までの車両を用意いたしました」

レンが情けない表情で訴えた。

「塀《へい》をぐるっと回り込めば家の入口だよ」

「その道中に襲われたらいかがしますか。お三方にもご自宅までの車両を用意させていただきましたので、ご利用ください」

「ボクたちも？」

「何かあってからでは遅いのです。万全の警備布陣を整えましてございます」

「だから」レンは私を少々恨めしげな目で見た。「シゲさんには最後に言おうと思ってたのに」

「ご、ごめんなさい」

「香衣さんは悪くありません。レンさんがこんな大事なことを隠そうとしたのが悪いのでございます」

「それは」石川さんがためらいながら言った。「シゲさんが板挟みにならないためだろう」

「板挟み？　何と何のでございますか？」

「そ、それはそのう、ええと」

石川さんは額の汗をそっと拭い、先生が顔を上げてあとを引き取った。

「レンさんは、鷲雄伯父さんを疑っているのです」私の背中にも冷や汗が流れた。ごめん、レン君。「シゲさんは社員なのですよね。以前は社長の秘書もされていたとか。当然、このことを鷲雄社長に報告せねばなりません」

シゲさんは一瞬だけ表情を硬くしたが、すぐに決意を込めたような笑みを浮かべた。

「レンさんは、社長がこの脅迫文を出したとお考えなのですね」

レンはやや気まずそうに答えた。

「あくまでも可能性のひとつとして考えただけだよ」

「はて」シゲさんは思案げに首をかしげた。「可能性はかなり低いと思いますが」

秘書としての立場を思い出したのか、シゲさんが急にしゃっきりした。

たとえ伯父さんが犯人でなくても、カフェ・チボリの存続に影響を及ぼすことになりそうだ。反対している伯父さんにとって、脅迫通知は店を閉めさせる絶好の材料になる。自分のせいのような気がして落ち込んだ。

「ごめんなさい。私がしゃべったせいで、シゲさんは辛い立場になったのでは」

「謝る必要はまったくございません。この店のお手伝いは私のプライベートで行っていることですが、嘱託《しょくたく》社員としては役員のご子息に降りかかった厄災《やくさい》について報告する義務がございます。レンさんも、カフェ・チボリの経営者として精一杯の精進をなさいませ」

レンを心配してオロオロしていた好々爺《こうこうや》はどこかへ吹き飛び、経営者を見守る有能な社員の顔つきになった。

「車が参りました。皆様どうぞ。レンさんも今日はお帰りください。あとの片付けは私が」

「シゲさん」レンはじっとシゲさんを見つめた。「迷惑かけてごめんなさい」

シゲさんは、鷹揚《おうよう》に微笑んだ。

「My pleasure。さあ皆様、お帰りの支度を」宣言するように言うと、如月先生の黒い靴をしずしずと床に置いた。「乾かしておきました」

「恐れ入ります。このアルバートスリッパは大変結構な履き心地ですわね」

先生が名残《なごり》惜しげにスリッパを脱ぐと、レンは苦笑して言った。

「グリオプスのルームシューズだよ、先生」

「よいのです」先生はつんと顔を上げた。「素材がやや異なるだけですわ。わたくしはわたくしの流儀で呼ばせていただきます」

日本語には徹底的に細かい先生だが、横文字に関してはアバウトだ。

雨は小降りになり、イルミネーションに彩られた樅の木が靄《もや》の中に幻想的に浮かび上がっていた。楽しげなはずのツリーは、不安に怯えるように小刻みに揺れる。そのすぐ脇に、小型戦車かと見間違うほどの巨大な黒塗りのリムジンが四台連なって止まっていた。

レンはシゲさんに押し込まれた車の窓を開けると、誘拐《ゆうかい》された少年みたいな表情を浮かべ、小さく手を振りながら去っていった。

客一号二号三号は丁重に各自一台の配車を断り、三人で一台の車に乗り込んだ。

動く応接室と呼んでよさそうな広々した車内に驚愕する。向かい合わせの座席なんて初めてだ。中央にテーブルまである。椅子はフカフカだし、天井も高い。

制服をきっちり着込んだ、サイボーグのように隙《すき》のない運転手が何かお飲み物でもと慇懃《いんぎん》に勧めてくれたが、これまた丁重にお断りした。普段ならさぞセレブ気分を味わえたのであろうが、私たちは護送車に押し込まれた囚人の心持ちだった。

制帽、白手袋の運転手は深々と一礼して言った。「出発いたします」リムジンは音もなく走り出した。揺れる気配がほとんどない。

「わたくし、徒歩五分ですのよ」先生は神妙な顔つきで前方を睨《にら》んでいた。「こんなに乗り心地がよいとは、もう少し遠ければよかったと思うほどですわ」

「ボクも」

私たちはしばし黙り込んだ。石川さんがぽつりとつぶやいた。

「香衣さん、鷲雄伯父さんはどんな印象だったかい？」

レンには黙っていたが、三銃士の仲間には鷲雄伯父と遭遇したことを話していた。

「眼光鋭く威圧的で、まさに鷲のように狙った獲物を確実に仕留めそうな迫力がありました」

「鷲、か。やっぱりチボリを潰したいと思っているのかな」

「シゲさんも何かご存じなのでしょうか。ずいぶん取り乱しておりましたが……」

如月先生は運転手の後頭部を見つめながらささやいた。ガラスで仕切られているおかげでこちらの声は聞こえないだろうが、なんとなく気になる。石川さんも低い声で答えた。

「シゲさんはまったく知らないわけではなさそうだな」

その後は三人とも動くソファに無言で沈み込み、先生、石川さん、私の順で無事帰宅する。

アパートのドアを開け、立ったまま狭い室内を見回した。快適なはずの私の〝城〟が今夜は雪の女王の住みかみたいに寒々しく感じられ、ここに越してきて初めて深い孤独を味わった。家族は今頃何をしているだろう。もう遅いから父は寝てしまったかもしれない。母は深夜ドラマに夢中で、静流はパソコンかゲーム機を睨んでいる頃か。静流に電話をかけた。

弟は少し驚いたようだった。私が、メールではなく電話をかけることはめったにない。

『劇、どお?』

「うまくいってるよ。静流のおかげ」

『ラストの聖歌のときに、雪の女王は端っこに立っている演出だったよね。物語的には女王は敵だから。でもさ、女王も真ん中に立って一緒に歌ったらいいんじゃないかな。クリスマス劇なんだから、全員が幸せになったほうがいいでしょ。女王役の子も、そのほうが楽しいし』

落ち着いたビブラートの声が心に沁みた。

「いいアイデアだね。提案してみる」

『疲れてる?』

少しの沈黙のあと、敏感な我が弟は言った。

「いや……まあ」

さらけ出すのが苦手な姉は、実はちょっと嫌なことがあって、とモゴモゴ話した。

『笑顔、笑顔。笑ってると嫌なことが遠ざかっていくんだよ』

こういうところが生意気な弟である。しかし、そういえば静流はいつも笑っていたっけ。

「静流にも嫌なことがあるの？」

『そりゃ、もう。今日もさんざんママの愚痴《ぐち》を聞かされた。年末年始にスノボに行きたいって言ったら、正月に家にいないなんてどういうことなの、って』

私は一人暮らしをすることで母の愚痴から逃げた。静流は母のお気に入りだから多少の愚痴は苦痛ではないはずだ、と勝手に思っていた。

「年末はうちに帰ってお母さんの愚痴聞き係を引き受けるから、静流はスノボ行くといいよ」

『ほんと、ありがと。ママにそう言っておく』

電話を切り、再び誰もいない室内を見回す。

私が感じていた家族への違和感って、なんだったんだろう。自分が勝手に作り上げた幻想か。悪魔が作った鏡の破片が目に入って、本当の家族の姿を見ることができなかったのかな。なにしろ私はカイだから。でも破片の正体はなに？

無口な父とおしゃべりな母とよくできた弟。平凡だけど穏やかな家族。自分の気持ちを上手く表せなかっただけなのに、向き合うことから逃げて誰かのせいにしていた。

「カフェ・チボリでレンが追求しているアガペーって、家族の愛のことなんじゃないかな。亡くなったお母さん、遠くにいるお父さんや伯母さん、通じ合えない堅物伯父さん。

鷲雄伯父さんの話をするときだけ、いつものにこにこ顔が一気に強張るレン。園児のようにふくれっ面をして文句を言うレン。

彼は、誰と分かち合うためにヒュッゲを作ろうとしているのだろうか。

心の片隅に錘《おもり》を抱えたまま週末が過ぎ、忙しい一週間がいつものように始まった。異なっていたのは月曜日の朝早く、黒塗りのリムジンがやってきてサイボーグ運転手が会社まで送ると言い張るのを必死に断ったことだ。シゲさんの警備への本気度を再確認した。

社内にはせわしない空気が流れていた。次から次へと雑務が湧いて出てあっという間に一日が終わるが、指先の疼《うず》きと心の中の小さな錘はずっと消えなかった。

水曜日の夜は仕事を定時で切り上げ、聖ペトロ教会に赴《おもむ》いた。土方さんと劇の打ち合わせをするためだ。服装と化粧《けしょう》にしっかり気を遣ってしまったのが後ろめたい。

教会に着いたとたんに、土方さんからメールが来た。ちょうど大森神父が聖堂から出てきたので、声をかけた。

「土方さんが少し遅れるそうなので待たせていただきます。聖堂を見ていてもいいですか？」

「どうぞ。私は奥の司祭館におりますので、何かあったら声をかけてください」神父様は優しく微笑み、そして付け加えた。「香衣さんが的確にアドバイスしてくれるので助かると、土方さんが言っておりましたよ。ありがとうございます」

良心の呵責《かしゃく》にちょっぴり苛まれつつ礼を返し、廊下を進んで内扉を押し開けた。

正面の壁の十字架にはイエス・キリストの姿が掲げられている。確か磔《はりつけ》にされたはずだが、その像は軽く手を広げた優しげなキリスト様になっていた。

右脇には聖母マリアの像、左脇には立派な厩《うまや》のオーナメントがあった。厩の中では賢者や羊や馬に囲まれたマリア様が手を合わせており、脇に空のまぐさ桶があった。クリスマスになったら、ベビーのキリスト様がここに現れるのかもしれない。マリア様の隣にいるのが旦那様だろうか。ええと、名前はなんだったかな。

聖堂の澄んだ空気が心を落ち着かせてくれる。私は見よう見まねで十字を切って手を合わせ、クリスマスまでにチボリのゴタゴタが解決しますように、と祈った。

聖堂を出て、ふと思い出して廊下の左手にある泣き部屋に入ってみた。

職業柄、棚の絵本に目がいく。たくさんの子供たちに読まれているのだろう、端が擦れていたり破れをテープで補修してある絵本がほとんどだ。私が手掛けた絵本を寄付しようか。好評の丸岡ゆみこ先生の新作がいいかもしれない。アンデルセンもいくつか持ってこよう。幼児向けの本も、もっとあってもよさそうだな……

「あれっ、香衣さん」

開いたままのドアから声がしたので振り返った。レンだ。

「補習授業が早く終わったので寄ってみたんだ。まだボヤの原因はわからないみたいだね」

顔がげっそりやつれており、目の下にクマができている。

「顔色悪いけど、大丈夫？」

「ちょっと作業をしていて、寝てなくて」

「あの手紙について何か調べているの？」

レンは疲れた様子でかぶりを振ると、子供用の椅子を部屋の中央に並べた。

「香衣さんは、劇の打ち合わせ？」

うなずいて私は腰掛けた。レンは、立ったままぼんやり室内を見回す。

私も部屋の奥のほうを見つめた。茶色の額縁の中でマリア様が微笑んでいた。小ぶりの油絵だが、あたたかみがあってずっと見ていたくなる。合わせた両手はふっくらしていて、彼女の手に優しく包んでもらったらさぞ幸せな気分になるだろうと感じた。最後に母に抱きしめてもらったのは小学校の何年生のときだったかな。大人だって、抱擁《ほうよう》してくれる大きな手が必要なときがある。

レンがつぶやいた。

「また、ユラのところに変なコメントが来たんだ」

コートのポケットから折りたたんだ紙片を取り出す。

『1. RORRIM
2. らば
3. NEDRAG
4. NEVAR
5. EAB

6．ＬＥＧＮＡ
7．ＥＬＺＺＵＰ』
「なに、これ」

「さっぱりわからない」

奇妙な不気味さを感じた。

「誰からか、わからないの？」

「これも突きとめられないだろうな」

「この言葉は意味があるの？　〝らば〟は動物の騾馬《らば》のことなのかな。あとの単語は？」

「ＲＯＲＲＩＭはイギリスのデザイナーが作った照明のシリーズ名。ＮＥＤＲＡＧはカジュアル服のブランド名だった。ＮＥＶＡＲはスペイン語で雪が降るという意味で、ＥＡＢはEthics Advisory Board、倫理勧告委員会の略。ＬＥＧＮＡはイタリア語で薪。最後のＥＬＺＺＵＰは、わりとよく使われるんだけどＰＵＺＺＬＥ《パズル》を逆さにしたものだと思う。個々の単語はなんとなくわかっても、全体で何を意味するのかはさっぱりわからない」

「この意味を徹夜で考えていたの？」

「いや。これがユラのところに来たのはついさっきなんだ。速攻で知らせてくれた」レンは凝った肩をほぐすように首を回した。「ユラも気分が悪いだろうね。早く犯人を見つけないと」

私は単語の書かれた紙片を凝視した。

「この七つの言葉は脅迫と関係しているのかしら」

「どうかな。何かの警告かもしれない」レンは細い指で目頭を押さえながら座った。「夜な夜なチボリ入口の防犯カメラの映像を見ているんだ。早送りでも、けっこう時間がかかるんだよね。最近の映像からさかのぼって六月までいったけど、特に収穫もなくて」

「大変そうね。私も手伝うことないかな」

「ありがとう」レンは目を細めた。「香衣さんにそう言ってもらえると、心強いです」

「そうだ、シゲさんにお礼を言っておいてね。車の手配ありがとうございますって」

「拒否られたって、がっかりしてたよ」

あんな車で出社したら吟子編集長に叫ばれるに違いない。『アラブの大富豪でも捕まえたの!』

「香衣さんがきっぱり断ってくれたおかげで、僕の警備もゆるくなったんだ。ありがとう」

「心配なのでしょうね。あんなに取り乱したシゲさんを初めて見たもの」

レンは深いため息をついた。

「いつもは冷静なんだけどね」

「ねえ、お父さんには相談したの？」

彼はひどく困ったように笑った。

「父さんはシゲさんより心配性なんだ。話すのは一番最後にする」

「そう……シゲさんは伯父さんに話したのかしら」

「どうかな。僕には何も言わないけど、板挟み状態かも」

「一刻も早く犯人が見つかってほしいわね。シゲさんのためにも」

レンは寂しく微笑むと立ち上がってカーテンを開け、正面のイエス・キリストを見つめた。

彼の横顔を眺めながら、先日からずっと気になっていたことを口に出した。

「私が指を切ったとき、どうして土方さんに黙っていたの？」

彼はじっと見つめてきた。まるで私の心の中を見透かすように。

聖カタリナ会館のボヤの夜に土方さんと再会したのは、脅迫状騒ぎが起きたとたんに彼がこの街にやってきたのは、偶然だろうか。彼は私の勤務先を知っているし、チボリでアンデルセンの話を聞いている。大森神父と懇意にしているならレンの家族構成も知っていた……

「大げさにしたくなかっただけだよ」

レンは私に背を向けると、靴を脱いで絨毯に上がり、奥の壁の絵に近づいた。

「あれ、また絵を替えたのかな」マリア様の絵をじっと見つめた。「この間と同じはずだけど、なんだか印象が違うな」

二人で絵をじっと見つめた。ふいに私はつぶやいた。

「カイ少年」

レンが怪訝そうな表情を浮かべる。

「なに？」

「ご、ごめんなさい。急に思いついて」

「ああ。神父様がどなたかに譲るために箱にしまった絵のことを思い出したからじゃないかな。

あっちは、男の子が床に座って遊んでいる構図だったから」

「そうね。なぜかあの青い絵のほうを思い出したんだわ。『雪の女王』のお芝居のことばかり考えているせいかしら。あの絵の男の子が、パズルを解くカイ少年を連想させたのね」私はマリア様の優しい笑みを見つめて言った。「この間と印象が違うように見えるのは……」

あのときは土方さんがそばにいて浮かれていたから、華やかに見えたのかもしれない。土方さん、まだ来ないのかな……

「香衣さん！」

レンが急に叫んだので、驚いて彼を見た。

「……どうしたの？」

彼の目が大きく開いていた。まるで天啓《てんけい》に打たれでもしたかのように空を仰ぎ、声を出さずに何かつぶやく。広げた大きな手が、今にも飛び立とうとしている白鳥の羽先のようだ。

「……これ、なんで印象が違うかわかった」レンは棚を見た。「ない。てことは」

目が据《す》わっている。なんだか恐い。

「……雪の女王……七つの言葉、パズル、天使、トナカイは……」レンは頭を掻き毟《むし》った。

「つまり、そういうことを示唆《しさ》している」

「何か、わかったの？」

レンは足元を見つめたまま動かなくなった。恐る恐る顔を覗《のぞ》き込むと、視線が床の一点に集中して微動だにしない。

「マッチ売りの少女はともかく人魚姫も親指姫も出てきたんだから、時期としてはあそこだ。みにくいあひるかそれとも鷲か。アルバートスリッパは本当は……そうだよね、伯母さんの名前は……でも待てよ、あの日来ていたのは……だとすると、実行犯は……」

戸惑う私は、声をかけられずに見守った。

「香衣さん」やがて彼は顔を上げた。「七つの言葉の意味がわかった。香衣さんのおかげだよ。犯人の狙いもわかったかも。犯人は……あとは推測なので、ちょっと調べ物をしてきます」

にんまり笑うと、きれいな手を胸元で小さく振り、出ていってしまった。いったい、カイ少年から何がわかったというのだろう。

私は絵を見上げた。マリア様、私は彼に何かしてあげられていますか？

聖母は優しく微笑んでいた。

晴天の土曜日の午前中。私たちは開店前のカフェ・チボリに集合していた。客一号二号三号、レンの同窓生のユラ、そして松山さんだ。

そもそも教会のボランティアに石川さんを誘ったのはマンション理事長の夫人、松山さんだった。松山さんがチボリの常連客に名を連ねたあと如月先生がボランティアメンバーに加わって、ご近所付き合いは広がっている。

松山さんは脅迫状のことを聞き、憤慨《ふんがい》していた。

「こんなにステキなお店に火をつけようなんて、いったいどういう発想かしら」

「今のところ直接店に手を出してこないところが陰湿です」

如月先生がぐいと顔を上げると、ユラがうなずいた。

「ほんと、イヤな感じ。きっと犯人はものすご～く暗い奴ね」

「それにしても」松山さんはレンを横目で見ながら石川さんに訴えた。「あの藤村百合子がレン君の伯母さんとはねえ。どうして教えてくれなかったのよ」

「いや、個人情報だと思って」

「藤村百合子といえば、私たちの世代のスーパーアイドルよねえ」

「ふうん」ユラは不思議そうに笑った。「百合子さんとは子供の頃に何回か会ったけど、そんなにすごい人だったんですね～」

「すごいもなにも」石川さんと松山さんの声が揃《そろ》った。先生が顎をぐいと上げてあとを引き取る。「伝説の女優でしたのよ」

シゲさんが紅茶を注いで回った。今日の銘柄はクローブとオレンジピールで香りづけし時間をかけて熟成されたブレンド、〝クリスマスティー〟。カップは、あのフローラダニカ。

紅茶が行き渡ると、レンが中央に進み出た。

「今日はお集まりいただきありがとうございます。それから、いろいろとご心配、ご迷惑をおかけしてすみません。カフェ・チボリの店主としてお詫《わ》び申し上げます」

全員が小さくうなずいた。

「一連の脅迫文について、皆さんにも話を聞いてもらいたいと思います」レンは紙片を四枚広げた。「事の発端はユラのブログのおかしなコメント。その後、百合子伯母さんに送られてきたメール。香衣さんに郵送された手紙。最後は、ユラのブログに再び書かれたコメント」

中央のテーブルに並べられた紙片を松山さんが一枚一枚持ち上げて、中身を確認する。

「〝ラズリは不吉だからカフェから取り除け〟と〝カフェ・チボリに女王はいらない〟というのは抽象的だけれど、香衣さんのところに来た手紙は少し具体的ね」そして松山さんは四枚目をひらひらさせた。「この七つの言葉は、逆にまったくわからないわ」

「犯人の狙いは、店を閉店させることです」如月先生が力強く断言した。「ずばり、犯人はカフェ・チボリをやっかむ近隣のお店の人間でしょう」

「ライバル店かあ」ユラが気難しげにうなずいた。「この頃、お客さん増えたもんね」

「その輩はチボリの噂《うわさ》を聞きつけて偵察《ていさつ》に来たのです。大盛況を見て危機感を抱いたのでしょう。いろいろ調べ、同窓生の由良さんやニューヨークで活躍している伯母さんを突きとめ、嫌がらせにメッセージを送ったが、反応がなかった。それで次第に過激化してしまったのでしょう。常連客の香衣さんにガラス片入りの脅迫文を送りつけたのです」

「そうだな」石川さんもうなずいた。「ありそうなことではある。しかし、週一回しか開かない店にそんなにライバル心を燃やすだろうか、とは思うんだ」

「では、石川さんは別のご意見が？」

「ボクは、むしろ小ノ澤家への嫌がらせのような気がする」

如月先生が即座に否定するかと思いきや、顎を引いて石川さんを見つめた。

「ご意見を伺いましょう」

「広大な庭を持つお洒落なカフェが繁盛していたら、近隣の店の人は確かに嫌がるかもしれない。しかし高校生が店主で土曜日しか営業していない店だ。ユラさんや伯母さんのことまで調べてネチネチとメッセージを送るほどの危機感を抱くものだろうか」

「確かにそうねえ」松山さんが問いかけるように皆を見回した。「レン君のおうちって、なんだかすごいんでしょ。大企業の一族なのよね」

誰も詳細に知らないので各自があいまいにうなずき、そっとレンを見た。彼はきつい目をしたまま沈黙を守っている。石川さんが続けた。

「カフェ・チボリは株式会社だそうだから、調べれば小ノ澤一族の会社だとわかるんじゃないかな。一族か会社に恨みを持つものの嫌がらせ、ということはあり得ると思う。それにもうひとつ」一度言葉を切ると、深刻そうに言った。「聖カタリナ会館の火事も関係しているとすると、近隣の飲食店主の嫌がらせのレベルではないだろう」

「えっ」松山さんが仰《の》け反《ぞ》った。「あの火事は放火なんですか」

「まだはっきりしていないそうだよ。でも香衣さん宛の手紙に、あの火事のことが書かれていた。犯人はかなり本気だということだ」

「だけど」ユラがやや遠慮がちに言った。「もし小ノ澤一族への嫌がらせなら、なぜあたしにメッセージを送ったのかな」

「ネットで調べればユラさんのブログを見つけるのは簡単だ。最初は様子を見るために遠まわしに彼女にメッセージを送ってみた。次に伯母さんに。そして常連客の香衣さんの勤め先の出版社を調べ、脅迫状を送ったんだよ。香衣さんの名前が雑誌に載ったと言っていただろう」

「ええ。担当の作家さんが名前を出してくださったので」

「犯人はいろいろな情報網を使って、一族の周囲からじわじわと嫌がらせしているんだよ」

「それに」先生がぐっと顔を上げた。「客のふりをして来店すれば情報を得ることは簡単です」

「あたしたち、犯人と会ったことがあるかもしれないね。なんだか嫌だな」

ユラが顔をしかめた。

私は、この九ヶ月毎週欠かさず通ったカフェ・チボリを改めて見回した。座り心地のよい椅子。磨き込まれたカウンター。あの絵もあの花瓶《かびん》もすっかり馴染みの光景だ。ガラス片を送りつけた人物と、このヒュッゲの空間を共有したことがあるのだろうか。

「あのね、私はちょっと違うことを考えていたんだけど」松山さんが小さく手を挙げた。「最初に、ユラちゃんのところにメッセージが来たんでしょ。それって、ユラちゃんのファンだからじゃないかしら。動機は嫉妬《しっと》よ」

「嫉妬?」

「私ね、けっこうユラちゃんのブログ見ているのよ。そしたら、熱心に書き込んでいる特定の人が何人かいるのよね。あれって、熱狂的なファンよね」

「でも」ユラが小さく首をかしげた。「たくさん書いてくれる人はだいたい友達ですよ。まあ、たまに知らない感じの人が何回も書き込むこともあるけど」

「こんなにかわいいんだから、ファンになっちゃう人もいると思うのよね。その人はユラちゃんが男友達の経営するカフェを絶賛しているのを読んで、嫉妬しちゃったのよ」

「そんなファンなんているかな」ユラが眉をひそめた。「百合子伯母さんのところにもメールがいってるんでしょ。それはどう説明できるのかしら」

「カフェ・チボリについて調べるうちに藤村百合子さんに辿り着いたのよ。そしてレン君がうらやましくなったの。美人の友達と元大女優の伯母を持つカフェの店主が許せなくなったのよ。それでエスカレートしていったんだわ」

「犯人は香衣さんにも手紙を送っておりますが」

如月先生の指摘に、松山さんは興奮気味にうなずいた。

「ほら。女性ばかり狙っているわ。犯人はモテない男のような気がする」

「そうかなあ」ユラはあまり賛同していない様子だ。「あたしは、あのメッセージはいたずらだと思ったんです。それも、レンの親しい人からの」

「レン君の？」石川さんが目を見開いた。「それは誰のことなんだい？」

ユラは、少しためらったあとで言った。

「風雅伯父さん」

意外な名前が出たが、ユラは彼に会ったことがあるのだった。

「風雅伯父さんはすごくレンのことをかわいがっていたと思う。でも、鷲雄伯父さんと仲が悪くなって日本から離れちゃったんでしょ。きっとレンを心配していると思うの。ネットか何かでお店のこと知って、いたずらというか励ましというか、そんな軽い気分でメッセージしてきたんじゃないかな。人を驚かすことをやるのって、伯父さんっぽいかなって」

天文学的な金額を使ってしまうようなマイペースな伯父さんなら、そんな突拍子もないことをするかもしれない。

「なるほど」石川さんは額を掌《てのひら》でこすった。「ただ、香衣さんへの手紙は説明できないな」

「いたずらで手紙にガラスのカケラなんて入れるような人じゃないから、あの手紙だけは別人の仕業《しわざ》だと思います。それが誰かはわからないけど……最後の七つの言葉は、状況をシゲさんか伯母さんから聞いた風雅伯父さんの、アドバイス的なメッセージじゃないかな」

「コメントとメールは同じ人物で、手紙だけ違う人が出した、という説もありそうだな」

「犯人は複数いた、と」如月先生がうなずいた。「香衣さんは、どうお考えですの？」

指名されて戸惑った。心の弱い自分が出てきて深く考えることを放棄している状態だった。できればいたずらであってほしいし、私の知っている人が犯人であってほしくない。

「私は……」

そのときふいにドアが開いて、二人の男性が入ってきた。一人の視線がこちらに向いたので、息が詰まった。

「あら」松山さんが頓狂《とんきょう》な声をあげた。「あなたは」

「お久しぶりです、松山さん」

土方さんが静かに微笑んで挨拶した。松山さんは一瞬口を引き結ぶと、ああというように大きくうなずいた。

「あの雨の日以来ですね。ご無沙汰だわ。土方さんもこのお店にしょっちゅう来ていたの？」

「いえ。七月以来です」

「そうなの」彼女はそわそわと視線を漂わせる。「あの、それで、そちらの方はどうして……」

松山さんは、あとから入ってきた三十代後半くらいの整った容姿の男性を指した。

レンが前に進み出た。

「松山さんはこの人を知っているんでしたね」

男性はゆっくり店の中央に進み、一度ドアのほうをふり返ると再びレンを見つめた。

「君が、小ノ澤蓮《れん》君だね」

レンは挑むように彼を見返した。

「はい。田中圭介《たなかけいすけ》さんですよね」

石川さんが怪訝そうに首を傾けた。

「田中？」

しばしの沈黙ののち、ユラが声をあげた。

「みにくいあひるの子！」

思い出した。松山さんが蓼科の別荘に招待されたときに来ていた、美術評論家のイケメン青年の名前が田中圭介だった。なぜ彼がここに。どうして土方さんと一緒に入ってきたのだろう。

レンは、田中さんにきつい視線を向けたまま言った。

「どうぞ。まずは座って紅茶を召し上がってください」

田中さんは何か言いたげだったが、黙って中央テーブルに座った。

「土方さんも、どうぞそちらへ」

私の向かいの席に座った土方さんに、思わず聞いた。

「どうして、ここへ？」

「レン君から連絡をもらったんですよ。ぜひ来てほしいと」

彼の微笑みはいつものように優しげだったが、私の中の不安は募った。

シゲさんが土方さんと田中さんの前にフローラダニカを置き、紅茶を注いだ。誰もが状況を摑めず、押し黙って紅茶を啜《すす》った。

レンが部屋の中央に立ち、全員を見回した。

「皆さんにご心配をおかけして本当にすみません。でも、今日で一連の脅迫状の問題を終わらせたいと思います」

マッチを取り出すと、優美さのかけらもない硬い動作でしゅっと擦った。彼の全身から、ほの蒼い火が不気味に立ち登ったかに見えた。いつもの呪文はなく、ロウソクに焔を移すこともなく、レンは手首を鋭く返してマッチの火を消した。

厳しい表情で口を開く。

「犯人の狙いは、チボリの閉鎖でも一族への嫌がらせでも、友達への嫉妬でもいたずらでもなく、ある〝モノ〟だったんだ」

「モノ？」

石川さんが困惑顔で聞いた。レンは重い口調で続けた。

「きっかけは、香衣さんの一言でした。三日前に教会の泣き部屋で偶然会ったんですが、そのときに香衣さんは、壁に掛けられたマリア様の絵を見て『カイ少年』と言ったんです」

土方さんが首をかしげた。

「それは『雪の女王』のカイ少年のことなのかな」

レンはうなずいた。

「見ていた絵はマリア様だったのに、香衣さんはなぜそんなことを口走ったのでしょうか」

全員が私を見たので、大いに戸惑った。

「自分でもよくわからないのですが……前の週に少年の絵を神父様から見せていただいたので、その絵のことを思い出したのだと思います」

「ああ」如月先生が顔を上げた。「どなたかに譲るために箱に納められていた絵ですね。少年が一人で遊んでいる青い絵でした」

「そうです」レンが引き取った。「香衣さんはマリア様を見て少年の絵を連想した。なぜでしょう」一度口を引き結ぶと、口の端を少しだけ上げた。「それは、額縁のせいだったんです」

「額縁？　どういうことですの」

「三日前にマリア様の絵を縁取っていた額縁は、茶色のシンプルなものでした。そしてその額縁は、十日前には青い少年の絵を縁取っていたんですよ」

「え?」ユラがすべすべの額に皺を寄せた。「わけがわかんない」

レンは両手を挙げ、それぞれの人差し指を突き出した。

「額縁が交換されたんだ。それも二回」

「ますますわかんない」

レンは右手の人差し指を少し前に出した。

「僕が子供の頃から見ていた少年の絵は、もともと細かい葉や小さな花の模様がある金色の古い額縁に納められていた」そして左手の人差し指も前に出した。「マリア様の絵は、模様のない茶色い額縁に入れられていた。少年の絵を譲ることになったので、神父様が古い額縁に換えて、新しい茶色い額縁に少年の絵を納めた。そのほうがきれいでいいと思ったんだろうね」

彼の細くて長い指が交差を作った。

「ボヤ騒ぎの日に僕たちが見たとき、古い金色の額縁はマリア様を、新しい茶色い額縁は少年の絵を縁取っていた。その後のいきさつは推測なのだけれど、少年の絵を受け取りに来た人が、古い額縁でいいと言ったのだと思う。それで神父様は額縁を元に戻した」

交差した指が元に戻った。

「だから、三日前に見たときには茶色の新しい額縁がマリア様を縁取っていた。香衣さんはその額縁を見て、青い少年の絵を連想し『カイ少年』とつぶやいた」

「ちょうど『雪の女王』のお芝居の稽古もしておりましたからね」

「はい、先生。その影響も大きかったと思います。それでね、僕はそのとき突然思い出したんです。青い絵を縁取っていた金色の額縁を、ほかで見たことがあると」

人差し指を立てたままの右手が、ゆっくりと入口のほうを指した。いや、入口ではなく、そのすぐそばに掛けられている絵を。

「あの絵の額縁と、青い少年の絵の額縁は同じ模様でした」

「ああっ」

私は叫んだ。そういえばマリア様の絵を初めて見たときに、やけに豪華な額縁だと思ったのだ。そして、初めてカフェ・チボリを訪れたときも青い女王様の絵を見て、華やかな額縁だなと感心したことを思い出した。

「正確に言うと、二つの額縁は並べると左右対称になるような模様で描かれていた。すぐに思い出せなかったのは、こちらの額縁がこの春まできれいに保管されていたのに対して、少年の絵のほうはずっと泣き部屋に飾られていたため汚れがついて、模様がよく見えなくなっていたからなんだ」レンは続けた。「少年と女王様の絵を縁取る左右対称の額縁。そのとき、七つの言葉の意味がわかったんです」

彼はペンを取り出すと、七つの言葉の紙に書き込んだ。

「これはシンメトリーだったんだ」

全員が紙片を覗き込んだ。

『1. RORRIM ↓ MIRROR（鏡）
2. らば ↓ ばら（薔薇）

3. NEDRAG → GARDEN（庭）
4. NEVAR → RAVEN（カラス）
5. EAB → BAE（べー）
6. LEGNA → ANGEL（天使）
7. ELZZUP → PUZZLE（パズル）』

私は再び叫んだ。

「トナカイ！」

「なんだい、香衣さん」石川さんが戸惑ったように言った。「また閃《ひらめ》いちゃったのかい」

「す、すみません。これはアンデルセンの『雪の女王』だと思うんです。そうよね、レン君」

レンはうなずいた。

「元の単語にも意味はあるけど、逆さにすると別の単語が出てきた。それは七つの章からなる『雪の女王』に出てくる言葉なんだ。一章では悪魔が作った鏡、二章では薔薇、三章は庭、四章はカラス。五章に出てくるトナカイの名前はベー、六章では天使が、七章ではパズルが」

「まさに」土方さんも納得の表情で言った。「『雪の女王』を示していますね。それらの言葉と元の単語のアルファベットの並びは対称になっている」

「そう。このメッセージは『雪の女王』と〝左右対称〟のふたつを示していたんです。そして、一回目と二回目の脅迫文の『ラズリ』と『女王』は、あの青い女王の絵を指していた」

レンが、ドアの脇の絵を見やった。如月先生はぐいと顔を上げた。

「それは『雪の女王』の絵なのですね」

「ボクたち、見慣れすぎていたせいか、そういう発想がなかったなあ」

「さようですわね。この絵はすでに店の一部と化しております。でも『ラズリ』と『女王』で、レンさんがこの絵を思いつかなかったとは少々意外です」

レンは少し気まずそうに言った。

「僕にとってこの絵は『雪の女王』じゃないから」

「雪の女王ではない？」

「この絵は風雅伯父さんが描いた、百合子伯母さんの肖像画なんだ」

「ええっ」石川さんが急に嬉しそうな顔で絵を見つめた。「藤村百合子さんなのか」

「あんまり似てないかも。伯父さんが中学生くらいのときに描いたそうだから。伯母さんの映画初主演の記念だったんだって」

「日本版『ローマの休日』だ！　そういえば若かりし頃の藤村さんになんとなく面影が」

「レンさんにとっては伯母様で、犯人にとっては『雪の女王』だった、というわけですわね」

「アルバートスリッパとグリオプスのルームシューズ」レンは顎を引いた。「同じものだけど、見る人によって呼び方が違っちゃうことってあるでしょ。この絵もそうなったんだよ」

「それで」ユラが大きくうなずいた。「レンはぴんとこなかったのね」

「もっと早く気づくべきだった。すみませんでした」

「いやいや」石川さんは真面目な顔で絵を凝視していた。「ボクにはただのお姫様の絵にしか

「七つの言葉は『雪の女王』とシンメトリーのふたつを示唆していた。雪の女王だけなら犯人の目的は絵だけれど、左右対称が示しているのは額縁のほうだ」

ユラが首をかしげた。

「その額縁、価値のあるものなの?」

レンは女王様の絵に近づくと、額縁の左下を指した。

「これはアワコレクションの、一対の額縁のうちの一つなんだ」

「アワコレクション? なにそれ」

「思い出したわ」ふいに松山さんが声をあげた。「蓼科の別荘で一之宮《いちのみや》先生が美術コレクターについて話してくれたときに、粟《あわ》なんとかいう人がすごいコレクターだって言っていた」

「そうでした」如月先生がぐいと顔を上げた。「その方が太鼓判を押せば本物であると」

「藤村さんのコペンハーゲンの話でもその名前が出たぞ」石川さんが興奮して言った。「美術館の話をミスターブラウンがしたときに、監督が日本のコレクターについて語ったんだ」

レンはうなずいた。

「AWAというローマ字はAもWも左右対称。粟という漢字もね。アワコレクションは対になっているものがたくさんある。一対の絵画には左右対称の額縁をあつらえていることが多い。家の倉庫でこの額縁を見つけたとき、そばにアワコレクションの目録もあったのを記憶していた。それを確認したらこの額縁が載っていて、対になっているものの一つだった」

レンはさらに松山さんの話を思い出した。別荘に招待した上条《かみじょう》夫人の名前は喜美《よしみ》。彼女は旧華族の出身で、左右対称の美に心酔していた。〝喜美〟という漢字も両方とも左右対称だ。

「この前香衣さんと旧姓について話をしていたせいかな、喜美さんの旧姓に思いが至った。もしかして〝粟〟ではないかと」

調べてみたらまさにどんぴしゃり。父親の名前は粟崇士《たかし》氏。これも左右対称だ。脅迫文を仕掛けたのは上条夫人、旧姓粟喜美さんではないかと推測した。店の防犯カメラの映像をつぶさに見ていたが、喜美さんらしき人を見た記憶はなかった。代わりに、ある人物の映像を思い出した。百合子伯母が来た晩にカフェ・チボリのカウンターに座って、隣の女子高生たちのはしゃぎっぷりに苦笑していた男性。

「その人の顔は美術雑誌で確認できた。粟崇士氏に心酔し、美術の道に進み、喜美さんと親しかった人物。その人の名前も左右対称だった」

レンの視線につられ、全員が店の中央を見た。

「一連の脅迫文を送ったのは、あなたですよね。田中圭介さん」

彼は彫像のように整った顔を上げた。真正面から見たその顔は、きれいに左右対称だった。

田中さんは冷たく微笑んだ。

「この吊るし上げみたいな趣向は、君が企画したものなのかな。レン君」

レンは雪の女王、いや百合子伯母さんの絵を背景に、田中さんを睨んだ。

「あなたは、僕の大事なお客さんたちにひどいことをした。みんなに説明する義務がある」

レンの鋭い視線に臆することなく、田中さんはゆっくりと紅茶を一口啜り、言った。

「一介のカフェでこのカップにお目にかかれるとはね……その昔、ある人物の家でこの食器セットを見たことがある。本物の美しさを知っている人だった」彼は小さく肩をすくめると言った。「わかった。話せばいいんだな」

「蓼科での出来事はみんな知っています。そのつもりで話してください」

田中圭介さんは端整な顔に苦虫を嚙み潰したような表情を浮かべた。ひどく不機嫌そうだ。

彼はもう一口紅茶を飲むと、話し出した。

*

その写真を見つけたのはまったくの偶然だった。仕事仲間が見ていたブログに載っていたんだ。カフェの室内で数人の男女が並んで写っている平凡な構図だ。職業柄、後ろの壁に掛けられた絵に目がいった。ふいに、手が震えた。

なんということだ。その額縁はアワコレクションに間違いない。

元華族の粟家は、代々美術品の蒐集《しゅうしゅう》に力を入れていた一族だ。特に明治大正期の粟尚三《しょうぞう》氏は審美眼に優れていた。後に華族令が廃止され華族のほとんどは没落したが、尚三氏は早くから美術品売買で蓄財した。さらに海外の絵画や美術品を蒐集し続け、好事家からはアワコレクションと命名されるほど素晴らしい作品を多く所蔵していた。孫の崇士氏も、額縁や陶磁器の箱に〝AWA〟と名前を刻んだことで有名だ。

ブログの写真には、確かに〝AWA〟の文字が入った額縁が写っていた。崇士氏が作成した目録によれば、ルリハコベの装飾を施した六号の金の額縁は二つ存在し、デンマークの画家、ハマスホイの風景画を縁取っているはずで、その二点は行方不明だった。僕は僥倖《ぎょうこう》に感謝した。というのも崇士氏の娘の喜美さんは、散逸した実家のコレクションを取り戻すことが生きがいで、僕はその実務の一役を担っていたから。

高校時代に僕が崇士氏と出会った話もご存じのようだね。県の絵画コンクールの表彰式だった。バブル絶頂期のころで、金縁の眼鏡をかけた五十がらみの押し出しのよい紳士が優美な手つきで表彰状を渡してくれた。

「君の絵は荒削りだけど情熱に溢れていて大変結構だ。ところで、君の名前もシンメトリーだね。いいかい、人間は目が二つある。つまり左右対称の美というのはね……」

田中圭介という平凡な名前を、シンメトリーであるがゆえに崇士氏は気に入ってくれた。彼の美術品への執着は凡人には理解できないほど情熱的だ、と美術の先生から聞いていたので、一介の高校生に向かって芸術を熱く語る崇士氏の顔を、僕は少々気後れしながら見つめていた。ふと、彼の眼鏡がすごくいいな、と思った。細身のフレームは中央と端の太さが微妙に異なり、洗練された左右対称のフォルムを形作っている。少し彼が好きになった。

彼の表情は熱を帯びて七変化した。彼の口からほとばしる美術論も、七色に彩られているように感じられた。彼がいいと感じる美術品を、もっと見てみたいと考えた。

それで、図々しくも何度か彼の家に押しかけて美術品を見せてもらい、書斎でお茶をご馳走《ちそう》になった。崇士氏は世間知らずの高校生をやや持て余していたと思う。それが変化したのは、ある日の午後に使用されたティーセットのおかげだった。

さりげなくテーブルに置かれた花模様のカップを見た僕は、思わず失笑してしまった。崇士氏は僕の顔を覗き込んだ。

「どうしたね？」

「すみません」僕は笑いを禁じ得ないまま答えた。「このカップに描かれている葉っぱや根っこの絵があまりにリアルで、すごくおかしくなってしまって」

彼ののんびりした表情が、急に真剣な面持ちに変わった。

「そう、食器の絵付けがこんなにリアルである必要はないんだ。実は私もデンマークで初めてオリジナルを見たときに大笑いしてしまい、周囲からひんしゅくをかった。しかし、私は常常、人は非常に感動した瞬間、我知らず笑ってしまうものだと思っているのだが、どうかね？」

「さあ……でも、こうしてずっと見ていると品のよさがじわじわと伝わってきますね。特にこのカップとそちらの皿は、色合いがほかのものより淡くて好きです」

「わかるかね」彼は性急にカップをひっくり返し、底に描かれた文字を指した。「見てごらん。花や葉を描いたペインターはこの黄色の文字で、金彩を施した職人は緑の文字で記されており、すべての食器が誰によって描かれたかわかるようになっている。このティーセットはデンマーク王室御用達《ごようたし》の陶磁器メーカーが製作した。模様はすべてデンマークの植物図鑑を元に描かれているが、ペインターによって色合いもタッチも異なるんだ。君が指摘したカップと皿は同一の手によるものだが、私もこのマイスターの絵付けが好きでね」

崇士氏は飽きもせず美術について語り、僕は飽きもせず耳を傾けた。二人で過ごす時間が増え、彼がいいと思うものは片っ端から見せてくれた。

「この布は板締めという手法が取られているんだが、この色、奥の深い藍だねえ」

「グラデーションが見事ですね。どうやって染めたんだろう。調べられますか?」

「君が興味を持つんじゃないかと思って資料をあたったんだが、板締めの発祥は中国、インドあたりだと言われていてね……」

息子がいないせいか、美術への感性が似ていると言って崇士氏は僕をかわいがってくれた。母子家庭で育った僕も、父親のように彼を慕った。

彼の美術への情熱は尽きなかったが、ことのほか力を入れたのはシンメトリーの美術品を集めることだった。エンジェルを模《かたど》った黄金のキャンドルスタンドや、ガラス製の置物やビスクドール、花瓶など相当数を所有していた。絵は、左右対称というよりも一対のものを好んで集めていた。それぞれの絵に合わせて特注の額縁を作らせ、AWAという文字を入れさせた。自《じ》己《こ》顕《けん》示《じ》欲《よく》の塊だと笑う人もいたが、彼の考案した額縁は、それはそれは美しかった。

彼のように美術の世界にどっぷり浸かって生きていこうと決意し、奨学金を得て大学の芸術学部に入学した。母は早く働いて欲しい様子だったが、やがて有名な美術家になって楽をさせてあげればいいんだ、と甘く考えていた。崇士氏が僕の志を真に理解してくれた唯一の人だったと思う。僕の大学生活を金銭的にも精神的にも支援してくれたが、崇士氏はバブルに踊らされ、すべての財産を失った。〝すべて〟の中にはむろん、アワコレクションも含まれていた。

卒業式の日に初めて彼の窮状《きゅうじょう》を知った。崇士氏は言った。

「卒業おめでとう。本当は君に一対の絵をあげようと思っていたのだが、残念ながらそれも手放さざるを得なくなってしまってね。代わりにこれを」

それは一冊の本だった。彼が自身で蒐集したシンメトリーの美術品を記した目録で、ごく近しい友人にのみ配った貴重品だ。その最後のページに、整然とした室内を描いた一対の絵の写真があった。同じ室内を背景に、一枚には若い青年が、もう一枚には老人が立っていた。

「これはハマスホイの作品だと言われている。作品リストにないので真贋《しんがん》はわからないが、私は本物だと信じて買ったものだ。青年と老人は、それぞれ遠くを見つめている。かたや未来を明るい目で、かたや過去を後悔の面持ちで。この対比が好きでねえ。もちろん、額縁は特注品だ。一対の模様はシンメトリーになっている。ＡＷＡの文字が、こちらは右に、こちらは左に書いてあるだろう。君は将来、誰からも認められる立派な陶芸家になってくれ。そうしたらこの作品が君の元に戻ってくる、なぜだかそんな気がするよ」

彼はまだ五十代後半だったが、すっかり老け込んで七十歳と言っても通るほど草臥《くたび》れていた。

僕は黙って彼の目録を受け取った。そしていつかひとかどの陶芸家になったら、うんと稼いでハマスホイの絵をきっと取り戻してやる、と誓った。

大学卒業後、ある陶芸家に弟子入りし五年間修業したが、ものにならなかった。母はその途中で亡くなった。最後までろくに親孝行できなかったよ。自分の才能に見切りをつけて、様々な美術品を見るためにヨーロッパを放浪した。崇士氏と午後のお茶を楽しんだカップのオリジナルを見るために、デンマークにも行った。南アジアまで足を延ばしているうちに四年の歳月が経ち、崇士氏はその間にひっそりと亡くなった。

日本に戻ったときに迎えてくれたのが崇士氏の一人娘、粟喜美さんだった。彼女とは粟家に遊びに行ったときに何度か会っていた。僕より四歳年上で、一流の美大を卒業してキュレーターとして活躍していた。ただ、彼女も金銭的にはずいぶん苦労していた。働いたことのない病弱のお母さんと、気位の高い高齢のおばあさんの生活を彼女が支えていた。

僕と喜美さんは、共に美術の世界に魅入られた〝同志〟だった。崇士氏の審美眼に心酔し、彼が手放したコレクションをいつか回収したいという思いを共有していたんだ。

やがて彼女は美術商の上条氏に見初められて結婚した。十二歳も年上の上条氏との結婚は、彼女の野望と決して無関係ではなかったと思う。幸い、上条氏は大変優しい紳士だった。彼女は夫の仕事を手伝いながらアワコレクションを探した。崇士氏は、最後には怪しげな美術商に買い叩かれていたようで、それらの所在を突きとめることは困難を極めた。それでも、少しずつコレクションは手元に戻ってきた。

ヨーロッパから戻って間もなく、僕はある美術雑誌の編集者から声をかけられた。放浪中に書いた、各地の美術工芸品の感想ブログを雑誌に載せたいと。その文章が好評で、次第に書く仕事が増えていった。崇士氏が数々の貴重な美術品を僕に見せてくれたおかげで目利きの自負はあったし、文章を書くのが意外と向いていたようだ。有名な陶芸家になることはあきらめたが、美術評論家の肩書きが付いたおかげで、崇士氏のコレクションに巡り合う機会もあるだろうと希望を持った。実際に僕が協力して取り戻したアワコレクションは三点ある。

今年の七月のある日、喜美さんが興奮して電話をしてきた。

「父の印度《いんど》更紗を見つけたわ！」

僕たちは仕覆のすり替えを計画したが、裏地を解いたら中から無粋なマジックの文字が出てきて、愕然《がくぜん》としたよ。僕は、せめて端だけでも切り取って保存してはどうかと提案したが、喜美さんは言った。「これはもう、父の愛した完璧な美を伴ったコレクションではないわ。父に申し訳なくて、とても回収する気になれない」

皆さんが怒っていらっしゃるのも、まあうなずける。僕たちは松山さんのおじいさんが買った布を盗もうとしたのだから。僕と喜美さんは、ただ単にアワコレクションを本来持つべき人、愛でるべき人の元に取り戻そうと思っただけなのですがね。

喜美さんは意気消沈していた。久しぶりに見つかったアワコレクションを手に入れることができなかったばかりか、その形は崇士氏の愛した完璧な美しさを損なっていたのだから。

そんなとき、あのブログの写真を見つけたんだ。アワコレクションの額縁、しかも、幻のハマスホイを縁取っていたものだ。なぜ巷《ちまた》のカフェに飾られているのか。

思い切って訪ねてみると、絵は入口の脇に飾られていた。崇士氏が託してくれた目録の写真とそっくりだ。彼の額縁はいくつも見ていたので見間違うはずがない。本物だ。

混雑が一段落したら老人に話しかけようと思っていたら女子高生たちの話が聞こえてきて、もう一人のバイト風の若者が店主だと言う。おまけにカウンター脇のテーブル席には彼の伯母だという女性がいたので、こっそり話を聞いた。驚いた。僕だって藤村百合子は知っている。デンマークの有名な画家、ハマスホイを飾っていた額縁が今、デンマーク料理の店、カフェ・チボリにあるのは必然なのか。あの青い女性の絵はアンデルセン童話の『雪の女王』に違いない。アメリカのアニメ映画で大流行したこともあって、店に飾ったのだろう。

僕は悩んだ。人魚姫像が歩いたとか言っている能天気な様子の高校生に、絵を譲ってほしいと交渉しても大丈夫なのか。話は通じるのだろうか。

結局そのときは声をかけずに帰った。そして小ノ澤一族について調べたんだ。すると、藤村百合子と小ノ澤蓮の会話に出てきた〝堅物の伯父さん〟、小ノ澤鷲雄氏が一族を統括している人物だとわかった。小ノ澤蓮の父親、小ノ澤望《のぞむ》氏はニューヨーク支店長だ。まずは望氏に手紙を出してみた。ご子息の店にある絵に興味がある、と。ところが、一ヶ月経ってようやく来た返事は、東京のことは一切わからない、という秘書からのそっけないものだった。

あの店も鷲雄社長の統括範囲内に違いないと考え、社長のところに絵を譲ってほしいと手紙を送った。念のため、ブログの写真をプリントアウトして添えた。

返事はこうだ。「確かにあの絵は私のものだ。申し出は嬉しいがあの絵は売り物ではない」

実は気に入ったのは額縁なので、額縁だけでも譲ってもらえないかと聞いてみたが、「額縁は店主である甥《おい》に貸してある。だから売ることはできない」と言われた。

喜美さんはその頃ヨーロッパへ買い付けに行っていたが、交渉がうまく進まず焦燥している様子だったので相談できなかった。僕もだんだん口惜《くや》しさが増してきて、こうなったら何としても自分で売却の承諾を得てやる、と息巻いた。あの手この手で交渉したが、返事はいつも同じ。「甥に貸してあるので売ることはできない」

考えたあげく、こう持ちかけた。「もし甥御さんが店を閉めるなどしてあなたに絵を返したら、売ってくれるのですか」すると、「そのときは額縁を売ってもいい。だが店が続く限り甥はあの絵を飾り続けるだろう。念のために申し添えるが、そちらから甥に直接働きかけることは許さない。甥は高校生だし、何の権限もない。あくまでも甥が自主的に絵を私に返すか、店を閉めたときには交渉に乗る。約束を守れない場合は今後一切の交渉に応じない」

小ノ澤社長はなぜ頑なに売却を拒むのか。あの額縁に何か思い入れでもあるのか。それとも問題は絵ではなくて甥との関係だろうか。伯父は甥の店を認めていない様子だった。甥に「店に飾ってある絵を返せ」と言いたくないのか。それほど仲が悪いのだろうか。

一番いいのは甥っ子が自ら絵を伯父に返すことだ。そこで、周囲からゆさぶりをかけてみることにしたんだ。

＊

「それでユラのブログに、遠まわしな文面のコメントを書き込んだんだね」

レンはカウンター席に沈み込んだまま、低い声で言った。田中さんは冷たい視線を返した。

「仲は悪そうだったので、変な書き込みがあったくらいで甥っ子は伯父に相談しないだろうと考えた。ほかに青い装飾品で目立つものはなく、ラズリと言えばあの絵だとわかると思ったんだが、まったく気づいてもらえないとはね」

石川さんの顔が興奮で赤らんだ。

「まるでこちらが鈍いような言い方だな」

田中さんは不愉快そうな表情を浮かべたまま淡々と続けた。

「不安を感じて絵を外してくれさえすればいいと思ったが、その後友人に店に行ってもらったところ、絵はそのままだった」

「それで」レンの表情は硬かった。「今度は百合子伯母さんにメールをした」

「彼女のホームページにアドレスが載っていたから、前回よりも少し強いメッセージを送ったんだが、変化はなかった。喜美さんが日本に帰る年末までに絵を手に入れたかったのに、いったい何をのんびりしているんだとイライラしたよ」

如月先生が顎を引いて聞いた。

「なぜ年末だったのですか」

「もちろん、彼女が喜ぶ顔を見たかったからですよ」

「それだけ?」

レンの口調はとげとげしかった。

「ほかに何かあるとでも?」

「意地、じゃない?」田中さんを睨みながら言った。「さっき、あなたと喜美さんは同志だと言ったけれど、彼女のほうはそう思っていなかったかもしれない」

田中さんがむっとしたが、レンは構わず続けた。

「喜美さんは旧華族出身で、あなたは貧しい母子家庭で育った。二人の間には見えない膜《まく》のような隔たりがあった。アンデルセンがエドヴァー・コリンに最後までコンプレックスを感じていたように」

「エドヴァー・コリン?」

「こっちの話。あなたが独力でアワコレクションを回収しようと焦ったのは、喜美さんから称賛されたくて……というより彼女を見返してやりたかったからじゃないのかな」

田中さんはふっと、無防備な困惑顔を見せた。が、すぐに険しい顔に戻った。

「そんなことはない。とにかく、早く取り戻したかっただけだ」

「それで、あんな手紙を香衣さんに送りつけた」

田中さんは不機嫌そうに眉根を寄せた。

「九月に訪れたときに、その女性が勤める出版社名を聞いていたからね。彼女が会社の人間ではなく君に相談することに賭《か》けたが、その通りになってくれてよかったよ」

石川さんも如月先生も何か言おうとしたが、レンが制するように手を挙げた。

「念のための確認だけど、教会の火事は関係ないよね」

「ニュースで見て、これは使えると思っただけだ。文面はアンデルセンの物語をなぞってみた。皆さんがアンデルセンについていろいろと話していたのを思い出したのでね。ガラス片は、例のあの青い絵から思いついた。『雪の女王』に出てくる鏡の破片になぞらえたわけさ」

レンの目が一瞬、かっと見開かれた。

「そのおかげで、香衣さんは指を切ったよ」

「すみませんでしたね」彼は肩をすくめる。「一度のメッセージにあまりに無反応だったもので、少々インパクトを強めようと思ってガラス片を入れたんだが、まさかあれで怪我をするとは」

石川さんが憤慨した様子で言った。

「香衣さんのほうが悪いと言っているように聞こえるぞ」

「誰も傷つけるつもりはなかった。本当に、申し訳ありませんでした」

彼は私に向かって頭を下げた。私は慌てた。

「いえ、あのう、私もそそっかしかったんです。すみません」

「違うでしょ」ユラが唇を尖らせた。「香衣さんが謝っちゃダメだよ」

「その通りだね」レンはかつてないほど低く重苦しい声で言った。「田中さんは松山さんにも謝らなきゃいけないよ」

田中さんは松山さんのほうを向くと、しかたなさそうに頭を下げた。

「確かに失礼なことをしました。しかし結局すり替えなかったのだし、そもそもあの更紗は粟家のもので、数百万の値打ちがあったんだ。松山さんのおじいさんがいくらでお買いになったかは知らないが、せいぜい数万でしょう。しかもあの高価な布を仕覆に仕立てて素人の作った陶器を包むなんて、僕や喜美さんには耐え難いことなんですよ。そこをわかってほしいな」

松山さんは言葉もない様子で、青い顔で田中さんを凝視していた。レンが続けた。

「ユラに送られたもうひとつのメッセージは、あなたじゃないんですね」

「君が昨日連絡してきたときに話していたやつだね。七つの言葉がどうのという。あれは僕じゃないよ。ほかにも恨みを持っている人物がいるんじゃないか?」

「あなた、失礼にもほどがあります!」

如月先生の声が高く震えた。田中さんのほうが顔をぐいと上げた。

「失礼なのは皆さんのほうじゃないですか。話をしたいから来てくれと言われてきたのに、寄ってたかって責めたててくる。僕はただ、あの額縁を手に入れたいだけなんですよ」

女王様の絵を見やった彼の表情が少しだけ緩んだが、すぐに険しい顔でレンに言った。

「絵を伯父さんに返却してもらえないか。いや、額縁だけでいいんだ。こちらから直接働きかけたのではないから、鷲雄社長の言葉には背いていない。君が自主的に額縁を返してくれれば、あの絵に似合いそうな額縁を僕がプレゼントさせてもらうよ。どうだろう」

最後はやや懇願《こんがん》の口調になったが、如月先生がばっさり切り捨てた。

「言語道断です。あなたに額縁を譲ることはあり得ませんわ」

石川さんも真っ赤な顔で言った。

「これだけいろんな人に迷惑をかけておきながら、まだそんなことを言うのかね」

「あたしも気分悪かったから謝ってほしい」

ユラがぼそりとつぶやくと、田中さんは小さくため息をついた。

「それは、申し訳ありませんでしたね。とにかく、こうして直接話ができたのだから、額縁を譲ってほしい。頼みますよ」

「うわ、イヤな感じ~。渡さなくていいよ、レン」

「……そうだね」

レンがゆっくり立ち上がった。その目は怒りに燃えている。思わず声をかけた。

「あのう、レン君」

彼は私を見ると力強くうなずき、田中さんの前に立った。

「あなたの言い分を聞いて少しでもなるほどと思えることがあれば考えないでもなかったけれど、ひとつも納得できるものはなかった」

田中さんの顔が強張った。レンは視線を窓のほうに向け、クリスマスツリーのシンプルな装飾が陽光を浴びて輝くさまを見つめながら、口を開いた。

「僕は、この店を始めるときに決めたんだ。ここをヒュッゲ……くつろぎ、癒《いや》しの空間にするって。いらしてくださったお客さんが大満足して帰っていくような店にしてやるって」視線を窓からゆっくり店内に移した。「庭と建物をいちから造って、テーブルや椅子の配置を決めるために何度も図面を描き直して、料理は何ヶ月も試作を重ねて、ドリンクはシゲさんと繰り返し検討して、それでも始めてみたら失敗がたくさんあって改善点がいくつも見つかって、そうして夢中でやっているうちに気づいたことがある。理想とするカフェの構成要件をすべて整えたはずなのに、決定的な要素は僕の手に余るものだった。なんだと思いますか」

田中さんはさてね、と首を振った。

レンは、客一号二号三号を見つめて微笑んだ。

「お客さんですよ。雨の日も風の日も来てくれて、くつろいでくれて、美味しいと喜んでくれて、笑って悩んで議論して、そうして初めて〝カフェ〟という空間が出来上がる。いい店は店主や従業員が作るんじゃない。基本理念さえあれば、あとはお客さんが作ってくれる。ヒュッゲに必要なのは、もちろん座り心地のいい椅子も美味しい料理も大事だけど、もっと必要なのは、人と人が出会って関わり合って心を織り合わせていくことなんだ。僕はこの店でそれを学ばせてもらった。だから」再び田中さんを睨む。「僕のお客さんを傷つけたことはぜったいに許さない。あなたのやり方には断固抗議します。額縁はぜったいに店から出しません」

田中さんはため息をついた。

「しかたない。君は君の正義においてそう言うのだろう。僕は、僕の正義のために正しいと思うことをやったまでだ。崇士氏は僕の人生の恩師で、喜美さんはそのご家族です。アワコレクションは本来の持ち主である粟家の元に戻るべきだ。悲しいかな美術品はしばしば怪しげな道筋を通って人の手に渡る。ならば、取り返す際に多少尋常ではない手段が使われたとしても、許されてしかるべきだ。その額縁はひとまずあきらめるが、どんな手を使ってもアワコレクションを取り戻してやる覚悟だ。教会にもう一つの額縁があったそうだね。それは、先日ボヤの出た教会のことだろう。責任者の名前を教えてくれないか。誰に譲ったか知りたいんだ」

　彼の鋭い視線を、レンはかつてない恐ろしい形相で跳ね返した。

「Unbelievable!　神父様にまで迷惑をかける気なのか。もう我慢できない。正式に脅迫文を警察に届ける。あなたを告発します」

「あのう」私は恐る恐る声をかけた。「そこまでしなくても」

「甘いよ。指を切ったのは香衣さんだよ。もう少し傷が深かったら縫うところだったのに」

　あのときの痛みより、今の胸のほうが苦しい。レン君、そんな恐い顔しないで。

「でも」

「香衣さんは黙ってて！」

　強い口調に怯んだ。

「まあまあ、レン君」石川さんがなだめるように手を広げた。「そういきり立たずに、彼女の意見も聞いてはどうかな」

「わたくしは」先生はつんと上を向いた。「田中さんは当然の報いを受けるべきと考えます。悪事身に返る、悪因悪果《あくいんあっか》、因果《いんが》覿面《てきめん》……しかし香衣さんには別意見がおありのようです」

　誓い合った銃士二人に後押しされ、私は口を開いた。

「私は、警察沙汰にまでしなくてもいいと思います。謝ってもらったから、もういいかなって。

松山さんは気分が悪いかもしれませんが、おじいさんの布は戻ってきたし、田中さんも上条夫人も額縁を取り戻すことができなくて残念なわけで、おあいことというか、なんというか」

レンはずっと田中さんを睨んでいた。ユラが遠慮がちに聞いた。

「どおなの？　レン」

田中さんが小さく肩をすくめたのを見て、レンは再び燃え上がった。

「やっぱり許せない」田中さんのほうに一歩踏み出した。「全部公《おおやけ》にする。松山さんのおじいさんの古渡《こわたり》印度更紗のことも。そうしたら上条喜美さんも無傷ではすまないね」

田中さんはぐっと顎を引いた。

「証拠は何もない」

「そうかな」レンは不敵に笑った。「松山さんは夜中に二人が話しているのを聞き、ちゃんと単語を覚えている。二人が古渡印度更紗について話していたのは明白だ。窃盗未遂になる。刑事告訴も民事の不法行為責任追及も徹底的にやってやる。いずれにせよ上条さんの美術商としての信頼は失墜する」

田中さんも立ち上がると、足早に青い絵に近づいた。

「金持ちのおぼっちゃまに何がわかる！　高校生のくせにこんな立派な店をいとも簡単に出せる君に、僕や喜美さんの気持ちなぞわかりゃしないだろう。アワコレクション回収が喜美さんにとってどれほど大事な意味を持つのか、どんな思いで僕がそれを助けているのか」

レンは激昂《げっこう》して声を荒らげた。

「まったく理解できない！　要はただの〝モノ〟だよ。モノに振り回されるなんて間違っている。モノのために人を不安に陥《おとしい》れたり傷つけることが、許されると思ってるの？」

田中さんは額縁のＡＷＡの文字を指差しながら叫んだ。

「アワコレクションは粟家が、崇士氏が情熱を傾けた素晴らしい作品群だ！　それにこだわって何が悪い！」

レンは摑みかからんばかりに田中さんに近づいた。

「まったくわかっていないな！　僕が言いたいのは……」

ガッシャーン……！

全員が、音のしたほうを見た。

田中さんのカップが床で粉々になっており、シゲさんがテーブルの脇に立っていた。

「これは大変失礼いたしました。つい手が滑りまして。皆さん、お怪我はございませんか？」

田中さんとレンの間にフローラダニカのカケラが散らばっている。如月先生が顔を引き攣《つ》らせてつぶやいた。

「端切れ四枚分が……」

シゲさんは箒《ほうき》と塵《ちり》取りを持ち二人の間に割り込むと、手早く掃除を始めた。田中さんは床に散らばったカケラを凝視し、レンはそんな田中さんを睨み続けていた。

シゲさんは掃除を終えると、即座に新しいカップを田中さんの席に置いた。

「レンさん、カップは私が弁償いたします。田中さん、どうぞお座りください」

田中さんは力が抜けたように座り込み、レンはなおも田中さんを睨みながら、後ずさってカウンター席に座った。

シゲさんは紅茶を注ぎながら言った。

「どんなに高価な〝モノ〟も、やがては形がなくなり、無に帰します。諸行無常、でしたね。如月先生」

「その通りですわ。永久不変のモノなどございませんわ」

シゲさんは力強くうなずいた。

「さて、それでございます。田中さんがこだわっておられたのはアワコレクションそのものではなく、粟崇士氏と喜美さんへの恩義の気持ちでございますよね。そして喜美さんがコレクション回収に熱意を傾けておられたのは、亡き父上ひいては先祖のためです。お二人が追求しておられるのは、確かに〝アワコレクション〟という形のあるモノではありますが、同時に、崇士氏が美術品に傾けた情熱や愛といった、見えない何かなのではないでしょうか」

田中さんはカップにそっと触れた。

「その通りです。アワコレクションは単なる〝モノ〟ではない。崇士氏自身なんだ。よくわかってくださっている、マスター」

「私はマスターではございません。それはともかく、田中さんも喜美さんも恩義や先祖への敬愛という動機からコレクションを回収するのであれば、すり替えだの脅迫だのという卑劣な手段を用いるのは見当違いも甚だしい。相手を騙し、不安を煽《あお》り、さらには傷まで負わせた。そんな方法でコレクションを回収できたとして、崇士氏は喜ぶのでしょうか」

田中さんははっと息を呑んで固まった。シゲさんはゆっくり歩くと女王の絵の前に立った。

「デンマークの童話作家、ハンス・クリスチャン・アンデルセンは貧しい靴屋の倅《せがれ》でしたが、志を持って都会に出ました。数々の苦難と、同じくらいの幸運を得て彼は成功者になりましたが、その陰にはいつも後援者がおりました。ヨナス・コリンという貴族です。先ほどレンさんが言及したエドヴァー・コリンの父親にあたります。アンデルセンは生涯に渡りコリン一家と親交を深めます。彼は多くの日記や手紙を残していますが、ことあるごとにコリン氏に感謝の意を述べております。人は感謝されれば嬉しいものですし、お礼の品をもらえば悪い気はしない。しかし私が推測するに、コリン氏が最も喜んだことは、アンデルセンが才能を開花させたという、ただ一点のみではないでしょうか。アンデルセンは立派に恩義に報いたのでございます。崇士氏があなたに『立派な陶芸家になってくれ。そうしたらこの作品が君の元に戻ってくる』とおっしゃったのは、モノとしてのアワコレクションを取り戻してほしいという意味ではなく、散逸したアワコレクションの情報が簡単に手に入るほどのひとかどの人物として成功してほしい、という願いを込めた言葉だったのではないでしょうか。あなたはそれを歪曲《わいきょく》して解釈し、自分の才能を磨くことを怠り、崇士氏や自分を貶めた世間を見返すことに執念を燃やしていらっしゃるように見受けられます」

田中さんはうなだれていた。

「あなたと喜美さんが松山さんになさろうとしたことは、松山さんのおじい様の愛情を踏みにじる行為です。あなたが見たマジックの文字は、松山さんのおじい様とおばあ様の愛情の証しなのですよ。それを無粋な文字と決めつけ軽蔑するとは、芸術を愛でる方のセリフとは到底思えません。崇士氏は草葉の陰で泣いているやもしれませんね。たとえ喜美さんが一瞬の怒りに任せてそのようなことを口になさったとしても、あなたがそれを諭すべきです。それが、崇士氏の恩義に報いるということではないのでしょうか」

田中さんは両手に顔をうずめていた。

「今後は精一杯、今のお仕事に精進なさいませ。そして」シゲさんはレンを見た。「レンさんもたいがいになさい。あなたはカフェ・チボリの店主です。この店から警察沙汰を出すつもりですか。たとえ店に非がなくとも騒ぎは大きくなることでしょう。常連客の皆様がそんな顚末《てんまつ》を望まれるでしょうか。レンさんの目指すヒュッゲとは、なんだったのでございますか」

レンは叱られた小さな子供のようにしゅんとなった。

「ごめんなさい」

シゲさんは田中さんを優しく見つめた。

「申し訳ございませんが額縁はお譲りできません。社長の小ノ澤鷲雄がそう申しております。今回のことはこれで不問に付すことにいたします」松山さんのほうを見た。「それでよろしゅうございますでしょうか」

松山さんは呆《ほう》けたようにうなずいた。

「それはもう、シゲさんがそうおっしゃるなら」

田中さんは松山さんを見た。

「いいのですか?」

「だって、実害を被った香衣さんが許したんですもの」

田中さんは初めて気の弱そうな表情を浮かべた。

「そうか。助かった……ありがとうございます」

「では田中さん、ごきげんよろしゅう」

シゲさんが慇懃な態度でドアを開けた。田中さんはゆっくり立ち上がるとドアに近寄り、振り返った。その顔には深い悔悟の表情が浮かんでいた。

「皆さん本当に……ご迷惑をおかけしました」田中さんは店内を見回し、最後に絵を見ると小さくため息をついた。「これは、ここに飾られているのが一番いいのかもしれないな」

私は思わず言った。

「また、チボリにいらっしゃいませんか」田中さんが目を見開いて私を凝視した。「だって、その絵……額縁を見に来たいでしょう?」

微笑んで言うと、彼はおずおずと全員を見回した。如月先生がつんと顔を上げる。

「香衣さんがそうおっしゃるなら、結構です」

皆がうなずいたので、田中さんはレンを見た。

「お客さんたちがいいなら」レンは下唇を突き出す。「店主は文句はない」

シゲさんはゆったりと微笑んだ。

「どうぞ、ぜひまたお越しください。カフェ・チボリを楽しんでいただける方は歓迎いたします。この額縁の埃《ほこり》は毎日払っておりますから」

ユラが突っ込んだ。

「毎日？　店は週一回しかやってないのに？」

「もちろんでございます。その昔ホテルのバーに勤めていた頃の習性で、毎日店を清掃しないと落ち着かないのでございます。ですからほら、この額縁も常にピカピカでございます」

「レンが教会の絵とこの絵の額縁が同じ模様だって気づかなかったのは、シゲさんのきれい好きのせいもあるんじゃない？　これ、きれいすぎるもん」

ユラの言葉に、シゲさんは困ったように首をかしげた。

「恐縮です」

田中さんは黙って深々と頭を下げ、そして去っていった。

しばらく誰も口を開かなかった。やがて如月先生がぽつんと言った。

「それにしても、あのフローラダニカはもったいのうございました。わざと壊すとは、さすがにやりすぎでしょう、シゲさん」

「ええっ」石川さんの声が裏返った。「わざとだったんですか！」

シゲさんは雑巾《ぞうきん》を持ち出して、破片が落ちたあたりを丁寧に拭いた。

「いえ、まったく私の粗相で落としてしまったのでございます。お騒がせいたしました」

「シゲさん」レンが、カウンター席に沈み込んだまま言った。「そろそろ真相を聞かせてよ」

シゲさんが振り返った。

「なんのことでございますか」

「伯父さんが額縁を売るのを拒否したのは、僕への嫌がらせ？」立ち上がって、テーブル中央の紙片を指さした。「これ、シゲさんだよね」

最後にユラに送られてきた、七つの言葉だ。

「そうそう」ユラが紙を持ち上げた。「このメッセージについて説明がなかったよ。田中さんは知らないって言ってたよね」

「七つの言葉は大きなヒントだった。今回のカラクリを知っている人物が仕掛けたものだ。それが田中さんではないとすると、伯父さん側の誰かだ。シゲさん、このコメントを書き込んだのは百合子伯母さん？　父さん？　それともシゲさんが単独で？」

シゲさんは押し黙った。

「父さんは心配しすぎるから、謎が解けないうちは話さないよね。やっぱり伯母さんかな。伯父さんから話を聞き出すこともできるし。そもそも、伯父さんはなんで額縁を譲らなかったのかな。僕に、絵を外せと言えばすむことなのに」

「そういえばそうだな」石川さんは首をかしげた。「伯父さんが絵の……額縁の売却に応じていればこんな騒動にはなっていないよ」

「意地、でしょうか」先生が顎を引く。「甥に、絵を替えてくれと頼みたくなかったとか」

「あの伯父さんならあり得る」ユラがうなずいた。「レンに頼み事をするタイプじゃないよね」

「でも、伯父さんなんだから、レン君に命令すればよかったんじゃない?」

松山さんの言葉に、レンが下唇を突き出した。

「命令されたら反抗したかも」

松山さんが「あら」と気の毒そうな顔をした。

「ではやはり」如月先生が断定的に言った。「七つの言葉はシゲさんですわね。暗に絵のことをレンさんに知らせるために」

「いいえ、私ではございません」

「ほかにおりませんもの。いいかげんに白状されては如何でしょうか」

全員がシゲさんを見つめた。

短い沈黙を破ったのは、ほかでもない私だ。

「七つの言葉は、シゲさんではないと思います」

「おや」先生は、意外そうに私を見た。「では誰だと?」

私は立ち上がるとレンに近づき、手を出した。

「貸してちょうだい」

彼は怪訝そうな顔をした。

「……これ?」

エプロンのポケットからマッチ箱を出し、私の掌に置いた。

私は大きく深呼吸すると、ぎこちない手つきで一本抜き出し、しゅっと擦った。焔を見つめながら、ゆっくりささやいた。

「イ・アガペ、マクロフィミ、フュシテベテ、イ・アガペ、オゥ・ジリ、イ・アガペ、オゥ・ペルペレヴェテ、オゥ・フィシウテ」

微笑んでレンを見ると、彼はぽかんと口を開けた。

「どうして……」

石川さんが頬を上気させて言った。

「いつも不思議に思っていたんだが、その呪文はなんだい？　何語なのかな」

土方さんが目を細めて言った。

「ギリシャ語です。新約聖書の一節ではないかな。レン君、よく原文を知っていましたね。聖書の言葉を、書かれた当時の言語であるギリシャ語で唱えられる人はなかなかいないものです」

私はうなずきながら、マッチを吹き消した。

「この一節はパウロという聖人が記した『コリントの信徒への第一の手紙』の13章4節です」

松山さんが目を見張って言った。

「愛は寛容《かんよう》で、愛は親切で……っていう有名な言葉じゃない？」

土方さんが両手を胸の高さで広げて、深い静かな声で唱えた。

「愛は寛容で、愛は慈悲《じひ》にとむ。愛は妬《ねた》まず、誇らず、たかぶらない」

如月先生が満足げに顔を上げた。

「大変結構な日本語訳です。結婚式の祝辞で聞いたことがありますわね」

「よく引用されます」土方さんは微笑んだ。「聖パウロは紀元後数十年頃、地中海沿岸で布教を行っていました。『コリントの信徒への第一の手紙 13章』は〝愛の賛歌〟とも呼ばれ、全部で十三節しかない短い章です。パウロが信徒に神の愛をどのように伝えるか悩みながら書いたもので、非常に美しい流れるような文です。4節は〝神の愛とはこのようなものである〟と、淡々と語っている部分ですね」

「ふうん」ユラが指を折りながら言った。「神様は心が広くて、優しくて、ヤキモチ焼かないし、自慢しないし、上から目線でもないのね」

「……少々くだけた訳ですがそちらも結構です、と申しておきましょう」

先生が一段と顔を上げたので、松山さんが苦笑しながら言った。

「香衣さん、クリスチャンではないのによくわかったわね」

「いとこのアキちゃんからヒントをもらって調べてみたんです」

私は青い絵に近寄った。風雅伯父さんが描いた百合子伯母さんが、額縁の中から優しく微笑んでいた。

「鷲雄伯父さんが田中さんの要請に応じなかったのは、この女王様の絵をずっとチボリに飾っておきたかったからだと思うの」

レンは眉根を寄せて言った。

「なんで？」

私はそっと、額縁のAWAの文字に触れた。

「伯父さんは、教会の泣き部屋にあった青い少年の絵をこの隣に並べたかったのよ」

「……どういうこと？」

私は深呼吸すると、話し出した。

「三日前にレン君が教会を去ったあと、神父様をお訪ねしたの」

「ああ」土方さんがすまなそうに言った。「私が遅刻した日ですね」

私はうなずいた。

「レン君を助けてあげたいけど私には何もできなくて、せめて鷲雄伯父さんがどんな人か知りたいと思いました。神父様は少し迷われたあと、レン君にはしばらくの間内緒にするという条件で、教えてくれました」

石川さんが身を乗り出した。

「何を教えてくれたんだい」

「青い少年の絵を買ったのは鷲雄伯父さんなんです。というか、あの絵を描いたのは伯父さんなんですって」

「えっ」レンがぽかんと口を開けた。「伯父さんが、あれを？」

「伯父さんが高校生の頃に描いたそうよ。小さいレン君がたまたまあの絵を見たら泣き止んだので泣き部屋に寄付したそうです。そして、今回その絵を買い戻したのも伯父さんなんです」

「なんで?」ユラが聞いた。「もともと伯父さんの絵だったのを、どうして買い戻したの?」

「寄付した絵を返せと言うのが嫌だったのね。購入金額分を寄付するような感覚だと思うわ」

「はあ」ユラが苦笑した。「話がややこしくなった気がする」

「そうかもしれない。でね、なぜ伯父さんが絵を買い戻そうとしたかというと、それは……」

私はレンを見つめた。「神父様はこう推測されたの。鷲雄伯父さんは、頑張っているレン君にクリスマスプレゼントとして絵をあげるつもりだろう、って。でも、さっきの話を聞いて、私はそれだけではないと気づいたわ」

「……なに?」

「鷲雄伯父さんは田中さんからの申し出で、この女王様の絵がチボリに飾られていることを初めて知ったのではないかしら」

シゲさんは微《かす》かにうなずいた。

「そしてきっと、驚いたのだと思う」

「レン君がこの絵を店に飾ったことが、そんなにびっくりすることなのかな」

石川さんの言葉に、私は微笑んだ。

「驚いたのは、レン君がこの額縁を選んだことです。伯父さんは数十年前、自分が描いた少年の青い絵にアワコレクションの額縁を選んだ。そうしたら時を経てかわいい甥っ子が同じように、風雅伯父さんの描いた女王様の青い絵に、対になっているもう一つの額縁を選んだ」

少しの沈黙のあと、ユラがぽそりと言った。

「趣味が似てるじゃん」

「……うそ」

レンが、口をへの字にして言った。

「そうなのよ、きっと。伯父さんが田中さんにこの絵を譲らなかったのも、教会の絵を古い額縁付きで買い戻したのも、レン君が自分と同じような美的感覚を持っていたことが嬉しかったからではないかしら」

私は再びシゲさんを見た。全員がシゲさんを見つめていた。

ため息をつくと、彼は言った。

「固く口止めされていたのですがねえ」

「ここだけの話だ。聞かなかったことにしよう」

「他言無用です」

石川さんと先生に促《うなが》され、シゲさんは私に近づき、女王様の絵にそっと触れた。

「この額縁は、風雅様がその昔経営されていたギャラリーに持ち込まれたものです。ギャラリーは潰れてしまったので、鷲雄社長が残った美術品一切合切を買い取ったのです」

ユラが納得したようにうなずいた。

「もともとは風雅伯父さんが選んだものだったのね」

「さようでございます。社長は、田中さんから話を聞いたときに思いついたのです。自分が描いた絵を店に並べて飾ってはどうかと。クリスマス休暇に望様がご帰国されたら、さりげなく渡してチボリに飾ってもらうつもりだったのです」

「あ、わかった」ユラが手を合わせた。「その少年のモデルが、レンなんじゃない?」

「惜しい」シゲさんは微笑んだ。「モデルはレンさんではなく、幼い頃の望様です。鷲雄社長と望支店長は十歳ほど離れていますから」

レンが目を大きく見開いた。

「あれ、父さんなの?」

「なるほど」土方さんが優しい笑みを浮かべた。「鷲雄伯父さんの真意がわかりました。かわいい甥っ子の店を親族みんなで見守ってやろう、ということですね」

「どういうこと?」

ユラは不思議そうに首をかしげた。

「風雅伯父さんが描いた伯母さんと、鷲雄伯父さんが描いたお父さん。勢揃いだ」

「なるほど」松山さんが手を合わせた。「全員でカフェ・チボリを見守るのね」

「てことは」ユラがしたり顔で言った。「伯父さん、レンのことめっちゃ応援してるじゃん」

全員の視線がレンに注がれた。レンは小さな子供のように戸惑った顔をしていた。

「じゃあ、どうして一度も来てくれないんだろう」

「照れくさかったのでしょう」先生の顔が、やや下向き加減になった。「わたくしの娘は今年の春からブティックを経営しているのですが、これがどうにも照れくさくて、わたくしは営業中に店に入ったことがありません」

「先生も躊躇《ちゅうちょ》することがあるんですか」

思わず口走った石川さんは先生に睨まれて目をそらした。私はうなずきながら言った。

「わかる気がします。私も、弟の演劇サークルでの芝居を見ていると、ムズムズします」

皆が小さく笑った。私はもうひとつ、秘密を暴露することにした。

「実は私、鷲雄伯父さんに会ったことがあるんです。アキちゃんがここに来た晩に、車に乗っている姿をお見かけしただけなのだけれど」

レンは大きく目を見開いた。

「伯父さんはチボリの門から少し離れたところに車を止めて、しきりにメモを取っていました。そのときはアラ探しをしているのだと思ってしまったけれど、シゲさんの話を聞いて確信したわ。レン君が細かい報告書を出さないから心配でたまらなくなって、こっそり様子を見に来ていたのよ。店のそばまで来なかったのは防犯カメラに映らないためね」

レンは、怒っていいのか笑っていいのかわからない顔でつぶやいた。

「アラ探しじゃなかったの？」

「違うと思う。だって、そのときに乗っていた車が白のアバルト695だったから」

「えっ」彼は、本日最大の困惑顔を見せた。「……売っちゃったと思ってた」

「神父様がおっしゃっていたわ。あの小さな車は伯父さんのお気に入りで、いつもとても大切に扱っているって。レン君が乗ってケチがついたなんてとんでもないわ。それに、『あと一年半だから』『あと一年だから』とつぶやくんですって」

「どゆこと？」

ユラが不思議そうに眉根を寄せた。

「レン君が免許を取ったら譲るつもりじゃないかしら。十五歳のレン君が無断で乗ったときには叱るしかなかったけれど、自分の愛車を甥っ子も気に入ったことが嬉しかったのよ」

レンが膨らませた頰を少し赤らめると、ユラが含み笑いで言った。

「めっちゃ気が合ってるじゃん」

シゲさんはしみじみと言った。

「社長は脅迫状の話を聞くと大いに動揺され、即座に友人の警察庁長官に電話しようとなさいましたが、慌てたあまり携帯の操作を間違えて警察庁ではなく〝桂昌庵《けいしょうあん》〟という蕎麦屋に繋がってしまったため、幸いにも暴走を止めることができました。放っておいたら消防庁、防衛省、内閣官房にまで連絡しそうな勢いでございました」

「意外とそそっかしいのね」ユラがあきれたように目を見開いた。「それに、顔広すぎだし」

「香衣さんのご推測通り、七つの言葉を書き込んだのは社長です。額縁を譲れない理由をレンさんに告げられないので、あのようなまわりくどいことをなさったのです。レンさんならあの言葉から額縁に気づくと思われたのでしょう」

「行間を読め、ということですわね」

先生がうなずくと、石川さんは顔をしかめた。

「いや、わかりにくすぎるよね」

「堅物は堅物なりに愛情表現されておられるのです。お子さんのいらっしゃらない社長は、ゆくゆくはレンさんに会社を継いでもらいたいとお考えのようです。勢い、レンさんへの指導が厳しくなるのも無理はございません」

「てことは」ユラがかわいく笑った。「レンはすんごく期待されてるってことだね」

シゲさんは少し顎を引いて微笑んだ。

「恐らく社長は、レンさんがアワコレクションに辿り着いたあかつきにはレンさんに判断を託すつもりだったと推察いたします」

レンは少しむくれた顔に戻って言った。

「僕を試したってこと?」

「というより」石川さんがゆっくりと言った。「鷲雄伯父さんはまさか教会の絵にレン君が気づくと思っていなかったから、単純にあの額縁をどうするか、その他もろもろの処遇をカフェのオーナーであるレン君に任せた、ということだよ。それだけレン君を信頼しているという証拠じゃないかな。本心はそりゃあ、譲るな、と言いたかったのだろうけれど」

総務部で長年、人事を掌握してきた石川さんの言葉には重みがある。鷲雄伯父さんのはがゆい気持ちがじんわりと伝わってきた。

ユラが腕を組んで言った。

「伯父さんにとっては賭けだったんじゃない? レンが田中さんに譲るって決めたら、自分の計画はおじゃんになっちゃうわけだから」

レンは身体を反らすと大きな両手を頭の後ろで組んで、天にため息を吐いた。

「伯父さんは昔っから、素直じゃないんだよね」

「わたくし思うに」先生がつんと顔を上げた。「香衣さんが教会の絵の買主を探り当てたことは、鷲雄伯父さんの大誤算だったのではないでしょうか」

「じゃあ」松山さんが嬉しそうに手を叩いた。「香衣さんの功績は大ね」

全員が私を見て微笑んでくれた。

シゲさんがすました顔で背筋を伸ばした。

「他言無用ついでに申しますと、これはレンさんが四歳のときのことでございますが、何かの拍子に鷲雄社長と私がレンさんのおままごとにお付き合いをいたすことになりました」

「……シゲさん！」

レンが慌てたように言ったが、シゲさんは構わず続けた。

「私の知る限り社長がレンさんとお遊びになったのは、あのとき限りかと存じます。お店屋さんごっこでした。レンさんがレストランの店員で、社長と私がお客さんです。社長はおままごとにおいても厳格でして、レンさんにこうおっしゃいました。『店員はまず、お客様に「お飲み物はいかがですか？」と丁寧に伺うものだ』と」

客一号二号三号はレンをそっと見た。彼は頬を膨らませてそっぽを向いていた。

ユラがにんまり笑った。

「甥っ子も、素直じゃないよね～」

シゲさんは小さく息を吐いた。

「すべて聞かなかったことにしてくださいませ。しかし、助かりました。私は社長から口止めされ板挟みで辛うございましたが、香衣さんが解き明かしてくださったので」

レンは複雑な表情を浮かべていた。土方さんが立って近づき、そっと肩に手を置いた。

「伯父さんをカフェ・チボリに招待してはどうかな」

「招待?」

「レン君のほうから働きかけたことはありますか?」

「それは……どうせ、いつも拒否されるから」

「どんなに近しい人でも、言葉にしないと伝わらないことはありますよ」

レンは思い詰めたように眉根を寄せた。

「……そうかな」

全員があたたかい眼差しでうなずいた。

レンは絵に近づき、しばらくじっと見つめていた。

私からマッチ箱を受け取って掌の上で転がし、繊細《せんさい》な長い指でやおら一本取り出すと、小気味よくしゅっと擦った。

窓からの陽光が後光のように彼を照らしていた。焔を見つめながら、レンはささやいた。

「*ἡ ἀγάπη μακροθυμεῖ, χρηστεύεται ἡ ἀγάπη, οὐ ζηλοῖ, ἡ ἀγάπη οὐ περπερεύεται, οὐ φυσιοῦται*……愛は寛容で、愛は慈悲にとむ。愛は妬まず、誇らず、たかぶらない」

絵の脇にあるテーブル上のロウソクに焔を移すとしばし揺らめきを見つめ、優しく手首を回してマッチの火を消し、ほんのり笑った。

「伯父さんにクーポンを贈るよ」


その後の私たち常連客は大忙しだった。オープンサンドとデニッシュを平らげると急いで教会へ向かった。今日は土曜学校のクリスマス劇発表日だ。

聖カタリナ会館のボヤは古いヒューズが原因だった。大森神父は、鷲雄伯父さんが絵を高額で買ってくれたのですぐにブレーカに取り替えることができたと喜んでいた。

劇は大成功、雪の女王がカイとゲルダに囲まれて聖歌を合唱するラストシーンは感動的だった。シズカちゃんが客席に向かって手を振る先を見ると、物静かな雰囲気の女性が優しい表情で手を振り返していた。せっけんのにおいのするお母さんに違いない。カツアキ君も手を振った。顔立ちの整った地味な女性の横には、ビデオを構えた落ち着いた雰囲気の男性がいた。彼が主任さんかしら。

大森神父が厳かに祈った。

「すべての人々の元に、安らかな聖夜が訪れますように」

皆で大道具を片付け、子供たちを見送った。全員が石川さんにかわいく手を振り、彼も満足げにうなずいていた。子供とのコミュニケーションはばっちりのようだ。

疲れ果てて表のベンチにへたり込んでいると、土方さんが缶コーヒーを差し出してくれた。

「ありがとうございます」

彼は自分のコーヒーを開けながら隣に座った。

「こちらこそ、本当にありがとう。私一人ではとてもあんな演出はできなかったな」

弟よ、借りは返してもらったわよ。

「私もお手伝いできて楽しかったです。また何かあったら誘ってください」

「本当ですか?」彼はとびきりの笑顔を見せた。「実は、お誘いしようか迷っていたんですが、二十四日の夜はもう予定が入っていますよね」

それはクリスマスイブのことではないか。まったくヒマです、と即座に答えるのが悔しくて
「いえ、まあ、なんとかなるとは思いますが」とためらってみせた。

「もしご都合がつくなら、イブのミサに一緒に出ませんか?」

教会で、土方さんと二人でミサに。なんという幸せ。

「ええ、たぶん大丈夫だと思います」

「よかった!」

くしゃりと笑う目尻の皺さえ魅惑的だ。この人の笑顔は私の心を惹《ひ》きつけて止まない。

ミサのあとはきっと食事をするに違いない。土曜日ではないからチボリは開いていない。いやいや、土方さんと二人でチボリに行ったら客二号三号に邪魔されてしまう。よかった。

彼は自分の缶コーヒーを揺らしながら、すまなそうな顔をした。

「指を切ったのは先週の劇の稽古のときですよね。気づかずにすみませんでした」

「たいしたことはなかったんですよ」

「なんのお役にも立てなかった。カフェ・チボリに入るのをためらっていた田中圭介さんを店頭で促すことくらいしかできませんでした」

田中さんと一緒に店に入ってきたのは偶然だったのね。

「土方さんに話さなかったのは、レン君がみんなに心配をかけまいとしたからです。初めは石川さんたちにも内緒にしてくれって言われていたほどです」

「自分の店のお客さんを守りたかったんですね。彼の情熱には頭が下がったな」

「でも、パズルの言葉は手抜きでしたね。結局、ひらがなで『えいえん』ですもの」

私たちは微笑み合った。

文字の書かれた紙を胸に貼った子供たちがくるくる回って踊るパズルのシーンは好評だった。

「いいアイデアでした。子供たちがかわいくて、癒されたな」優しい視線をこちらに向けた。

私には、あなたの存在そのものが癒しです。「今日のシゲさんは格好よかったですね」

「ええ。デンマーク愛を語るシゲさんとは別人のようでした」

彼はふいに真剣な表情を浮かべた。

「すでに召命を受けたと思っていたが、彼の重い言葉を聞いて、自分はまだまだだと悟りました」

「……ショウメイ？」

「神から、聖職者への道を進むよう命じられることです。私は充分に召命を感じているつもりでしたが、これからも精進せねばとつくづく思いました。年明けから助祭の身ですが、心を新たにして頑張ります」

「……ジョサイ？」

「神父の前段階のようなものです。一月から聖ペトロ教会の司祭館に住むので、またチボリでお会いできますね。その前に、来週のイブのミサでも会えますが」

「あのう」私は、ひどくゆっくり尋ねた。「土方さんは神父になるんですか？」

彼は聖者のような神々しい笑顔で答えた。

「それが神の思し召しであると信じています」

土方さんと別れたあと、聖カタリナ会館の応接コーナーで楽しそうに話し込む石川さんらに上の空で挨拶し、私はチボリへ駆け出した。

「いらっしゃいませ」

すでに六割の席が埋まっていたが、いつもの席は確保されていた。店主のレンはおしぼりを捧げ持つと、意気揚々とカウンターから出てきた。

「劇、大成功だってユラから連絡あったよ。よかった」

「ねえ、ちょっと教えてほしいんだけど」

私の悄然とした様子に、レンが怪訝そうな顔を見せた。

「何かあったの？」

「神父様って、結婚できるんだっけ」

「ううん。神父は神様と結婚するようなものだから生涯独身だよ」

そんなバカな。

デートさえしていないのに失恋決定だなんて。なんと罪作りな人だ。神父があんなに色っぽくてどうするんだ。あの優しさは私だけに向けられたものだと信じていたのに……

テーブルに突っ伏した頭上から、心配そうな声が聞こえた。

「香衣さん？　どうしたの？」

「レン君。今頃指の傷がズキズキしてきたみたい。やっぱり田中さんを訴えて、徹底的に糾弾しちゃおうかしら」

「香衣さんがそうしたければ、すぐにでも手を打つよ」

しょんぼりと顔を上げると、レンは魔法のようにマッチを取り出し、長くしなやかな指でしゅっと擦った。

火が煌《きら》めき、彼の澄んだ瞳がほのかに輝いた。私をじっと見つめながらレンはささやいた。

「イアガペマクロフィミ、フュシテベテイアガペ、オゥジリ、イアガペオゥペルペレヴェテ、オゥフィシウテ」

テーブル上のロウソクに焔を移すと、小粋《こいき》に指ではじいてマッチの火を消し、ふいに大人びた笑みを浮かべた。

「香衣さん、ヒュッゲの時間です」

ロウソクの焔が揺らめき、あたたかい空気が私を包み込んだ。

少し心が痛むけれど、きっと立ち直れる。こんな素敵な場所があるんだもの。

「あのね、香衣さん」

「もう大丈夫。さっきのは冗談だから気にしないで」

レンは、真剣な顔で言った。

「ありがとう。香衣さんが田中さんを許すと言ってくれなければ、暴走するとこだった」

「私じゃなくて、シゲさんが」

「ううん」レンは、窓際の家族連れに応対するシゲさんを見やった。「香衣さんがいなければ、シゲさんもあんなに強気になれなかったと思うよ。それに、伯父さんのことを調べてくれて嬉しかった。僕はずいぶん意地を張っていたと思う。ほんとにありがとう」

お礼を言うのはこちらのほうだ。レン君とシゲさんに教えてもらったことが、たくさんある。

彼は顔を上げると、少し照れくさそうに笑った。

「お飲み物はいかがですか？」

なんだか全身の力が抜けてしまった。

「カールスバーグを」

「かしこまりました～。あ、香衣さんも聖ペトロ教会のイブのミサに行かない？　水曜日の夜だけど、松山さんも石川さんも先生も行くって言ってたよ」

結局、いつものメンバーでミサに出るわけだ。それもいいか。それがいいかも。

携帯にメールが入っていた。静流からだ。

私はドアの外に出て、暮れなずむ庭を見つめながら電話をかけた。今夜も寒くなりそうだが、いろいろありすぎて身体は火照っていた。

照明を受けて煌めくツリーが、さわりと優しく揺れた。冷たいのに温もりを感じられる真冬の風を表す、特別な日本語が欲しいところだ。

『劇、どおだった？』

「上手くいったよ。ありがとう」

『よかったね。あとで写真送って』

本当は、先ほどこの庭を通ってきたときにわかっていた。土方さんが神父にならなくても私の恋は成就しなかっただろう。噴水を回り込んで蛇行した冬の小径を進むうちに、あきらめはついていたのだ。だって、私は土方さんを疑ったんだから。

指を切ったことをレンが土方さんに言わなかったのは、大森神父を通じて石川さんたちや伯父さんに話が洩《も》れることを恐れたためだろう。それなのに私は、土方さんが脅迫に関係しているのではないかと考えたのだ。

想いを振り切るように息を吐いて言った。

「イブの夜は予定あり？」

『当たり前でしょ』

やっぱり弟は生意気なのである。

「じゃあ、来週の土曜日は？」

『空けられなくもないけど、何?』

「お礼にご馳走でもしてあげようと思って」

『へえ、今夜は雪だね』

晴天よ、と一番星が瞬く空を見上げた。

「ちょっと遠いけどこっちに来てね。すんごいステキな店があるの。土曜日はいつもそこで過ごしているのだけどね」

弟はくすりと笑った。

『ママには内緒にしとくね』

敏い弟は姉の微妙な変化をおもしろがっているみたいだった。いっそ父と母も誘おうか。いや、それはまだハードルが高そうだ。まずは小さな一歩から。

電話を切ったところに石川さん、先生、松山さん、ユラがそろって現れた。

「いらっしゃいませ」

みんなはシゲさんのいつもの声に迎えられて、いつもの席に落ち着き、いつものドリンクをオーダーした。

「そういえば石川さん、来週は奥様もいらっしゃるのよね」

松山さんの言葉で、ジャガイモ顔の満面に笑みが浮かんだ。

「そうなんだ。ようやく一緒に来られるんだよ」

「じゃ、私も主人を連れてこようかしら。はるみさんとは久しぶりだから」

「あのう」私は、はにかみながら言った。「私も来週は、弟と来ます」

「えっ！」

大声をあげたのは如月先生だった。

「あ、あのう？」

「いえ、別に」先生は少し顔を赤らめて思い切り上を向いた。「そういえばわたくしも、来週は娘を誘うつもりだったのです」

「みんな連れがいるんだ〜。あたしはどうしようかな」

「あら」松山さんがにんまり笑った。「ユラちゃんの彼氏はカウンター内にいるじゃないの」

ユラはかわいい顔を思いっきりしかめた。

「やめてください。あんな変人だけはイヤ」

「おまたせいたしました〜」

レンがいつもの能天気な調子でドリンクを運んできたので、皆がどっと笑った。彼は目を見開いた。

「なんですか？」

「なんでもないの」私は笑いをこらえながら言った。「やっぱり土曜はカフェ・チボリで過ごさないとね、って話していたところ」

引用参考文献

『北欧やすらぎ散歩』　ティンドラ・ドロッペ著　石風社
『デンマークを知るための68章』　村井誠人編著　明石書店
『アンデルセン童話全集Ⅱ』　高橋健二訳　小学館
「コリントの信徒への手紙　第一　パウロ書簡訳語別対照（旧約引照付）」『ＳＹＮＤＲＯＭＥ』
(homepage3.nifty.com/tajimabc/index.htm　二〇一六年四月閲覧)

あとがき

『土曜はカフェ・チボリで』をお手にとっていただき、まことにありがとうございます。

実は本作は、四十代半ばに思い立って初めて書いた小説が大もとです。無謀にも賞に応募したそれは、今思えばとても人さまに読んでいただける代物ではありませんでした。当然落選。しかし図々しい私はそれを書き直し、別の賞に応募してみると、なんと最終候補にまで残ったのです。調子に乗ってその後もいろいろ書いて投稿を続け、作家デビューができたのでした。

その作品をなんとか世に出したいと当時の担当編集者に無理強いして、二〇一六年に出来上がったのが本作です。店名以外はがらりと変え（例えば語り手は当初、男性でした！）まったく違う物語になりましたが、〝チボリ〟という名の店を描いた小説を世に出せたことはとても幸せでした。このたびの文庫化でその店にまた関わることができ、嬉しい限りです。

私とデンマークとの出会いは今を去ることン十年前。観光で数日滞在しただけでしたが大変心に残りました。特に、チボリ公園のなんと楽しかったことよ。ネットのない時代、海外旅行の情報はガイドブックのみで、ほぼ予備知識なく入ったのですが、観光地であると同時に地元住民がくつろぐ公園であり、子供たちが楽しむ遊園地でもある、というハッピーな空間でした。その思い出が、初の小説の舞台にあのステキな公園の名前を付けさせたのだと思います。

（以下はややネタバレご注意）三話に書かれたデンマークでのエピソードは私の体験談がいく

つか交《まじ》えられています。コペンハーゲン中央駅の近くのカフェバーに入ったところ、常連客たちがすかさず寄ってきて「どこから来たのか。そうか日本か」と大歓迎してビールをご馳走してくれました。ホテルも実在のものがモデルです。旅行の計画時には少々お高くてあきらめたのですが、現地でホテルの前を通るとやっぱり泊まりたくなり、思い切って電話してみると、運よく部屋が空いていて宿泊料も日本からの予約より安かったので決めました。そんなことができるいい時代だったのでしょう（笑）。また、バーで日本人のバーテンダーと出会ったのは嬉しい驚きでした。粋にシェイカーを振る彼は「日本は捨てた」と淡々と話してくれました。私はそれが少し寂しくて、小説の中の人物は勝手ながら日本に戻ってこさせてしまいました。

それから、ご存じの方もおられるかもしれませんが、三話に登場したアキちゃんは拙作『ビリヤード・ハナブサへようこそ』の主人公です。そして、レン君は拙作『新宿なぞとき不動産』にちょこっとだけ登場します。よかったら覗いてみてください（しっかり宣伝）。

最後に、もしロイヤルコペンハーゲン、とりわけ〝フローラダニカ〟と共に美味しいデニッシュと紅茶を供するカフェが日本のどこかにありましたら、ぜひご一報を。私も、一度でいいからそんなお店に行ってみたいのです！

それではまたいつか、お目にかかれる機会を楽しみにしております。

二〇二二年三月

内山　純

本書は二〇一六年に小社より刊行された作品の文庫化です。

検印
廃止

著者紹介 1963年、神奈川県生まれ。立教大学卒。2014年『B《ビリヤード》ハナブサへようこそ』で第24回鮎川哲也賞を受賞しデビュー。個性的なキャラクター造形と軽妙な会話、心地の良い作品世界が魅力の新鋭。ほかの著書に『新宿なぞとき不動産』がある。

土曜はカフェ・チボリで

2022年3月18日　初版
2022年5月27日　再版

著者 内《うち》山《やま》純《じゅん》

発行所 (株) 東京創元社
代表者 渋谷健太郎

162-0814/東京都新宿区新小川町1-5
電話 03・3268・8231-営業部
03・3268・8204-編集部
URL http://www.tsogen.co.jp
フォレスト・本間製本

乱丁・落丁本は、ご面倒ですが小社までご送付ください。送料小社負担にてお取替えいたします。

©内山純 2016 Printed in Japan

ISBN978-4-488-48013-4 C0193

東京創元社が贈る総合文芸誌！

紙魚の手帖

SHIMINO TECHO

国内外のミステリ、SF、ファンタジイ、ホラー、一般文芸と、
オールジャンルの注目作を随時掲載！
その他、書評やコラムなど充実した内容でお届けいたします。
詳細は東京創元社ホームページ
（http://www.tsogen.co.jp/）をご覧ください。

隔月刊／偶数月12日頃刊行

A5判並製（書籍扱い）